OBRAS MAESTRAS
DE LA
NOVELA DE AVENTURAS

LAS MINAS
DEL
REY SALOMÓN

CLUB INTERNACIONAL DEL LIBRO

Traducción: Malen González White

CLUB INTERNACIONAL DEL LIBRO
Avda. Manoteras, 50-52
28050 Madrid

ISBN: 978-84-407-1765-8
Depósito legal: M-21.304-2008
Imprime: ORYMU
Pinto, Madrid

LAS MINAS DEL REY SALOMÓN

HENRY R. HAGGARD

Este relato, fiel y sin exageraciones,
de una aventura extraordinaria,
está respetuosamente dedicado
por el narrador, ALLAN QUATERMAIN,
a todos los que lo lean,
grandes y pequeños.

INTRODUCCIÓN

Ahora que este libro está impreso y listo para asomar al mundo, me pesa enormemente el conocimiento de sus defectos, tanto de estilo como de contenido. En lo que se refiere a este último, sólo puedo decir que no he pretendido ofrecer una relación exhaustiva de todo lo que vimos e hicimos. Hay muchos aspectos de nuestro viaje a Kukuanalandia en los que me hubiese gustado explayarme y a los que apenas dedico espacio. Entre ellos se encuentran las extrañas leyendas que recogí sobre las armaduras que nos salvaron de la muerte en la gran batalla de Loo y sobre los Silenciosos o colosos de la entrada de la cueva de estalactitas. Por otra parte, si hubiera seguido mis inclinaciones, me habría gustado ahondar en las diferencias, algunas de las cuales me resultan muy sugestivas, entre los dialectos zulú y kukuana. También se hubieran podido dedicar unas cuantas páginas al estudio de la flora y la fauna indígenas de Kukuanalandia[1]. Pero aún queda un tema muy interesante y que sólo se menciona de forma fortuita: el magnífico sistema de organización militar reinante en ese país. En mi opinión, es muy superior al instaurado por Chaka en Zululandia, pues permite una movilización más rápida y no precisa del empleo del pernicioso sistema de celibato obligatorio. Y, por último, apenas trato las costumbres domésticas familiares

[1] Descubrí ocho variedades de antílopes que desconocía por completo anteriormente y muchas especies nuevas de plantas, en su mayor parte pertenecientes a la familia de las bulbosas.

de los kukuanas, muchas de las cuales son extraordinariamente originales, o su habilidad en el arte de fundir y soldar metales. En este último terreno alcanzan una considerable perfección, que puede apreciarse en las «tollas» o pesados cuchillos arrojadizos. El mango está hecho de hierro batido y el filo de un hermoso acero soldado con gran pericia al mango del hierro. Lo cierto es que yo pensé (y lo mismo les ocurrió a sir Henry Curtis y al capitán Cood), que lo mejor sería contar la historia de un modo sencillo y sincero y dejar estas cuestiones para más adelante, tratándolas de la forma que nos pareciese más adecuada. Hasta que llegue ese momento proporcionaré con mucho gusto cualquier información a mi alcance a quienquiera que se interese por estos temas.

Y ya sólo me resta disculparme por lo burdo de mi estilo. La única excusa que puedo aducir es que estoy más acostumbrado a manejar un rifle que una pluma y que no puedo aspirar a los altos vuelos y adornos literarios que observo en las novelas (porque a veces me gusta leer una novela). Supongo que son deseables –los vuelos y adornos–, y lamento no ser capaz de ofrecerlos, pero al mismo tiempo pienso que las cosas sencillas son siempre las que más impresionan y que los libros son más fáciles de entender cuando están escritos en un leguaje sencillo, aunque quizá no tenga derecho a dar mi opinión sobre este tema. Dice un refrán kukuana que «una lanza afilada no necesita brillo», y basándome en el mismo argumento, me atrevo a creer que una historia verídica, por muy extraña que sea, no necesita el adorno de las bellas palabras.

CAPÍTULO PRIMERO

Conozco a sir Henry Curtis

Es extraño que a mi edad –cumplí cincuenta y cinco en mi último cumpleaños– me dé por coger una pluma para intentar escribir un relato. ¡Quién sabe qué resultará cuando lo haya terminado, si es que llego al final de la aventura! He hecho muchas cosas en mi vida, que se me antoja muy larga, debido quizás a que empecé muy joven. A la edad en que los demás chicos iban al colegio, yo me ganaba la vida como comerciante en la vieja colonia. Desde entonces, he sido comerciante, cazador, soldado y minero. Sin embargo, hace sólo ocho meses que me sonrió la fortuna. Se trata de una fortuna cuantiosa –aún no sé a cuanto asciende–, pero creo que no me gustaría vivir otra vez los últimos quince o dieciséis meses para obtenerla. No; no lo volvería a hacer aun sabiendo que saldría sano y salvo, con fortuna y todo. Pero da la casualidad que soy un hombre tímido, enemigo de la violencia, y estoy verdaderamente harto de aventuras. Me pregunto por qué voy a escribir este libro; no es lo mío. No soy hombre de letras, aunque sí asiduo lector del Antiguo Testamento y también de las *Ingoldsby Legends.* Permítame exponer mis razones, simplemente para descubrir si realmente lo son.

Primera razón: porque sir Henry Curtis y el capitán John Good me han pedido que lo haga.

Segunda razón: porque me encuentro aquí, en Durban, postrado en cama con dolores y molestias en la pierna izquierda. Desde que me cogió aquel condenado león me ocurre con frecuencia, y como en estos momentos se ha agudizado el dolor, cojeo más que nunca.

Los dientes de los leones deben contener alguna clase de veneno porque, de no ser así, ¿como se explica que, una vez cicatrizadas, las heridas vuelvan a abrirse, generalmente en la misma época del año en que se recibieron? Cuando se han matado sesenta y cinco leones en el transcurso de una vida, como es mi caso, es triste que el león número sesenta y seis te mastique la pierna como si fuera un trozo de tabaco. Es algo que rompe la rutina cotidiana y, dejando a un lado consideraciones de otro tipo, yo soy un hombre de orden y esas cosas no me gustan. Dicho sea entre paréntesis.

Tercera razón: porque quiero que mi hijo Harry, que se encuentra en un hospital de Londres estudiando para médico, tenga algo con que divertirse y que le impida hacer travesuras durante una semana o así. El trabajo en un hospital a veces debe empalagar y hacerse aburrido, porque incluso de hacer picadillo los cadáveres se llega a la saciedad, y como este relato no resultará aburrido, aunque se le puedan aplicar otros calificativos, llevará un poco de animación a su existencia durante un día o dos, mientras lo lea.

Cuarta y última razón: porque voy a narrar la historia más extraña que conozco. Quizá parezca raro decir esto, sobre todo si se tiene en cuenta que no interviene ninguna mujer, excepto Foulata. Pero, un momento también aparece Gagool, en el caso de que fuera realmente una mujer y no un demonio. Aunque, como tenía al menos cien años y, por tanto, no era casadera, no la tomaré en cuenta. De todos modos, puedo asegurar que no sale ni una sola *falda* en todo el relato.

Pero lo mejor será uncirme al yugo. Es una postura incómoda y me siento como si estuviese atascado hasta el eje. Bueno, *«sutjes, sutjes»,* como dicen los bóers (estoy seguro de que no es así como se escribe), vayamos poco a poco. Una yunta fucrte podrá atravesarlo, si no es demasiado mala. No se puede hacer nada con malos bueyes. Y, ahora, comencemos.

«Yo, Allan Quatermain, caballero, natural de Durban, Natal, declaro bajo juramento que...». Así es como empecé mi declaración ante el magistrado sobre la triste muerte de Khiva y Ventvögel pero, bien pensado, no me parece la forma más adecuada de empezar un libro. Y además, ¿soy un caballero? ¿Qué es un caballero? La verdad es que no y, sin embargo, he tenido tratos con negros...; pero no; voy a tachar la palabra «negros», porque no me gusta. He conocido a nativos que son caballeros y lo mismo pensarás tú, Harry, hijo mío, antes de acabar este cuento, y también he conocido a blancos con montones de dinero y de buena familia que no lo son. Pues bien, en cualquier caso, yo soy caballero de nacimiento, aunque durante toda mi vida no haya sido más que un pobre comerciante y cazador nómada. Si he seguido siendo un caballero es algo que no sé; ustedes deben juzgarlo. Dios sabe que lo he intentado. Maté a muchos hombres en mi juventud, pero jamás he asesinado por capricho ni me he manchado las manos de sangre inocente; sólo en legítima defensa. El Todopoderoso nos da la vida y supongo que desea que la defendamos. Al menos yo siempre he actuado basándome en esta idea y espero que no se vuelva contra mí cuando suene mi hora.

Pero, ¡ay!, vivimos en un mundo cruel y malvado y, a pesar de ser un hombre tímido, me he visto envuelto en muchas matanzas. No sé si es justo, pero sí puedo afirmar que nunca he robado, aunque una vez estafé a un cafre con un rebaño de vacas, pero porque él me había jugado una mala pasada, y debo confesar que este asunto me viene preocupando desde entonces.

Pues bien, hace aproximadamente dieciocho meses que conocí a sir Henry Curtis y el capitán Good. Ocurrió lo siguiente:

Yo había estado cazando elefantes cerca de Bamangwato y había tenido mala suerte. En aquel viaje todo salió mal y, como colofón, sufrí un terrible acceso de fiebres. En cuanto me repuse, me dirigí a los Campos de Diamantes, vendí todo el marfil que tenía, así como el carro y los bueyes, despedí a mis cazadores y tomé la diligencia con destino a El Cabo. Después de pasar una semana en Ciudad de El Cabo y, tras descubrir que me habían cobrado de más en el hotel y ver todo lo que había que ver, incluyendo el jardín botánico que, a mi entender, puede proporcionar grandes beneficios al país y los nuevos edificios del Parlamento, de los que no opino lo mismo, decidí volver a Natal en el *Dunkeld,* que por entonces se encontraba en el puerto esperando al *Edinburgh Castle,* que venía de Inglaterra. Tomé un camarote y subí a bordo, y aquella tarde transbordaron los pasajeros del *Edinburgh Castle* procedentes del Natal, levamos anclas y nos hicimos a la mar.

Entre los pasajeros había dos que despertaron mi curiosidad. Uno de ellos, un caballero de unos treinta años, era uno de los hombres de pecho más ancho y brazos más largos que he conocido en mi vida. Tenía el pelo rubio, barba tupida e igualmente rubia, rasgos bien definidos y grandes ojos grises profundamente hundidos. Nunca he visto a un hombre más apuesto y, por alguna razón, me recordaba a un antiguo danés, aunque conocí a un danés contemporáneo que me estafó diez libras; pero recuerdo haber visto un cuadro de estas gentes que, en mi opinión, eran una especie de zulúes blancos. Bebían en grandes cuernos y por la espalda les colgaban largas cabelleras. Al ver a mi amigo junto a la escalerilla, pensé que con sólo dejarse crecer el pelo un poco, ponerse una cota de malla sobre sus grandes hombros, coger una enorme hacha de combate y un cuenco de cuerno, podría servir como modelo para ese cuadro. El hecho de que más adelante descubriese que sir Henry Curtis, porque así se llamaba aquel hombre, tiene sangre danesa[1] resulta curio-

[1] Las ideas de Quatermain acerca de los antiguos daneses parecen un tanto confusas. Siempre hemos entendido que eran gentes de cabello oscuro. Es probable que pensase en los sajones.

so y demuestra a la vez que la sangre siempre acaba por manifestarse. Además, sir Henry me recordaba a otra persona, pero entonces no pude recordar a quién.

El otro caballero que estaba hablando con sir Henry era de baja estatura, corpulento y de piel oscura, y con un aspecto totalmente diferente. Sospeché de inmediato que era un oficial de la Marina. No sé por qué, pero es fácil identificar a un marino. En el curso de mi vida he realizado expediciones de caza con varios, y siempre me han parecido los tipos mejores y más valientes que he conocido, aunque muy dados a utilizar expresiones blasfemas.

Una o dos páginas atrás me preguntaba qué es un caballero. Ahora contesto a esa pregunta: un oficial de la Marina Real, por regla general, es un caballero, aunque, claro está, puede haber ovejas negras entre ellos. Pienso que es el ancho mar y el soplo de esos vientos de Dios lo que limpia sus corazones y aleja la amargura de sus mentes y les hace ser lo que debieran ser los hombres. Pero, volviendo a lo anterior, yo tenía razón una vez más; averigüé que, efectivamente, era un oficial de la Marina, de treinta y un años, teniente de navío al que, tras diecisiete años de carrera, habían expulsado del servicio de Su Majestad con el estéril honor de comandante porque era imposible ascenderlo. A esto pueden aspirar quienes sirven a la Reina: que los arrojen al duro mundo para buscarse una nueva ocupación cuando empiezan realmente a comprender su trabajo y se encuentran en la flor de la vida. Supongo que a ellos no les preocupa, pero, por lo que a mí respecta, prefiero ganarme la vida como cazador. Quizá se ande escaso de cuartos, pero al menos no se reciben tantos golpes.

Al consultar la lista de pasajeros, supe que se llamaba Good, capitán John Good. Era un hombre ancho, de estatura mediana, piel oscura y corpulento, y resultaba curioso observarlo. Iba impecablemente vestido y afeitado, y siempre llevaba un monóculo en el ojo derecho, que parecía haber crecido allí, porque no iba sujeto por cordón alguno, y no se lo quitaba nunca, excepto para limpiarlo. Al principio, creí que dormía con él, pero después descubrí que estaba equivocado. Lo guardaba en el bolsillo del pantalón al acostarse, junto a la dentadura postiza, de la que poseía dos preciosos ejemplares, y como la mía no era muy buena, me hizo infringir más de una vez el décimo mandamiento. Pero me estoy anticipando a los acontecimientos.

Poco después de iniciar la travesía cayó la noche, que nos trajo muy mal tiempo. Se levantó en tierra una brisa glacial y una especie de llovizna irritante alejó pronto de cubierta a todos los pasajeros. Con respecto al *Dunkeld,* se trataba de una batea de quilla plana, y al subir, por ser tan ligera, se balanceaba terriblemente. Daba la impresión de ir a volcar, pero no ocurrió así. Era prácticamente imposible caminar por el barco, de modo que me quedé junto a la sala de máquinas, donde hacía calor, y me entretuve en mirar el péndulo, que estaba frente a mí. Oscilaba lentamente hacia atrás y adelante con el balanceo del buque y marcaba el ángulo que tocaba en cada bandazo.

–Ese péndulo está mal. No está bien equilibrado –dijo alguien a mi espalda, con cierto malhumor. Volví la cabeza y vi al oficial que me había llamado la atención al subir los pasajeros a bordo.

–¿Qué le hace pensar eso? –pregunté.

–No es que yo lo piense –continuó al enderezarse el barco tras un bandazo–. Sencillamente, si el barco se hubiese balanceado hasta el grado que señala ese chisme, no hubiera vuelto a balancearse. Pero es muy propio de estos capitanes de barcos mercantes. Son muy descuidados, Dios los confunda.

En ese momento sonó la campana que anunciaba la cena y no lo lamenté, porque es espantoso tener que escuchar a un oficial de la Marina Real cuando se adentra en este tema. Sólo conozco una cosa peor que es oír a un capitán de barco mercante expresar su cándida opinión sobre los oficiales de la Marina Real.

El capitán Good y yo bajamos a cenar juntos y nos encontramos a sir Henry Curtis, que ya se había acomodado. Él y el capitán Good se sentaron juntos, y yo frente a ellos. El capitán y yo nos pusimos a hablar sobre caza y otros asuntos; él me hacía muchas preguntas y yo las contestaba como mejor podía. Al poco tiempo empezó a hablar de elefantes.

–Ah, señor –dijo una persona que estaba sentada a mi lado–. Ha dado usted con el hombre perfecto para esto. Si hay alguien que sepa de elefantes, ése es el cazador Quatermain.

Sir Henry, que había guardado silencio hasta entonces, escuchando nuestra conversación, se sobresaltó.

–Disculpe, caballero –dijo inclinándose hacia adelante con voz profunda y grave; me pareció una voz muy adecuada para aquellos grandes pulmones–. Disculpe, pero, ¿se llama usted Allan Quatermain?

Respondí que así era.

El fornido caballero no hizo ninguna observación más, pero le oí murmurar la palabra «afortunado» para sus adentros.

Terminó la cena y, al abandonar el salón, sir Henry se acercó a mí y me invitó a entrar en su camarote a fumar una pipa. Acepté y me llevó al camarote de cubierta del *Dunkeld,* que era excelente. Antes eran dos camarotes, pero cuando sir Garnet o uno de esos peces gordos recorrió la costa en el *Dunkeld,* derribaron el tabique de separación y no volvieron a colocarlo. Había un sofá y, enfrente, una mesita. Sir Henry envió al mayordomo a por una botella de whisky y los tres nos sentamos y encendimos las pipas.

–Señor Quatermain –dijo sir Henry Curtis cuando el mayordomo hubo traído el whisky y encendido la lámpara–. Hace dos años por estas fechas usted se encontraba, según tengo entendido, en un lugar llamado Bamangwato, al norte del Transvaal.

–En efecto –le respondí, sorprendido de que aquel caballero estuviese tan enterado de mis movimientos, que no se consideraban, al menos que yo supiera, de interés general.

–Estuvo comerciando ¿no es cierto? –intervino el capitán Good, con el tono rápido que le caracterizaba.

–Así es. Compré un carro lleno de mercancías, acampé fuera del pueblo y me quedé allí hasta que las vendí.

Sir Henry estaba sentado frente a mí en una silla de Madeira, con los brazos apoyados sobre la mesa. Alzó la vista, clavándome sus grandes ojos grises. Pensé que reflejaban una extraña ansiedad.

–¿No conocería allí, por casualidad, a un hombre llamado Neville?

–Pues sí; acampó conmigo durante quince días para dar descanso a sus bueyes antes de dirigirse hacia el interior. Hace unos meses recibí una carta de un abogado en la que me preguntaba si sabía qué había sido de él, a la que contesté lo mejor que supe.

–Sí –dijo sir Henry–, me remitieron su carta. Decía que el caballo llamado Neville salió de Bamangwato a principios de mayo, en un carro, con un conductor, un *voorlooper* y un cazador cafre llamado Jim, tras anunciar su intención de llegar, si le era posible, hasta Inyati, donde vendería el carro y seguiría el viaje a pie. También decía que vendió el carro, porque usted lo vio seis meses después en posesión de un comerciante portugués, quien le dijo que lo había comprado en Inyati a un hombre cuyo nombre había olvidado y que, según creía, el hombre blanco había iniciado una expedición de caza por el interior con un sirviente nativo.

–Sí.

Se hizo el silencio.

–Señor Quatermain –dijo sir Henry– supongo que no conoce ni puede adivinar las razones del viaje de mi... del señor Neville hacia el norte, ni a qué lugar se dirigía.

–Algo oí decir –contesté y me callé.

Era un tema que no me interesaba tratar.

Sir Henry y el capitán Good se miraron y el capitán Good asintió.

–Señor Quatermain –dijo el primero–, voy a contarle una historia y a pedirle consejo, y quizás ayuda. El agente que me remitió su carta me dijo que podía confiar sin reservas en ella, puesto que usted era, según me dijo, «muy conocido y respetado en Natal, y que se destacaba por su discreción».

Incliné la cabeza y bebí un poco de whisky con agua para ocultar mi confusión, porque soy un hombre modesto, y sir Henry continuó hablando.

–El señor Neville era mi hermano.

–¡Ah! –exclamé sorprendido al comprender a quién me había recordado sir Henry al verle por primera vez. Su hermano era un hombre mucho más pequeño y tenía la barba oscura, pero, pensándolo bien, sus ojos tenían el mismo tono gris y la misma mirada penetrante, y los rasgos no eran muy diferentes.

–Era –prosiguió sir Henry– mi único hermano, más joven que yo, y, hasta hace cinco años, no creo que estuviéramos separados durante más de un mes. Pero hace cinco años nos sobrevino una desgracia, como ocurre tantas veces en las familias. Nos peleamos y yo me comporté muy injustamente con mi hermano, llevado por la ira.

Al llegar a este punto, el capitán Good asintió con la cabeza vigorosamente. Entonces el barco dio un fuerte bandazo, con lo que el espejo que estaba colocado frente a nosotros, mirando hacia estribor, quedó por un momento casi por encima de nuestras cabezas, y como yo estaba sentado con las manos metidas en los bolsillos y mirando hacia arriba, le vi asentir como un loco.

–Quizás sepa usted –prosiguió sir Henry– que, si un hombre muere sin hacer testamento y no tiene otras propiedades que sus tierras, que en Inglaterra se llaman bienes raíces todo va a parar a su hijo mayor. Sucede que, en la época en que nos peleamos mi hermano y yo, nuestro padre murió sin haber testado. Retrasó el hacer testamento hasta que fue demasiado tarde. El resultado fue que mi hermano, que no se había preparado para ejercer ninguna profesión, quedó sin un penique. Por supuesto, mi deber hubiera sido mantenerlo, pero por entonces nuestro enfado era tan terrible (y lo digo con vergüenza) –suspiró profundamente–, que no me ofrecí a hacer nada. No es que le escatimase nada, sino que esperé a que fuese él quien diera el primer paso, pero no lo hizo. Lamento aburrirle con todo esto, señor Quatermain, pero tengo que hacerlo si quiero dejar las cosas claras. ¿Verdad, Good?

–Así es, así es –dijo el capitán–. Estoy seguro de que el señor Quatermain guardará el secreto de esta historia.

–Naturalmente –dije, porque me enorgullezco de ser discreto.

–Bien –prosiguió sir Henry–, por entonces mi hermano tenía unos cuantos cientos de libras a su nombre y, sin decirme nada, retiró esa suma insignificante. Tras adoptar el nombre de Neville, partió para Sudáfrica con la absurda esperanza de hacer fortuna. De esto me enteré después. Pasaron tres años y no recibí noticias de mi hermano, aunque yo le escribí varias veces. Sin duda, no le llegaron mis cartas. Pero, a medida que pasaba el tiempo, yo me preocupaba cada vez más por él. Descubrí, señor Quatermain, lo mucho que tira la sangre.

–Cierto dije pensando en mi hijo Harry.

–Descubrí, señor Quatermain, que hubiera dado la mitad de mi fortuna por saber que mi hermano George, el único familiar que tengo, se hallaba sano y salvo y que volvería a verlo.

–Pero no lo hiciste, Curtis espetó el capitán Good, lanzándole una mirada.

–Verá, señor Quatermain, con el paso del tiempo crecía mi ansiedad por saber si mi hermano estaba vivo o muerto y, en caso de estar vivo, traerlo a casa de nuevo. Empecé a hacer averiguaciones, y uno de los resultados fue su carta. En sí misma era satisfactoria, porque demostraba que hasta hace poco George estaba vivo, pero eso no era suficiente. Así que, para abreviar, me decidí a buscarle yo mismo, y el capitán Good ha tenido la amabilidad de acompañarme.

–Sí –dijo el capitán–; no tengo nada mejor que hacer, ¿comprende? Mis jefes del Almirantazgo me han despedido para que me muera de hambre con medio sueldo. Y ahora, caballero, quizá quiera contarnos lo que sabe o lo que ha oído decir sobre ese caballero llamado Neville.

CAPÍTULO 2

La leyenda de las minas del Rey Salomón

–¿Qué ha oído en Bamangwato sobre mi hermano? dijo sir Henry cuando hice una pausa para llenar la pipa antes de contestar al capitán Good.

–Pues he oído lo siguiente –contesté–, pero les aseguro que no se lo he contado a nadie hasta hoy. He oído decir que se dirigía hacia las minas del Rey Salomón.

–¡Las minas del Rey Salomón! –exclamaron mis interlocutores al unísono–. ¿Dónde están?

–No lo sé –respondí–. Sé dónde se dice que están. Una vez vi las cimas de las montañas que las rodean, pero nos separaban casi doscientos kilómetros de desierto y no tengo noticias de que ningún hombre blanco lo haya atravesado, salvo uno. Pero quizá lo mejor sea contarles la leyenda de las minas del Rey Salomón como yo la conozco, a condición de que ustedes me den su palabra de que no revelarán nada de lo que les cuente sin mi permiso. ¿Están de acuerdo? Tengo mis razones para pedírselo.

–Naturalmente.

–Pues bien –empecé–, como ya sabrán, los cazadores de elefantes son, por regla general, hombres rudos a los que sólo les interesa los hechos de la vida y las costumbres de los cafres, pero de vez en cuando se encuentran hombres que se toman la molestia de recoger las tradiciones de los nativos y que intentan reconstruir algún pasaje de la historia de esa oscura tierra. Fue un hombre así el primero que me contó la leyenda de las minas del Rey Salomón, hace ya casi treinta años. Lo conocí durante mi primera expedición para cazar elefantes en el país de los matabele. Se llamaba Evans y al pobre lo mató un búfalo herido al año siguiente y lo enterraron cerca de las cataratas del Zambeze.

»Recuerdo que una noche le estaba hablando a Evans de unas magníficas minas que había encontrado mientras cazaba cadúes y antílopes en lo que es ahora el distrito de Lydenburgo, en el Transvaal. He observado que han vuelto a encontrar estas minas al buscar oro, pero yo las conozco desde hace años. Hay un ancho camino de carros excavado en la roca que conduce a la entrada de la mina o galería. En su interior hay montones de cuarzo aurífero dispuestos para la trituración, lo que demuestra que los buscadores, quienesquiera que fuesen debieron abandonar el lugar apresuradamente, y en la galería hay una estructura que es un excelente trabajo de albañilería.

»–¡Ah! –exclamó Evans–, pues yo le voy a contar una cosa aún más extraña, –y me contó que había encontrado, en el interior del país, una ciudad en ruinas, que, según él, era la Ofir que aparece en la Biblia. Además, otros hombres más cultos que Evans han dicho lo mismo. Recuerdo que yo escuchaba todas estas maravillas con los oídos bien atentos, porque entonces era joven, y esa historia de una antigua civilización y del tesoro que aquellos aventureros judíos o fenicios arrancaban de un país que con el paso del tiempo cayó en la más negra de las barbaries, impresionaba profundamente mi imaginación. De repente me dijo:

»–Muchacho, ¿has oído hablar de las montañas de Sulimán, al noroeste de la región de Mashukulumbwe?

»Le contesté que no.

»–¡Ah!, bien –dijo–; pues ahí es donde realmente tenía sus minas Salomón, quiero decir, sus minas de diamantes.

»–¿Cómo lo sabe? –le pregunté.

»–Lo sé porque ¿qué es *Sulimán* sino una corrupción de Salomón?[1]. Además me lo contó una vieja *isanusi* (hechicera) de la región de Manica. Me dijo que las gentes que vivían al otro lado de esas montañas eran una rama de los zulúes y que hablaban un dialecto del zulú, aunque eran unos hombres incluso más hermosos y más altos que aquéllos; que entre ellos vivían grandes hechiceros que habían aprendido su arte de los hombres blancos cuando "todo el mundo era oscuro" y que poseían el secreto de una mina maravillosa de "piedras brillantes"».

–Claro está, esta historia me hizo reír entonces, aunque me interesó mucho, porque aún no se habían descubierto los campos de diamantes, y el pobre Evans se marchó y le mataron, y durante veinte años no volví a pensar en el asunto. Pero al cabo de veinte años –y eso es mucho tiempo, caballeros; no es frecuente que un cazador de elefantes llegue a vivir veinte años con ese oficio–, oí decir algo más concreto sobre las montañas de Sulimán y la región que se extiende detrás de ellas. Yo me encontraba cerca de la región de Manica, en un lugar llamado el *kraal* de Sitanda, que era verdaderamente miserable porque no había nada que comer y apenas se podía cazar. Sufrí un acceso de fiebre y me sentía bastante mal cuando, un buen día apareció un portugués, acompañado por una sola persona, un mestizo. Conozco bien a los portugueses de Delagoa. No existe mayor monstruo sobre la faz de la tierra que se cebe, como hacen ellos, en la carne y el sufrimiento humanos bajo la forma de esclavos. Pero éste era un tipo de hombre diferente al que yo estaba acostumbrado a conocer; me recordaba más a los amables universitarios de los que hablan en los libros. Era alto y delgado, con grandes ojos oscuros y bigotes grises y rizados. Hablamos un rato, porque él chapurreaba el inglés y yo entiendo algo de portugués. Me dijo que se llamaba José

[1] Sulimán es la forma árabe de Salomón.

Silvestre y que tenía una casa cerca de la bahía de Delagoa. Cuando al día siguiente prosiguió su camino con su compañero mestizo, me dijo: "Adiós", y se quitó el sombrero a la vieja usanza. "Adiós, senhor", dijo. "Si volvemos a encontrarnos, seré el hombre más rico del mundo y me acordaré de usted". Reí un poco –estaba demasiado débil para reír mucho– y le observé mientras se dirigía resueltamente hacia el oeste, hacia el gran desierto; me pregunté si estaría loco o qué pensaba encontrar allí.

»Pasó una semana y me recuperé de las fiebres. Una tarde, estaba sentado en el suelo frente a la pequeña tienda de campaña que había llevado, masticando la última pata de una miserable gallina que le había comprado a un nativo a cambio de un trozo de tela que valía veinte gallinas. Contemplaba el ardiente sol rojo que se hundía en el desierto cuando, de repente, vi una silueta, al parecer de un europeo, porque llevaba chaqueta, en la pendiente de una loma que había frente a mí, a una distancia de unos trescientos metros. La silueta se arrastraba sobre las manos y las rodillas; después se incorporó y avanzó unas cuantas yardas dando traspiés, para volver a caer y avanzar otra vez a gatas. Al ver que debía estar agotado envié a uno de mis cazadores a ayudarlo; cuando, por fin, llegó ¿quién dirán que resultó ser?».

–José Silvestre, claro –dijo el capitán Good.

–Sí, José Silvestre, o más bien su esqueleto con un poco de piel. Tenía la cara de un amarillo brillante, debido a la fiebre, y sus ojos grandes y oscuros casi se le salían de las órbitas, porque toda la carne había desaparecido. No tenía más que la piel amarilla apergaminada, pelo blanco y, debajo, los afilados huesos que sobresalían.

»¡Agua, por el amor de Dios, agua! –gimió.

»Observé que tenía los labios cortados y la lengua, que sobresalía entre ellos, hinchada y negruzca.

»Le di agua mezclada con un poco de leche y la bebió a grandes tragos, uno o dos cuartos de galón, sin parar. No le dejé que bebiese más. Después tuvo otro acceso de fiebre, cayó al suelo y empezó a desvariar sobre las montañas de Sulimán y sobre los diamantes y el desierto. Le llevé a la tienda e hice todo lo que pude por él, que no era mucho, pero sabía cómo acabaría todo. Alrededor de las once se quedó más tranquilo; yo me acosté para descansar un poco y me quedé dormido. Al amanecer me desperté y, a la media luz, le vi incorporado, extraña y endeble silueta que contemplaba el desierto. En ese momento, el primer rayo de sol atravesó la planicie que se extendía ante nosotros hasta alcanzar la lejana cresta de una de las montañas de Sulimán más altas, a una distancia de más de cien millas.

»¡Ahí está! –gritó el moribundo en portugués, extendiendo un brazo largo y delgado–, pero nunca llegaré, nunca. ¡Nunca llegará nadie!

»De repente se calló y pareció tomar una decisión.

»Amigo, dijo volviéndose hacia mí, ¿está usted ahí? Mis ojos se han oscurecido.

»Sí –respondí–, sí. Acuéstese y descanse.

»–¡Ay! –contestó–. Pronto descansaré; tengo tiempo para descansar durante toda la eternidad. ¡Escúcheme; me muero! Usted se ha portado bien conmigo. Voy a darle el papel. Quizá usted llegue si puede atravesar con vida el desierto, que nos ha matado a mi pobre sirviente y a mí.

»Se tensó la camisa y sacó algo que me pareció una petaca bóer de piel de *Swart-vetpens* (antílope negro). Estaba atada con una pequeña cinta de cuero, lo que llamamos rimpi, y trató de desatarla, pero no pudo. Me la tendió.

»–Desátela –dijo.

»Así lo hice y extraje un trozo de lino amarillo desgarrado sobre el que había algo escrito en letras torpes. Dentro había un papel.

»Después, con voz tenue, pues iba desfalleciendo, dijo:

»En el papel está todo; está envuelto en la tela. He tardado años en descifrarlo. Escuche: un antepasado mío, refugiado político de Lisboa, que fue uno de los primeros portugueses que llegaron a estas costas, lo escribió mientras agonizaba en esas montañas que nunca holló pie blanco antes ni después. Se llamaba José da Silvestra y vivió hace trescientos años. Su esclavo, que le esperó a este lado de las montañas, le encontró muerto y llevó el manuscrito a Delagoa. Desde entonces ha permanecido en la familia, pero nadie se molestó en leerlo hasta que lo hice yo. He perdido mi vida por él, pero es posible que otro tenga éxito y que se convierta en el hombre más rico del mundo, ¡el hombre más rico del mundo! No se lo dé a nadie. ¡Vaya usted!

»Después empezó a delirar otra vez y, al cabo de una hora todo había acabado.

»¡Dios le haya acogido en su seno! Murió sosegadamente y le enterré a mucha profundidad, con grandes piedras en el pecho, así que no creo que lo encuentren los chacales. Después me marché».

–Pero, ¿y el documento? –dijo sir Henry con tono de profundo interés.

–Sí ¿qué contenía el documento? –añadió el capitán.

–Bueno, caballeros, si lo desean, se lo diré. Nunca se lo he enseñado a nadie, excepto a mi querida esposa, que murió, y ella pensaba que era una tontería, y a un viejo comerciante portugués borracho que me lo tradujo y que a la mañana siguiente lo había olvidado por completo. La tela original está en mi casa, en Durban, junto a la traducción del pobre Don José, pero tengo la versión inglesa en mi agenda y un facsímil del mapa, si es que se puede llamar mapa. Aquí está.

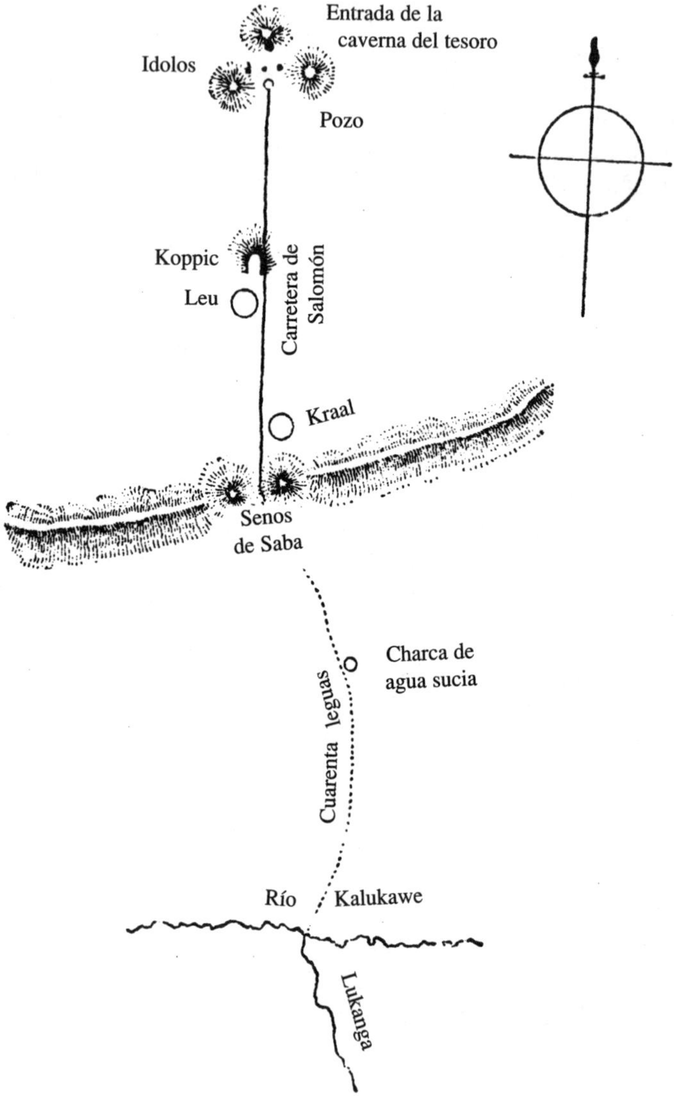
Entrada de la
caverna del tesoro
Idolos
Pozo
Koppic
Leu
Carretera de
Salomón
Kraal
Senos
de Saba
Charca de
agua sucia
Cuarenta leguas
Río Kalukawe
Lukanga

Yo, José da Silvestra, que estoy muriendo de hambre en la pequeña cueva en que no hay nieve, en el extremo norte de la cima de la montaña que se encuentra más al sur de las dos que he denominado Senos de Saba, escribo esto en el año 1590 con una punta de hueso sobre un pedazo de mis ropas, con mi sangre por tinta. Si lo encuentra mi esclavo cuando llegue, que lo lleve a Delagoa para que mi amigo (nombre ilegible) ponga el asunto en conocimiento del rey, y que éste envíe un ejército que, si sobrevive al desierto y a las montañas y vence a los valientes kukuanas y sus artes demoníacas, a cuyo fin deberán traerse muchos sacerdotes, le convertirá en el rey más rico desde Salomón. He visto con mis propios ojos innumerables diamantes apilados en la cámara del tesoro de Salomón, detrás de la Muerte blanca; pero de la traición de Gadool, la hechicera, nada pude rescatar; apenas mi vida. Que quien venga siga el mapa y escale la nieve del seno izquierdo de Saba hasta llegar al pezón, en cuyo extremo norte se extiende la gran carretera que construyó Salomón, desde donde hay tres días de viaje al palacio del rey. Que mate a Gagool. Rogad por mi alma. Adiós.

José da Silvestra[2].

Cuando terminé de leer lo anterior y les enseñé la copia del mapa, dibujada por la mano moribunda del viejo caballero con su sangre por tinta, se impuso un silencio de asombro.

–Bueno –dijo el capitán Good–; he dado la vuelta al mundo dos veces y tocado la mayor parte de los puertos, pero que me cuelguen si jamás he visto una historia como ésta en un libro de cuentos, ni en cualquier otro sitio.

–Es una historia extraña, señor Quatermain –dijo sir Henry–.

---

[2] Eu José da Silvestra que estou morrendo de fame ná pequeña cova onde não ha neve ao lado norte do bico mais ao sul das duas montanhas que chamei seio de Saba; escrevo isto no anno 1590; escrevo isto com um pedaço d'osso n'um farrapo de minha roupa e com sangue meu por tinta; se o meu escravo dér com isto quando venha ao levar para Lourenzo Marquez, que o meu amigo (---) leve a cousa ao conhecimento d'El Rei, para que possa mandar um exercito que, se desfiler pelo deserto e pelas montanhas e mesmo sobrepujar os bravos Kukuanes e suas artes diabolicas, pelo que se deviam trazer muitos padres faro o rey mais rico depois de Salomão. Con meus proprios olhos vé os diamantes sem conto guardados nas camaras do thesouro de Salomão a traz da morte branca, mas pela traição de Gagoal a feiticeira achadora, nada poderia levar, e apenas a minha vida. Quem vier siga o mappa e trepe pela neve de Saba peito à espuerda até chegar ao bico, do lado norte do cual está a grande estrada do Salomãao por elle feita, donde ha tres dias de jornada até ao palacio do Rei. Mate Gagoal. Reze por minha alma. Adeos.

José da Silvestra.

¿No nos estará engañando? Sé que hay quien piensa que es lícito tomar el pelo a los novatos.

–Si piensa eso, sir Henry –dije muy irritado mientras me guardaba el papel en el bolsillo, pues no me gusta que me tomen por uno de esos tipos que consideran gracioso contar mentiras y que siempre se jactan ante extraños de extraordinarias aventuras de caza que nunca ocurrieron–, demos por terminado el asunto –y me levanté con intención de marcharme.

Sir Henry posó su manaza sobre mi hombro.

–Siéntese, señor Quatermain –dijo–. Le pido disculpas. Comprendo que no desea engañarnos, pero la historia parece tan extraordinaria que me cuesta trabajo creerla.

–Cuando lleguemos a Durban, podrá ver el mapa y el texto originales –dije, un poco más calmado, porque, considerando el asunto, no era de extrañar que dudase de mi buena fe–. Pero no le he hablado de su hermano. Conocí a Jim, el hombre que estaba con él. Era bechuana de nacimiento, buen cazador y, para ser nativo, un hombre muy inteligente. La mañana que partió el señor Neville vi a Jim junto a mi carro, picando tabaco.

»–Jim –le dije–, ¿adónde vas? ¿A por elefantes?

»–No, *baas* –contestó–. Vamos en busca de algo que vale más que el marfil.

»–¿Y qué es eso? –dije, porque sentía curiosidad– ¿Oro?

»–No, *baas,* algo que vale más que el oro –y sonrió.

»–No le hice más preguntas, porque no me gusta rebajar mi dignidad mostrando demasiada curiosidad, pero me quedé perplejo. Al poco, Jim acabó de picar el tabaco.

»–*Baas* –dijo.

»No le hice caso.

»–*Baas* –insistió.

»Sí, muchacho, ¿qué quieres? –pregunté.

»–*Baas,* vamos a buscar diamantes.

»–¡Diamantes! Pero entonces lleváis una dirección equivocada; deberíais dirigiros a los campos.

»–*Baas,* ¿has oído hablar de la Berg de Sulimán? (montaña de Salomón).

»–¡Sí!

»–¿Has oído hablar de los diamantes que hay allí?

»–He oído un cuento estúpido, Jim.

»–No es un cuento, *baas*. Conocí a una mujer que era de allí y que fue a Natal con su hijo, y ella me lo contó; ahora está muerta.

»–Si intentas llegar al país de Sulimán, tu amo servirá de pasto a los *aasvögels* (buitres), y tú también, si es que pueden recoger alguna piltrafa de vuestros pobres huesos –le dije.

»Sonrió.

»–Puede ser, *baas*. El hombre tiene que morir; me gustaría probar fortuna en otro país. Aquí se están agotando los elefantes.

»–¡Ah, querido muchacho!, –dije–. Espera a que te agarre por la garganta el 'viejo hombre pálido' (la muerte), y ya veremos qué cara pones entonces.

» Media hora después vi alejarse el carro de Neville. Al poco, Jim volvió corriendo.

»–Adiós, *baas* –dijo–. No quería marcharme sin decirte adiós, porque quizá tengas razón y nunca volvamos.

»–Jim, ¿tu amo va de verdad a la Berg de Sulimán o estás mintiendo?

»–No –replicó–. Es verdad. Dice que tiene que hacer fortuna como sea, o por lo menos intentarlo. Por eso quiere buscar diamantes.

»–¡Ah! –dije–. Espera un poco, Jim: ¿le llevarás esta nota a tu amo y me prometes que no se la darás hasta que lleguéis a Inyati? (Inyati está a una distancia de varios cientos de kilómetros).

»–Sí –dijo.

»Cogí un trozo de papel y escribí: "Que quien venga... escale la nieve del seno izquierdo de las Saba, hasta llegar al pezón, en cuyo extremo norte se encuentra la gran carretera de Salomón".

»–Jim, cuando le des esto a tu amo, adviértele que siga el consejo incondicionalmente. No debes dárselo ahora, porque no quiero que regrese a hacerme unas preguntas a las que no voy a contestar. Y ahora, márchate, holgazán; el carro casi se ha perdido de vista –le dije».

–Jim cogió la nota y se fue. Esto es todo lo que sé sobre su hermano, sir Henry, pero mucho me temo que...

–Señor Quatermain –dijo sir Henry–, voy a buscar a mi hermano; voy a seguir sus huellas hasta las montañas de Sulimán, y más allá si es necesario, hasta encontrarlo, o hasta que me entere de que ha muerto. ¿Quiere venir conmigo?

Soy –creo haberlo dicho– un hombre prudente, incluso tímido, y la idea me asustó. Me parecía que iniciar un viaje así era dirigirse a una muerte segura. Aparte de otras consideraciones, tenía que mantener a un hijo y no podía permitirme morir entonces.

–No, gracias, sir Henry; creo que prefiero no hacerlo –contesté–. Soy demasiado viejo para una empresa tan descabellada; sólo conseguiríamos acabar como mi pobre amigo Silvestre. Tengo un hijo que depende de mí.

Tanto sir Henry como el capitán Good parecían muy desilusionados.

–Señor Quatermain –dijo aquél–, tengo dinero y estoy completamente entregado a este asunto. Puede pedir cualquier cifra razonable como remuneración por sus servicios, que le será pagada antes de partir. Además, antes de salir, dejaré dispuesto que en el caso de que nos ocurra algo o de que le ocurra a usted, se le proporcionen a su hijo los medios de vida adecuados. De esto puede deducir lo necesaria que considero su presencia. Y si por casualidad llegásemos a ese lugar y encontrásemos diamantes, serán para usted y para Good a partes iguales. Yo no los quiero. Por supuesto, esa posibilidad es prácticamente nula, aunque lo mismo rige para el marfil que encontremos. Puede imponer sus condiciones, señor Quatermain, que todos los gastos correrán de mi cuenta.

–Sir Henry –dije–, es la oferta más liberal que jamás he tenido; nada despreciable para un pobre comerciante y cazador. Pero es el trabajo más importante con que me he topado y necesito tiempo para pensarlo. Le daré la respuesta antes de llegar a Durban.

–Muy bien –contestó sir Henry, y a continuación les deseé buenas noches y me marché. Soñé con el pobre Silvestre, muerto hace tiempo, y con los diamantes.

CAPÍTULO 3

Umbopa entra a nuestro servicio

Se tarda entre cuatro y cinco días, según la velocidad del barco y el estado del tiempo, en subir desde El Cabo hasta Durban. Cuando no se puede atracar en East London, donde aún no han construido el maravilloso puerto del que tanto se habla y en el que se ha invertido tanto dinero, hay un retraso de veinticuatro horas hasta que pueden salir las lanchas de carga para sacar las mercancías. Pero en aquella ocasión no tuvimos que esperar, pues prácticamente no había rompiente y los remolcadores llegaron puntuales con sus largas filas de botes de fondo plano en los que se arrojaban estrepitosamente las mercancías. No importaba qué clase de objetos fueran; los lanzaban por la borda sin ningún miramiento y la porcelana recibía el mismo trato que la lana.

Vi un cajón que contenía cuatro docenas de botellas de champán hechas añicos y el champán desparramado por la bodega del sucio carguero burbujeando e hirviendo. Me pareció un desperdició lamentable y lo mismo debieron pensar los cafres del barco, porque al encontrar un par de botellas intactas, las descorcharon y se las bebieron. Pero no tuvieron en cuenta la expansión que produce el burbujeo del vino y, sintiéndose hinchados, rodaron por la bodega del barco, gritando que aquella bebida magnífica estaba «tagati» (embrujada). Yo les hablé desde el navío y les dije que era la medicina más fuerte del hombre blanco y que podían darse por muertos. Fueron a la orilla presas del pánico y no creo que hayan vuelto a catar el champán en su vida.

Pues bien, durante toda la travesía hasta Natal estuve pensando sobre la oferta de sir Henry. No volvimos a hablar sobre el tema hasta pasados uno o dos días, aunque les conté muchas historias de caza, todas verdaderas. No hay necesidad de contar mentiras cuando se habla de caza, porque a un hombre que se dedique a esa actividad le ocurren muchas cosas extrañas; pero ése es otro asunto.

Por fin, una maravillosa tarde de enero, que es nuestro mes más cálido, entramos en la costa de Natal. Esperábamos llegar al cabo de Durban con el crepúsculo. Desde la costa, East London es muy hermosa, con sus dunas rojas y sus bosques de intenso verdor, salpicada acá y allá de *Kraals* cafres y ribeteada por una franja de blanco oleaje que asciende en pilares de espuma al chocar contra las rocas. Pero justo antes de llegar a Durban se pueden contemplar paisajes de una belleza singular. Profundas simas excavadas en las colinas por las lluvias torrenciales de siglos, por las que descienden los ríos centelleantes, el intenso verde de los arbustos, que crecen tal y como Dios los plantó, y el verde de diversos matices de los sembrados de cereales y de las plantaciones de azúcar, mientras que, de trecho en trecho, una casa blanca que sonríe al mar plácido completa el paisaje y le confiere un aire hogareño.

A mi modo de ver, por muy bello que sea un paisaje, necesita la presencia del hombre para alcanzar su plenitud; pero eso quizá se deba a que he vivido mucho tiempo en soledad y, por lo tanto, conozco el valor de la civilización aunque, sin duda, esta observación está fuera de lugar. Estoy seguro de que el jardín del Edén era bello antes de que existiera el hombre, pero pienso que debió ser más bello cuando Eva se paseaba por él.

Nos equivocamos un poco en nuestros cálculos y ya se había puesto el sol cuando echamos el ancla frente al cabo y oímos el cañonazo que anunciaba a las buenas gentes la llegada del correo inglés. Era demasiado tarde para pensar en cruzar el rompeolas esa misma noche, así que bajamos muy a gusto a cenar después de presenciar cómo se llevaban el correo en el bote salvavidas.

Cuando regresamos a cubierta había salido la luna y su luz brillaba con tal luminosidad sobre la orilla y el agua que casi hacía palidecer los destellos rápidos del faro. Desde la orilla llegaban los aromas dulces y picantes que siempre me traen a la memoria himnos y misioneros, y en las ventanas de las casas de Berea destellaban cientos de luces. En un gran bergantín cercano se oían las canciones de los marineros que maniobraban con el ancla para prepararse para el viento. Era, además, una noche perfecta, una de esas noches que sólo se disfrutan en Sudáfrica, que cubría a todos con un manto de paz, mientras que la luna cubría todas las cosas con un manto de plata. Incluso el enorme perro dogo, cuyo dueño era un pasajero muy deportivo pareció rendirse a sus dulces influencias, y tras renunciar a sus deseos de acercarse a un mandril encerrado en una jaula en el castillo de proa, se puso a roncar plácidamente a la puerta del camarote, sin duda soñando que había acabado con él, y feliz con el sueño.

Todos nosotros, es decir, sir Henry Curtis, el capitán Good y yo, nos sentamos junto al timón y guardamos silencio unos momentos.

–Bueno, señor Quatermain –dijo al poco sir Henry–, ¿ha pensado en mi proposición?

–Sí –coreó el capitán Good–. ¿Qué ha pensado, señor Quatermain? Espero que nos conceda el placer de su compañía hasta las minas del Rey Salomón, o hasta donde quiera que haya llegado el caballero que usted conoce como Neville.

Me levanté y vacié la pipa antes de contestar. No había tomado una decisión y necesitaba un momento más para hacerlo. La tomé antes de que cayera al mar la ceniza caliente. Me bastó con ese segundo. A menudo sucede así con las cosas que nos preocupan durante mucho tiempo.

–Sí, caballero –dije volviendo a sentarme–. Iré y, con su permiso, les diré por qué y en qué condiciones. En primer lugar, éstas son las condiciones que yo propongo:

»Primera: que usted corra con todos los gastos y que el marfil o cualesquiera objetos de valor que encontremos se dividan entre el capitán Good y yo.

»Segunda: que usted me pague quinientas libras por mis servicios antes de iniciar el viaje y yo me comprometo a servirle lealmente hasta que usted decida abandonar la empresa o hasta que la coronemos con éxito, o hasta que sobrevenga la catástrofe.

»Tercera: que antes de partir firme un documento mediante el cual se comprometa, en el caso de mi muerte o inhabilitación, a pagarle a mi hijo Harry, que estudia medicina en el Guy's Hospital de Londres, la suma de doscientas libras al año durante cinco años, fecha en la que ya podrá ganarse la vida por sí mismo. Eso es todo, según creo, y quizás usted lo considere excesivo.

–No –contestó sir Henry–. Acepto de buena gana sus condiciones. Estoy empeñado en este proyecto y estaría dispuesto a pagar más por su ayuda, especialmente teniendo en cuenta el conocimiento tan singular que usted posee.

–Muy bien. Y ahora que he expuesto mis condiciones, les diré las razones por las que he decidido acompañarlos. En primer lugar, caballeros, los he estado observando durante los últimos días y si no les parece impertinente, les diré que son ustedes de mi agrado y pienso que nos vamos a llevar muy bien. Permítanme que les diga que, cuando se tiene en perspectiva un viaje tan largo como éste, es algo muy importante.

»Y con respecto al viaje, debo decirles lisa y llanamente, sir Henry y capitán Good, que no creo probable que lo finalicemos con vida, es decir, no si intentamos atravesar las montañas de Sulimán. ¿Cómo acabó Silvestre hace trescientos años? ¿Cómo acabó su descendiente hace veinte años? ¿Cómo ha acabado su hermano? Caballeros, les digo sinceramente que creo que nuestro destino no será muy diferente al suyo.

Hice una pausa para observar el efecto de mis palabras. El capitán Good parecía un poco incómodo, pero la expresión de sir Henry no cambió.

–Tenemos que arriesgarnos dijo.

–Quizá se pregunte –proseguí –por qué, si pienso así, yo, que como les he dicho soy un hombre tímido, me aventuro a emprender semejante viaje. Es por dos razones. En primer lugar, soy fatalista y creo que mi hora está señalada, independientemente de mis actos y que si tengo que ir a las montañas de Sulimán a que me maten, iré allí y allí me matarán. Sin duda, Dios Todopoderoso conoce sus intenciones respecto a mí, así que no necesito preocuparme en ese sentido. En segundo lugar, soy pobre. Aunque durante casi cuarenta años me he dedicado a la caza y al comercio, nunca he tenido más que lo justo para vivir. Caballeros, no sé si son ustedes conscientes de que la vida media de un cazador de elefantes desde el momento en que empieza su oficio es de cuatro a cinco años. Verán, por tanto, que yo he sobrevivido a unas siete generaciones y pienso que mi hora no debe estar muy lejos. Ahora bien, si me ocurriese algo en el transcurso normal de mi trabajo, una vez saldadas mis deudas, a mi hijo Harry no le quedaría nada para mantenerse mientras se prepara para ganarse la vida, mientras que, en las presentes circunstancias, usted le proporcionará medios para subsistir durante cinco años. Ésta es toda la historia en pocas palabras.

–Señor Quatermain –dijo sir Henry, que me había escuchado con suma atención y seriedad–, sus motivos para comprometerse en una empresa que, en su opinión, sólo puede acabar en la catástrofe, reflejan la gran confianza que puede depositarse en usted. Tanto si tiene razón como si no, el tiempo y el transcurso de los acontecimientos es lo único que puede demostrarlo. Pero tanto si tiene razón como si se equivoca, también puedo decirle ahora mismo que voy a llegar hasta el final, sea para bien o para mal. Si al final nos dejan secos, lo único que puedo decir es que espero que antes hayamos hecho unos cuantos disparos, ¿eh, Good?

–Sí, sí –intervino el capitán–. Los tres estamos acostumbrados a afrontar el peligro y a defender nuestras vidas; así que de nada serviría echarse atrás. Y ahora les propongo que bajemos al salón y hagamos ciertas cosas para desearnos buena suerte, ¿entienden?

Y así lo hicimos, con la ayuda de un vaso.

Al día siguiente bajamos a tierra y acomodé a sir Henry y al capitán Good en la pequeña choza que poseo en el Berea, a la que considero mi hogar. Sólo tiene tres habitaciones y una cocina y está construida con ladrillos verdes, con el tejado de hierro galvanizado, pero tiene un buen jardín con los mejores «loquots» que he visto nunca y unos cuantos mangos jóvenes, en los que he puesto grandes esperanzas. Me los regaló el conservador del jardín botánico. Lo cuida un antiguo cazador mío, llamado Jack, a quien atacó un búfalo hembra y le desgarró de tal forma el muslo que no pudo volver a cazar. Pero es *griqua* y sabe cuidar de las plantas. A un zulú no se le puede pedir que se interese mucho por la jardinería. Es un arte pacífico, y las artes pacíficas no son su especialidad.

Sir Henry y Good durmieron en una tienda de campaña que instalé en el pequeño huerto de naranjos en un extremo del jardín (porque no había sitio para ellos en la casa), y entre el olor de las flores y el panorama de la fruta verde y dorada –porque en Durban se ven las tres cosas juntas en el árbol– puede decirse que es un lugar realmente agradable, porque en el Berea hay pocos mosquitos, a menos que se desencadene una lluvia torrencial, algo poco frecuente.

Pero continuaré –porque, a menos que así lo haga, se cansarán de mi relato antes de que lleguemos a las montañas de Sulimán–. Tras tomar la decisión, empecé a hacer los preparativos necesarios. En primer lugar, sir Henry me dio el documento por el que se proporcionaría medios de vida a mi hijo en caso de accidente. Hubo pequeñas dificultades para ejecutarlo legalmente, porque sir Henry era extranjero y la propiedad que servía de garantía se encontraba al otro lado del mar, pero finalmente se superaron con la ayuda de un abogado, que cobró veinte libras por su trabajo, un precio que a mí me pareció escandaloso. Después me dio el cheque de quinientas libras.

Tras pagar este tributo a mi sentido de la precaución, compré un carro y una yunta de bueyes que eran una auténtica maravilla, en nombre de sir Henry. El carro medía más de dos metros, tenía los ejes de hierro, era muy resistente y ligero y estaba hecho de madera de ocote. No era completamente nuevo, porque había realizado un viaje de ida y vuelta a los campos de diamantes, pero en mi opinión tenía más valor por esta razón, porque eso demostraba que la madera estaba bien curada. Si en un carro hay algo que pueda fallar o si es de madera verde, saltará a la vista en el primer viaje. Era lo que llamamos un carro «semitienda de campaña», es decir, que sólo iba cubierto el metro y pico de la parte posterior, mientras que la parte delantera quedaba libre para guardar los objetos que teníamos que llevar. En la parte posterior había un catre o cama en el que podían dormir dos personas, así como estanterías para fusiles y muchas otras pequeñas comodidades. Lo compré por ciento veinticinco libras y creo que costó barato.

Después compré una estupenda yunta de veinte bueyes zulúes «en sazón», a los que tenía echado el ojo desde hacía uno o dos años. El número normal de bueyes para una buena yunta es de dieciséis, pero compré cuatro más en previsión de posibles pérdidas. Estos bueyes zulúes son pequeños y ligeros; no tienen ni la mitad del tamaño de los bueyes *africander,* que normalmente se utilizan para el transporte pero pueden sobrevivir en los lugares en que los *africander* se morirían de hambre, y con una carga moderada pueden recorrer unos ocho kilómetros al día, son más rápidos y no se cansan tan fácilmente. Además aquellos bueyes estaban completamente «en sazón», es decir, habían viajado por toda Sudáfrica y así se habían inmunizado (hablando en términos relativos) contra el agua roja, que con tanta frecuencia destruye yuntas enteras cuando entran en *veldt* o praderas extrañas. Por lo que se refiere al «mal del pulmón», que es una espantosa forma de pulmonía muy extendida en este país, habían sido vacunados contra ella. Se hace practicando una hendidura en el rabo del buey e introduciendo un trozo de pulmón enfermo de un animal que haya muerto de ese mal. El resultado es que el buey enferma, el mal se desarrolla de una forma muy leve, se le cae el rabo, por regla general a unos diez centímetros de la raíz y el animal queda inmunizado contra accesos futuros. Parece cruel privar al animal de su rabo, especialmente en una región en que hay tantas moscas, pero es mejor sacrificar el rabo y quedarse con el buey que perder rabo y buey, porque un rabo sin buey no es muy útil, a no ser para sacudir el polvo. De todos modos, resulta extraño viajar detrás de veinte muñones en el lugar en que debía haber colas. Es como si la naturaleza hubiese cometido un error insignificante y hubiese adosado los ornamentos de popa de los perros dogos a la grupa de los bueyes.

A continuación se planteó el problema de las provisiones y las medicinas problema que requería la más cuidadosa consideración, porque teníamos que evitar sobrecargar el carro y, no obstante, llevar todo lo absolutamente necesario. Por suerte, resultó que Good era un poco médico, por haber estudiado durante una época de su anterior profesión un curso de instrucción médica y quirúrgica, que había seguido practicando con más o menos asiduidad. Por supuesto, no tenía título, pero sabía más sobre el tema que muchos hombres que pueden anteponer a su nombre la palabra doctor, como descubrimos más adelante, y poseía un espléndido cajón de medicinas de viaje y un buen instrumental. Mientras estábamos en Durban, amputó el dedo pulgar del pie de un cafre con una limpieza que daba gusto verlo. Pero se quedó pasmado cuando el cafre, que había contemplado la operación sentado estúpidamente, le pidió que le colocase otro, alegando que, si no quedaba más remedio, se conformaría con un dedo «blanco».

Una vez resueltos satisfactoriamente estos problemas, aún quedaban ciertos puntos de importancia a tener en cuenta; a saber, las armas y los sirvientes. En lo referente a las armas, lo mejor será ofrecerles una lista con las que finalmente elegimos de entre la amplia colección que había traído sir Henry de Inglaterra y las que yo tenía. La copio de mi agenda, donde las apunté en su día:

«Tres fusiles pesados del ocho doble para cazar elefantes, con un peso de unas dieciocho libras cada uno, y una carga de once dracmas de pólvora negra». Dos de ellos eran de una fábrica muy conocida en Londres, excelentes armeros, pero no sé por quién estaba hecho el mío, que no tenía tan buen acabado. Lo había llevado en varios viajes y cazado con él muchos elefantes y siempre había demostrado ser un arma de excelente calidad en la que se podía confiar plenamente.

«Tres *express* del 500 doble, con capacidad para una carga de seis dracmas». Son armas ligeras, inigualables para piezas de peso medio, como antílopes y otros cérvidos, o para hombres especialmente en espacios abiertos y con proyectil semiperforado.

«Una escopeta *Keeper* número 12 de cañón doble». Esta escopeta nos resultó de gran utilidad para cazar animales para comer.

«Tres rifles *Winchester* de repetición (no carabinas) de repuesto».

«Tres revólveres *Colt* de acción única, con el modelo más pesado de cartucho o modelo americano».

En esto consistía todo nuestro armamento y, sin duda el lector advertirá que las armas de cada clase eran del mismo calibre y la misma marca, porque los cartuchos eran intercambiables, punto éste muy importante. No voy a disculparme por lo prolijo de estos detalles, porque cualquier cazador experto sabe lo vital que es llevar un equipo adecuado de armas y municiones para el éxito de una expedición.

A continuación me referiré a los hombres que iban a venir con nosotros. Tras muchas consultas, decidimos que el número debía reducirse a cinco, a saber: el conductor, el guía y tres criados.

Encontré al conductor y al guía sin mucha dificultad. Eran dos zulúes llamados respectivamente Goza y Tom, pero con los criados fue más complicado. Tenían que ser de absoluta confianza y muy valientes, puesto que en un viaje así nuestra vida podía depender de su comportamiento. Finalmente encontré a dos, uno de ellos un hotentote llamado Ventvögel (pájaro del viento), y el otro, un zulú de pequeña estatura llamado Khiva, que tenía el mérito de hablar inglés perfectamente. A Ventvögel lo conocía de antes; era uno de los mejores «rastreadores» con que me he topado, resistente como una tralla. Nunca parecía cansarse. Pero tenía un defecto, muy común entre los de su raza: la bebida. Si se dejaba una botella de «grog» a su alcance, ya no se podía confiar en él. Pero como íbamos a la zona en que no hay tiendas para comprar «grog», esta pequeña debilidad suya no tenía mucha importancia.

Tras contratar a estos dos hombres, busqué en vano a un tercero que se acomodara a mis propósitos, por lo que decidimos iniciar el viaje sin él, confiando en la suerte para encontrar al hombre adecuado en el camino. Pero la tarde antes del día que habíamos decidido para la salida, el zulú Khiva me comunicó que había un hombre que deseaba verme. Cuando acabamos de cenar, porque estábamos sentados a la mesa en ese momento, le dije que lo trajese ante mí. Entró un hombre muy alto, apuesto, de unos treinta años de edad y, para ser zulú, de pigmentación muy clara, y levantando la empuñadura del bastón a modo de saludo, se acomodó en un rincón, en cuclillas, y guardó silencio. No le hice caso durante un rato, porque es una gran equivocación obrar de otra forma. Si uno se precipita a entablar conversación inmediatamente, un zulú pensará que se encuentra ante una persona de poca dignidad o consideración. No obstante, advertí que era un «Keshla» u hombre coronado, es decir, que llevaba en la cabeza un aro negro, hecho con una especie de goma abrillantada con grasa y entretejido con el pelo, atavío que normalmente adoptan los zulúes al alcanzar cierta edad o rango. También me sorprendió que su cara me resultase familiar.

–Bueno –dije al fin–, ¿cómo te llamas?

–Umbopa –contestó el hombre con un tono de voz pausado y profundo.

–Yo te he visto en alguna parte.

–Sí, el Inkosi, el jefe, mi padre, vio mi cara en la Pequeña Mano, es decir en la Isandhlwana, el día antes de la batalla.

Entonces lo recordé. Yo fui uno de los guías de lord Chelmsford en la desafortunada guerra contra los zulúes y participé en la batalla de la que afortunadamente salí con vida. No hablaré aquí de ella, pues es un tema muy doloroso. El día anterior entablé conversación con aquel hombre, que ejercía cierta autoridad sobre los ayudantes nativos, y me expresó sus dudas sobre la seguridad del campamento. Yo le dije que mantuviese la boca cerrada y que dejase esos asuntos a otras mentes más claras, pero después pensé en sus palabras.

–Lo recuerdo –dije–. ¿Qué deseas?

–Lo siguiente, «Mazumazahn». –Ése es mi nombre en lengua cafre y significa el hombre que se levanta en mitad de la noche, o, más sencillamente, el que mantiene los ojos abiertos–. He oído decir que prepara una gran expedición hacia el norte, con los jefes blancos del otro lado del agua. ¿Son palabras ciertas?

–Sí.

–He oído que va a llegar hasta el río Lukanga, a una luna de viaje desde la región de Manica. ¿Es así, «Mazumazahn»?

–¿Por qué preguntas adónde vamos? ¿Qué te importa a ti? –repliqué suspicaz, porque habíamos mantenido el objeto de nuestro viaje en el más absoluto secreto.

–Porque si realmente van tan lejos, yo iría con ustedes, oh, hombres blancos.

Había una cierta presunción de dignidad en la forma de hablar de aquel hombre, especialmente en la forma de usar la expresión «oh, hombre blancos», en lugar de «oh, "Inkosis" jefes», que me sorprendió.

–Olvidas un poco los buenos modales –dije–. No piensas lo que dices. Ésa no es forma de hablar. ¿Cómo te llamas y dónde está tu *kraal?* Dínoslo, para que sepamos con quién estamos tratando.

–Me llamo Umbopa. Soy del pueblo zulú; pero no soy uno de ellos. Mi tribu está allá lejos, en el norte; fue abandonada cuando los zulúes bajaron aquí «hace mil años», mucho antes de que Chaka reinase en Zululandia. No tengo *kraal.* He vagado muchos años. Salí del norte cuando era niño y vine a Zululandia. Fui uno de los hombres de Cetywayo en el regimiento de Nkomabakosi. Huí de Zululandia y vine a Natal porque quería ver las costumbres del hombre blanco. Después luché en la guerra contra Cetywayo. Desde entonces he trabajado en Natal. Ahora estoy cansado y quisiera volver al norte. Mi sitio no está aquí. No quiero dinero, pero soy un hombre valiente, y puedo ganarme mi puesto y mi comida. He dicho.

Este hombre y su forma de hablar me dejaron perplejo. Por su porte, saltaba a la vista que, en líneas generales, decía la verdad, pero, en cierto sentido, era diferente a los zulúes corrientes y desconfié de su oferta de venir con nosotros sin recibir paga. Al encontrarme en dificultades, traduje sus palabras a sir Henry y a Good y les pedí su opinión. Sir Henry me dijo que le pidiese que se pusiera de pie. Umbopa lo hizo así, desprendiéndose al mismo tiempo del enorme abrigo militar que llevaba, con lo que quedó desnudo, salvo por la *moucha* que le rodeaba la cintura y un collar de garras de león. Verdaderamente era un hombre de un aspecto magnífico; nunca había visto a un nativo más hermoso. Con una altura de unos casi dos metros tenía una anchura proporcionada y estaba bien formado. Además, con la luz que había, su piel apenas parecía algo más que oscura, excepto en los lugares en que unas cicatrices negras señalaban antiguas heridas de azagayas.

Sir Henry se acercó a él y le miró a la cara, hermosa y orgullosa.

–Hacen buena pareja, ¿verdad? –dijo Good–. Son igual de altos.

–Me gusta tu aspecto, Umbopa, y te tomo a mi servicio dijo sir Henry en inglés.

A todas luces, Umbopa le entendió, porque contestó en zulú:

–Está bien –y añadió, con una mirada apreciativa a la estatura y fortaleza del hombre blanco–: Tú y yo somos hombres.

CAPÍTULO 4

La cacería de elefantes

No es mi intención detallar todos los incidentes de nuestro largo viaje al *kraal* de Sitanda, cerca de la confluencia de los ríos Lukanga y Kalukwe, a una distancia de más de mil quinientos kilómetros de Durban. Tuvimos que recorrer a pie los últimos cuatrocientos, debido a que en la zona abundaba la terrible mosca «tsé-tsé», cuya picadura es mortal para todos los animales, excepto para los burros y los hombres.

Salimos de Durban a finales de enero, y en la segunda semana de mayo acampamos cerca del *kraal* de Sitanda. En el camino, nuestras aventuras fueron múltiples y diversas, pero como no son muy distintas de las que suelen acontecer a cualquier cazador africano, no las explicaré aquí –con una excepción que a continuación detallaré–, a riesgo de que esta historia resulte demasiado aburrida.

En Inyati, la estación comercial y financiera del país de los matabele, cuyo rey es Lobengula (un grandísimo canalla), nos separamos con gran pena de nuestro cómodo carro. Sólo nos quedaban doce bueyes del magnífico tiro de veinte que había comprado en Durban. Uno murió por la picadura de una cobra, tres perecieron por la escasez de comida y la falta de agua, uno se perdió, y los otros tres murieron por comer una hierba venenosa llamada «tulipán». Por esta misma causa enfermaron otros cinco, pero logramos curarlos con una infusión a base de hojas de tulipán hervidas. Si se administra a tiempo, resulta un antídoto muy efectivo. Dejamos el carro y los bueyes al cargo de Goza y Tom, el conductor y el guía, ambos muchachos dignos de confianza, y pedimos a un respetable misionero escocés que vivía en aquel desolado lugar que lo vigilase.

Después, acompañados por Umbopa, Khiva, Ventvögel y media docena de porteadores que contratamos allí mismo, partimos a pie hacia nuestro disparatado objetivo. Recuerdo que estábamos todos un poco silenciosos en el momento de la partida y creo que todos nos preguntábamos si volveríamos a ver el carro; por mi parte, no esperaba que fuese así.

Durante un rato caminamos pesadamente y en silencio, hasta que Umbopa, que marchaba en cabeza, inició un cántico zulú sobre unos hombres valientes que, cansados de la vida y la insipidez de las cosas, partieron hacia lo desconocido para encontrar nuevas cosas o morir, y hete aquí que, cuando se adentraron en aquellas tierras, se encontraron con que no era un lugar salvaje, sino un lugar maravilloso, lleno de mujeres jóvenes y ganado robusto, de animales que cazar y enemigos que matar.

Todos nos echamos a reír y lo tomamos como un buen presagio. Umbopa era un alegre nativo, con una gran dignidad, cuando no se sumergía en uno de sus accesos de melancolía, y tenía estupendos recursos para animarnos. Todos le tomamos mucho cariño.

Y a continuación me explayaré en el relato de una aventura, porque me encantan las historias de caza.

A los quince días de salir de Inyati, nos topamos con una bellísima región boscosa con mucha agua. Las laderas de las colinas estaban densamente cubiertas de arbustos, el arbusto «idoro», como lo llaman los nativos, y en algunos sitios, de espinos «wacht-een-beche» (espera-un-poco), y había bellísimos árboles *machabell* en grandes cantidades, cargados de refrescante fruta amarilla de huesos enormes. Este árbol es el alimento favorito de los elefantes, y no faltaban señales de que las grandes bestias merodearan por allí, porque no sólo encontramos numerosos rastros, sino que en muchos sitios los árboles estaban rotos, e incluso arrancados de raíz. El elefante destruye para alimentarse.

Una tarde, tras la larga marcha del día, llegamos a un lugar de especial encanto. Al pie de una colina revestida de arbustos se extendía el lecho seco de un río, en el que, no obstante, se encontraban charcas de agua cristalina rodeadas de huellas de animales. Frente a la colina había una planicie como un parque, en la que crecían grupos de mimosas de copas planas, alternando con árboles *machabell* de hojas brillantes, todo ello rodeado por el gran mar de la selva silenciosa, sin senderos.

Al adentrarnos en el sendero marcado por el lecho seco del río, asustamos a un grupo de altas jirafas, que huyeron al galope, o más bien volaron, con su extraño modo de andar, las colas arrugadas sobre el lomo, haciendo sonar las pezuñas como castañuelas. Se encontraban a unos trescientos metros de nosotros y, por tanto, prácticamente fuera de nuestro alcance, pero Good, que marchaba en cabeza y llevaba en las manos un rifle *express* cargado, no pudo resistir la tentación; apuntó y disparó al animal que iba en última posición, una hembra joven. Por una extraordinaria casualidad, la bala le acertó de lleno en la parte posterior del cuello, y le destrozó la columna vertebral; la jirafa cayó rodando como un conejo. Jamás había visto algo tan curioso.

–¡Maldición! –dijo Good, porque lamento decir que tenía la costumbre de utilizar un lenguaje subido de tono cuando estaba excitado, costumbre adquirida, sin duda, en el curso de su carrera náutica–. ¡Maldición! La he matado.

–*¡Ou,* Bougwan! –exclamaron los cafres–. *¡Ou, ou!*

Llamaban a Good «Bougwan» (ojo de cristal) por el monóculo.

–*¡Ou,* «Bougwan»! –coreamos sir Henry y yo, y desde ese día quedó establecida la reputación de Good como cazador extraordinario, sobre todo entre los cafres. En realidad, era muy malo, pero siempre que fallaba el tiro hacíamos la vista gorda, en recuerdo de la jirafa.

Tras dejar a algunos de los «muchachos» dedicados a la tarea de cortar la mejor parte de la carne de la jirafa, nos pusimos a construir un «scherm» cerca de una de las charcas, a unos cien metros de la derecha de éstas.

El «scherm» se hace cortando espinos y formando con ellos un seto circular. Después, se alisa el espacio interior y, si se puede obtener, se extiende a modo de lecho hierba *tambouki* seca, y se encienden una o varias hogueras.

Cuando estuvo terminado el «sherm» empezaba a salir la luna, y ya estaba lista la cena a base de filetes de carne de jirafa y tuétano asado. ¡Cómo disfrutamos del tuétano, a pesar del trabajo que costaba romper los huesos! No conozco bocado mejor que el tuétano de jirafa, a menos que se trate de corazón de elefante, que comimos por la mañana. Disfrutamos con aquella sencilla cena, deteniéndonos de vez en cuando para agradecer a Good su extraordinaria puntería, a la luz de la luna llena, y nos pusimos a fumar y contar historias. Debíamos formar un extraño cuadro, todos agazapados en torno al fuego. Sir Henry, con sus bucles rubios, que habían crecido bastante, y yo con mi pelo corto y gris, que se quedaba tieso, formábamos un gran contraste, especialmente porque yo soy delgado, bajo y de piel oscura, y sólo peso cincuenta y ocho kilos y sir Henry es alto, robusto y rubio, y pesa noventa y ocho. Pero quizá tomando en consideración todas las circunstancias del caso, el que presentaba el aspecto más extraño de todos nosotros era el capitán John Good, oficial de la Marina. Sentado sobre una bolsa de cuero, tenía el aire de venir de una cómoda jornada de caza en un país civilizado, completamente limpio, aseado y bien vestido. Llevaba un traje de caza de mezclilla marrón, con sombrero a juego, y unas polainas impecables. Como de costumbre, iba muy bien afeitado, el monóculo y la dentadura postiza parecían encontrarse en perfecto estado, y además era el hombre más pulcro con que me he topado en la selva. Llevaba incluso cuello duro, de los que tenía una buena provisión de gutapercha blanca.

–Es que pesan muy poco –me dijo con inocencia cuando le expresé mi asombro–. Me gusta vestir siempre como un caballero.

Y así seguimos sentados un buen rato a la maravillosa luz de la luna, contando historias y observando a los cafres que, a unos metros de distancia, fumaban la embriagante «daccha» en una pipa cuya boquilla estaba hecha de cuero de antílope, hasta que, uno tras otro, se envolvieron en las mantas y se quedaron dormidos junto al fuego, todos menos Umbopa, que estaba un poco separado de ellos (observé que nunca se mezclaba demasiado con los demás cafres), con la barbilla apoyada en una mano, al parecer sumido en profunda meditación.

En ese momento, de las profundidades de los arbustos que había a nuestra espalda brotó un rugido: *«¡Uof, uof!»*.

–¡Es un león! –exclamé y nos pusimos de pie de un salto, atentos. Apenas habíamos hecho este movimiento, cuando se oyó en la charca, a unos cien metros, el barritar estridente de un elefante.

–¡Unkungunklovo!, ¡Indlovu! ¡Elefante!, ¡elefante! –murmuraron los cafres; y al cabo de unos minutos vimos una serie de enormes formas borrosas que se desplazaban lentamente desde el agua hacia los arbustos.

Good dio un brinco, presto para la matanza; quizá pensaba que le iba a resultar tan fácil matar un elefante como lo había sido abatir a la jirafa, pero le cogí por un brazo y le hice bajar el rifle.

–No vale la pena –dije–; déjelos ir.

–Parece que estamos en el paraíso de la caza. Propongo que paremos aquí uno o dos días y probemos suerte –dijo sir Henry.

Me sorprendió, porque hasta entonces sir Henry había sido partidario de avanzar con la mayor rapidez posible, especialmente desde que averiguamos en Inyati que, hacía unos dos años, un inglés llamado Neville *había vendido* allí su carro y se había dirigido hacia la región del norte; pero supongo que sus instintos de cazador eran más fuertes que él.

Good aceptó la idea de inmediato porque estaba deseando probar suerte con los elefantes; y, a decir verdad, lo mismo me ocurría a mí, porque me remordía la conciencia dejar escapar una manada semejante sin cobrar ninguna pieza.

–De acuerdo, muchachos. Creo que queremos un poco de diversión. Y ahora, vamos a recogernos, porque deberíamos partir al alba y quizá los pillemos comiendo antes de que se alejen.

Los otros asintieron y nos dispusimos a acostarnos. Good se quitó la ropa, la sacudió, metió el monóculo y la dentadura postiza en el bolsillo del pantalón, la dobló cuidadosamente y la colocó a cubierto del rocío, bajo una esquina de su sábana impermeable. Sir Henry y yo nos conformamos con tomar unas medidas más toscas, y al momento estábamos acurrucados entre las mantas, sumidos en el pesado sueño que es la recompensa del viajero.

De repente... ¿Qué ha sido eso?

Desde la charca nos llegó el ruido de una violenta pelea, y al instante una sucesión de terribles bramidos nos rompió los oídos. No cabía error posible sobre su origen; sólo un león podía hacer semejante ruido. Todos nos levantamos de un salto y miramos hacia el agua, donde vimos una confusa masa de color amarillo y negro que se acercaba hacia nosotros tambaleándose y luchando. Cogimos los rifles, nos pusimos rápidamente los *veldtschoons,* es decir, unos zapatos de cuero sin curtir, y salimos corriendo del «scherm». La masa había caído al suelo y rodaba de un lado a otro, y cuando llegamos junto a ella, dejó de luchar y se quedó inmóvil.

Era lo siguiente. Sobre la hierba yacía un antílope negro

macho –el más hermoso de los antílopes africanos–, muerto, y traspasado por sus grandes cuernos curvados, había un magnífico león de melena negra, también muerto. Saltaba a la vista que lo que había ocurrido era que el antílope negro había bajado a beber a la charca, donde él león –sin duda el mismo que habíamos oído rugir–, estaba agazapado, al acecho. Mientras el antílope bebía, el león se abalanzó sobre él, pero se topó con los afilados cuernos curvos, que lo traspasaron. Yo ya había visto algo parecido en otra ocasión. El león, incapaz de liberarse, desgarró y mordió el pescuezo del antílope, el cual enloquecido de terror y dolor, arremetió hasta quedar muerto.

En cuanto hubimos examinado suficientemente las bestias muertas, llamamos a los cafres y entre todos logramos arrastrar los cadáveres hasta el «scherm». A continuación entramos y nos acostamos y no volvimos a despertarnos hasta el alba.

Estábamos ya levantados con la primera luz del día, preparándonos para el combate. Cogimos los tres rifles del ocho, una buena provisión de municiones y las grandes cantimploras, llenas de té frío y poco cargado, que a mí siempre me ha parecido la mejor bebida para ir de caza. Tras tomar a toda prisa un frugal desayuno, nos pusimos en camino, acompañados por Umbopa, Khiva y Ventvögel. Dejamos a los otros cafres con instrucciones de desollar el león y el antílope y de cortar en pedazos este último.

No tuvimos ninguna dificultad en encontrar el ancho rastro de los elefantes que, según declaró Ventvögel tras examinarlo, lo habían hecho unos veinte o treinta animales, en su mayoría machos adultos. Pero la manada había avanzado un poco durante la noche. Eran las nueve y hacía ya mucho calor cuando descubrimos, por los árboles rotos, las hojas y cortezas magulladas y los excrementos humeantes, que no podíamos andar muy lejos de ellos.

Finalmente avistamos la manada, que estaba formada, como había dicho Ventvögel, por unos veinte o treinta animales, aposentados en una hondonada agitando las grandes orejas tras haber acabado la comida de la mañana. Era una espléndida vista.

Estaban a unos doscientos metros de nosotros. Tomé un puñado de hierba seca y la lancé al aire para ver la dirección del viento, porque sabía que, en cuanto nos olfatearan, escaparían antes de que pudiéramos disparar el primer tiro. Al observar que el viento soplaba desde los elefantes hacia nosotros, avanzamos sigilosamente, y gracias a esto logramos llegar a unos cuarenta metros de distancia de las grandes bestias. Justo delante de nosotros había tres espléndidos machos de costado, uno de ellos con unos colmillos colosales. Dije a los demás en un susurro que yo me encargaría del de en medio, sir Henry cubriría el de la izquierda y Good el de los colmillos grandes.

–Ahora –murmuré.

¡Bum! ¡Bum! ¡Bum!, rugieron los tres pesados rifles y el elefante de sir Henry se desplomó, muerto, con el corazón atravesado. El mío cayó de rodillas, y pensé que iba a morir, pero al cabo de un momento se levantó y pasó precipitadamente junto a mí. Mientras huía, le disparé por segunda vez en el lomo, lo que le hizo caer definitivamente. Introduje a toda prisa dos cartuchos en el rifle, me acerqué a él, y una bala le atravesó el cerebro, poniendo fin a los estertores de la pobre bestia. Después me volví para ver cómo le habla ido a Good con el elefante grande, al que oí bramar de furor y dolor, al tiempo que daba al mío el golpe de gracia. Al llegar junto al capitán, observé que se hallaba en un estado de gran excitación. Al parecer, al recibir el proyectil, el elefante se dio la vuelta y se precipitó contra su agresor, quien apenas tuvo tiempo de quitarse de en medio, y después pasó a su lado embistiendo, hacia el campamento. Entretanto, la manada se dispersó aterrorizada en dirección opuesta.

Discutimos durante un rato si debíamos seguir al elefante herido o a la manada, y finalmente nos decidimos por la última alternativa y nos pusimos en camino pensando que no volveríamos a ver aquellos grandes colmillos. Muchas veces, desde entonces, he deseado que hubiera ocurrido así. Era tarea fácil seguir a los elefantes, porque habían dejado tras de sí un rastro como un camino para carruajes, aplastando los densos arbustos en su enloquecida huida, como si se tratase de hierba *tambouki.*

Pero encontrarlos era otra cuestión y pasamos más de dos horas de búsqueda bajo un sol de justicia hasta dar con ellos. Estaban todos agrupados, salvo un macho, y por su inquietud y la elevación de la trompa para examinar el aire deduje que estaban atentos a cualquier indicio de peligro. El elefante macho solitario se encontraba delante, a unos cincuenta metros del resto de la manada, evidentemente haciendo guardia para protegerla, y a unos sesenta metros de nosotros. Como pensábamos que podía vernos y olfatearnos y que si nos acercábamos se darían a la fuga una vez más, sobre todo teniendo en cuenta que nos hallábamos en espacio abierto, todos apuntamos al macho y disparamos cuando yo susurré «fuego». Los tres disparos dieron en el blanco y el animal cayó muerto. La manada huyó, pero por desgracia para ellos, a unos cien metros había una *mullah,* o curso seco de agua, de riberas escarpadas, muy parecido al lugar en que mataron al Príncipe Imperial en Zululandia. Allí quedaron atrapados los elefantes y cuando llegamos nosotros los encontramos luchando en desesperada confusión por alcanzar la otra orilla. Llenaban el aire con sus bramidos y barritaban empujándose unos a otros en su pánico egoísta, como tantos seres humanos.

Era nuestra oportunidad, así que disparamos con toda la rapidez con que podíamos recargar la munición, matamos cinco de aquellas pobres bestias y sin duda habríamos derribado a toda la manada a no ser porque repentinamente abandonaron sus intentos por trepar por la ribera y se precipitaron *mullah abajo.*

Estábamos demasiado cansados para seguirlos y quizá también hartos de tanta matanza, ocho elefantes era un buen número de piezas para un día de caza.

De modo que, tras haber descansado un rato y después de que los cafres cortaran los corazones de dos elefantes para la cena, iniciamos el camino de vuelta, muy satisfechos de nosotros mismos, y con la decisión de enviar a los porteadores a la mañana siguiente a cortar los colmillos.

Poco después de pasar por el lugar en que Good había herido al elefante patriarca, nos topamos con una manada de antílopes, pero no disparamos, puesto que ya teníamos suficiente carne. Pasaron cerca de nosotros, al trote, y después se detuvieron detrás de unos pequeños arbustos a unos cien metros de distancia y se dieron la vuelta para mirarnos. Como Good ardía en deseos de acercarse a ellos, porque nunca había visto un antílope de cerca, le dio el rifle a Umbopa, y seguido por Khiva, se dirigió tranquilamente hacia los arbustos. Nos sentamos y nos pusimos a esperarlo, sin lamentar la excusa para descansar un poco.

El sol se ocultaba con un esplendor de rojos y sir Henry y yo admirábamos la preciosa escena, cuando de repente oímos el barritar de un elefante, y vimos su enorme figura que embestía con la trompa y la cola levantadas y recortadas contra el gran globo rojo del sol. Al instante vimos algo más; Good y Khiva corrían precipitadamente hacia nosotros seguidos por el elefante herido, porque de él se trataba. Durante unos momentos no nos atrevimos a disparar –además, de poco hubiera servido a esa distancia–, por temor a alcanzar a los hombres, y a continuación ocurrió algo espantoso: Good fue víctima de su pasión por la ropa civilizada. De haber consentido en deshacerse de los pantalones y las polainas, como habíamos hecho los demás, y cazar con un camisa de franela y los *veldtschoons,* todo hubiera ido bien; pero así, los pantalones le estorbaron en aquella carrera desesperada y cuando estaba a unos sesenta metros de nosotros, las botas, pulidas por la hierba seca, le hicieron resbalar y cayó al suelo de cabeza justo delante del elefante.

Sofocamos un grito, porque sabíamos que iba a morir y corrimos a toda velocidad hacia él. Tres segundos más tarde todo había acabado, pero no como habíamos pensado. Khiva, el muchacho zulú, vio caer a su amo, y como era un chaval valiente, dio media vuelta y lanzó su azagaya a la cabeza del elefante. Se clavó en la trompa.

Con un alarido de dolor, la bestia atrapó al pobre zulú, lo arrojó al suelo y, colocando su enorme pata sobre la cintura del muchacho, le enroscó la trompa en la parte superior del cuerpo *y lo rompió en dos.*

Nos precipitamos hacia allí, enloquecidos de terror, y volvimos a disparar una y otra vez, hasta que el elefante cayó sobre los despojos del zulú.

Con respecto a Good, se levantó y se retorció las manos, apenado, sobre el cuerpo del valiente muchacho que había dado su vida por salvarlo, y a mí, aunque perro viejo, se me hizo un nudo en la garganta. Umbopa se puso de pie y contempló al enorme elefante muerto y los restos destrozados del pobre Khiva.

–En fin –dijo–; está muerto, pero ha muerto como un hombre.

CAPÍTULO 5

La marcha por el desierto

Habíamos matado nueve elefantes y tardamos dos días en cortar los colmillos, llevarlos al campamento y enterrarlos cuidadosamente en la arena, bajo un enorme árbol que llamaba la atención a varios kilómetros a la redonda. Era un lote de marfil extraordinario. Nunca había visto otro igual ya que el peso medio de cada colmillo era de unos veinte o treinta kilos según nuestros cálculos. Los dos colmillos del macho que había matado el pobre Khiva alcanzaban casi los ochenta kilos.

En cuanto a Khiva, enterramos sus restos en una madriguera de oso hormiguero, junto a una azagaya, para que lo protegiese en su viaje a un mundo mejor. Al tercer día nos pusimos en camino, con la esperanza de regresar a desenterrar el marfil, y andando el tiempo, tras una larga y fatigosa marcha múltiples aventuras que no puedo detallar por falta de espacio, llegamos al *kraal* de Sitanda, cerca del río Lukanga, que constituía el verdadero punto de partida de nuestra expedición.

Recuerdo muy bien nuestra llegada a aquel lugar. A la derecha había un poblado nativo de casas dispersas, con unos cuantos *kraals* de ganado y sembrados junto al agua, donde aquellos salvajes plantaban su escasa provisión de grano, y detrás, grandes extensiones de *veldt* ondulante, cubiertas de hierba alta, por las que vagaban manadas de caza menor. A la izquierda se extendía el inmenso desierto. Aquello parecía ser el puesto avanzado de las regiones fértiles, y era difícil saber a qué causas naturales obedecía un cambio tan brusco de carácter del suelo. Pero así era. Justo debajo de nuestro campamento corría un pequeño arroyo, cuya margen derecha era una pendiente pedregosa, la misma por la que vi arrastrarse al pobre Silvestre veinte años atrás, al regreso de su tentativa de llegar a las minas del Rey Salomón, y detrás de aquella pendiente empezaba el desierto sin agua, cubierto con una especie de arbusto llamado *karu.*

Caía el crepúsculo cuando montamos el campamento, mientras que el gran globo ardiente del sol se hundía en el desierto, desparramando magníficos rayos multicolores en todas direcciones. Dejando a Good a cargo de la supervisión de los preparativos del pequeño campamento, me llevé a sir Henry y llegamos hasta la cúspide de la pendiente que se erguía frente a nosotros y contemplamos el desierto. La atmósfera estaba muy limpia, y allá lejos, muy lejos, distinguí los débiles contornos azules coronados de blanco de la gran Berg de Sulimán.

–Ahí está la muralla de las minas del Rey Salomón dije –, pero sólo Dios sabe si llegaremos a escalarla.

–Mi hermano tendría que estar ahí, y si es así, le encontraré como sea dijo sir Henry en aquel tono de sosegada confianza que le caracterizaba.

–Eso espero –repliqué, y al darme la vuelta para regresar al campamento, observé que no estábamos solos. Detrás de nosotros, y también contemplando con la mayor atención las lejanas montañas, estaba el enorme zulú Umbopa.

El zulú habló al ver que le había estado observando, pero se dirigió a sir Henry, a quien había tomado gran cariño.

–¿Es a esa tierra a la que te diriges, Incuba? (palabra nativa que, según creo, significa elefante, que era el nombre que los cafres le habían puesto a sir Henry) –dijo, señalando hacia las montañas con su ancha azagaya.

Le pregunté bruscamente que pretendía al dirigirse a su amo en un tono tan familiar. Me parece muy bien que los nativos adopten un nombre ellos para llamar a los blancos, pero no es decente que se lo digan a la cara. El zulú emitió una risita tranquila que me enfureció.

–¿Cómo sabes tú que no soy igual que el Inkosi al que sirvo? –dijo–. Él es de familia real, no hay duda; puede verse por su tamaño y sus ojos; quizá yo también lo sea. Al menos, soy tan grande como él. Transmite mis palabras, oh Macumazahn, al *Inkoos Incubu,* mi amo, porque os hablo a él y a ti.

Me enfadé con aquel hombre, porque no estoy acostumbrado a que los cafres me hablen así, pero por alguna razón sus palabras me impresionaron y sentí curiosidad por saber qué iba a decir; así que las traduje, expresando al mismo tiempo mi opinión de que era un tipo insolente y que su jactancia era escandalosa.

–Sí, Umbopa –contestó sir Henry–; allí me dirijo.

–El desierto es grande y no tiene agua; las montañas son altas y están cubiertas de nieve, y ningún hombre puede decir qué hay más allá, detrás del lugar en que se oculta el sol ¿Cómo llegarás allá, Incuba, y por qué vas?

Traduje sus palabras.

–Dígale –contestó sir Henry–, que voy porque creo que un hombre de mi sangre, mi hermano, ha llegado allí antes que yo, y que voy a buscarlo.

–Es cierto, Incuba; un hotentote que conocí en la carretera me dijo que un hombre blanco se internó en el desierto hace dos años para ir a esas montañas con un sirviente, un cazador. No regresaron.

–¿Cómo sabes que era mi hermano? –preguntó sir Henry.

–No, no lo sé. Pero el hotentote, al preguntarle que cómo era el hombre blanco, me dijo que tenía tus mismos ojos y la barba negra. También me contó que el cazador que iba con él se llamaba Jim, que era un cazador bechuana y que iba vestido.

–No hay duda –dije–; yo conocía bien a Jim.

Sir Henry asintió.

–Estaba seguro –dijo–. Cuando George se proponía algo, normalmente lo conseguía. Siempre le ha ocurrido así desde la infancia. Si tenía la intención de cruzar la Berg de Sulimán, la habrá cruzado, a menos que le haya sobrevenido algún accidente. Tenemos que buscarle al otro lado.

Umbopa entendía el inglés, aunque raras veces lo hablaba.

–Es un viaje muy largo, Incuba –intervino, y yo traduje sus palabras.

–Sí –repitió sir Henry–; es muy largo. Pero no hay viaje en esta tierra que no pueda realizar un hombre si pone todo su empeño en ello. No hay nada que no se pueda hacer, Umbopa no hay montañas que no pueda escalar, no hay desiertos que no pueda atravesar, salvo una montaña o un desierto que no conozca, si le guía el amor y defiende su vida sin darle importancia, dispuesto a salvarla o perderla según ordene la Providencia.

Lo traduje.

–Ésas son grandes palabras, padre mío –replicó el zulú (siempre le llamo zulú, aunque en realidad no lo era)–, grandes y magníficas palabras, dignas de salir de la boca de un hombre. Tienes razón, padre Incuba. ¿Qué es la vida? Es una pluma, es la semilla de una hierba, aventada de acá para allá, que a veces se multiplica y muere en el acto y a veces asciende a los cielos. Pero si la semilla es buena y fuerte, es posible que viaje por el camino según su voluntad. Es bueno tratar de recorrer el propio camino y luchar contra el viento. El hombre tiene que morir. Lo peor que le puede ocurrir es morir un poco antes. Yo cruzaré el desierto y escalaré las montañas contigo, a no ser que caiga al suelo en el camino, padre mío.

Hizo una pausa y después prosiguió con uno de esos extraños accesos de elocuencia retórica en la que a veces se complacen los zulúes que, a mi entender, a pesar de sus vanas repeticiones, demuestran que esa raza no carece en absoluto de instinto poético y fuerza intelectual.

–¿Qué es la vida? Decídmelo vosotros, oh hombres blancos, que sois sabios, que conocéis los secretos del mundo, y el mundo de las estrellas y el mundo que está por encima y alrededor de las estrellas; vosotros que transmitís las palabras desde lejos sin voz, decidme, hombres blancos, el secreto de vuestra vida: a dónde va y de dónde viene. No podéis contestar; no lo sabéis. Escuchadme; yo sí puedo contestar. Venimos de la oscuridad; a la oscuridad vamos. Como un pájaro llevado por la tormenta en la noche, volamos salidos de la Nada; nuestras alas se ven durante unos momentos a la luz de la hoguera y hete aquí que regresamos una vez más a la Nada. La vida no es nada. La vida lo es todo. Es la mano con la que nos defendemos de la muerte. Es la luciérnaga que brilla en la noche y oscurece por la mañana; es el aliento blanco de los bueyes en invierno; es la pequeña sombra que atraviesa la hierba y se pierde al caer el crepúsculo.

–Eres un hombre extraño –dijo sir Henry cuando el zulú dejó de hablar.

Umbopa se echó a reír.

–Yo creo que nos parecemos mucho, Incubu. Quizá *yo* también busco a un hermano detrás de las montañas.

Lo miré con suspicacia.

–¿Qué quieres decir? –pregunté–. ¿Qué sabes tú de las montañas?

–Poco; muy poco. Allí hay una tierra extraña, una tierra de brujería y de cosas maravillosas; una tierra de gentes valientes y de árboles y arroyos y montañas blancas, con una gran carretera blanca. Yo lo he oído decir. Pero, ¿de qué sirve hablar? Oscurece. Quienes vivan para verlo lo verán.

Volví a mirarlo, dubitativo. Aquel hombre sabía demasiado.

–No tienes por qué temerme, Macumazahn –dijo, interpretando mi mirada–. No cavo agujeros para que tú caigas en ellos. No tramo ninguna trampa. Si llegamos a atravesar la montaña que hay detrás del sol, te diré lo que sé. Pero la Muerte se sienta en ellas. Sed prudentes y volved atrás. Id a cazar elefantes. He dicho.

Y sin añadir una palabra más, levantó su lanza a modo de saludo y se dirigió al campamento, donde al poco tiempo le encontramos limpiando un rifle como cualquier otro cafre.

–Es un hombre extraño –dijo sir Henry.

–Sí –repliqué–, demasiado extraño. No me gustan sus pequeñas manías. Sabe algo, pero no lo quiere soltar. Supongo que no servirá de nada discutir con él. Hemos emprendido un extraño viaje y un zulú misterioso no supondrá mucha diferencia.

Al día siguiente hicimos los preparativos para la partida. Naturalmente, como era imposible cargar con los pesados rifles para elefantes y otros avíos por el desierto, despedimos a los porteadores y llegamos a un acuerdo con un viejo nativo que tenía un *kraal* cerca del campamento para que se hiciera cargo de ellos hasta nuestro regreso. Me dolió en el alma abandonar aquellas herramientas en las manos nada piadosas de un viejo ladrón, de un salvaje cuyos ojos codiciosos contemplaban los objetos con maligna satisfacción; pero tomé ciertas precauciones.

En primer lugar, cargué todos los rifles y puse en su conocimiento que si los tocaba se dispararían. Inmediatamente hizo el experimento con mi rifle del calibre ocho, que se disparó y atravesó a uno de sus bueyes, que en ese momento se dirigían al *kraal,* y el retroceso dejó al hombre patas arriba. Se levantó terriblemente asustado y no demasiado contento por la pérdida del buey, y tuvo la insolencia de pedirme que se lo pagara. Por nada del mundo volvería a tocar los rifles.

–Pon esos demonios vivos en el techo –dijo–. Quítalos de en medio o nos matarán a todos.

A continuación le advertí que si a nuestro regreso faltaba alguno de aquellos chismes, le mataría a él y a toda su gente con artes de magia y que si moríamos e intentaba robarlos, le perseguiría y haría enloquecer a su ganado y agriaría la leche, hasta que maldijera la vida y obligaría a los demonios a salir de los rifles para que le hablasen de una forma que no le gustaría y le ofrecí una visión general de lo que le ocurriría.

Tras escuchar mis palabras, juró que los cuidaría como si fueran el espíritu de su padre. Era un viejo cafre muy supersticioso y un perfecto villano.

De modo que, tras desprendernos de lo superfluo, preparamos el equipaje que íbamos a llevar en el viaje nosotros cinco –sir Henry, Good, yo, Umbopa y el hotentote, Ventvögel–. Era poca cosa, pero a pesar de todos nuestros esfuerzos, no logramos que el peso bajara de diecisiete kilos por hombre. Consistía en lo siguiente:

Los tres rifles *express* y doscientos cartuchos. Los dos rifles *Winchester* de repetición (para Umbopa y Ventvögel), con doscientos cartuchos. Tres revólveres *Colt* y sesenta balas. Cinco cantimploras, cada una con una capacidad de unos dos litros. Cinco mantas. Doce kilos de *biltong* (caza secada al sol). Cinco kilos de cuentas de vidrio mezcladas de la mejor calidad, para regalárselas a los salvajes. Un botiquín que contaba con trescientos gramos de quinina y uno o dos pequeños instrumentos quirúrgicos. Cuchillos, objetos diversos, tales como una brújula, cerillas, un filtro de bolsillo, tabaco, una paleta, una botella de *brandy* y las ropas que llevábamos puestas.

En esto consistía la totalidad de nuestro equipo, verdaderamente pequeño para una aventura de tal calibre, pero no nos atrevimos a llevar más cosas. Aun así era una carga pesada para atravesar el ardiente desierto, porque en tales lugares se nota el peso de cada kilo de más. Pero, por mucho que lo intentamos, no encontramos manera de reducirlo. No llevábamos más que lo absolutamente imprescindible.

Con gran dificultad y bajo promesa de regalarles un buen cuchillo de caza a cada uno, logré convencer a tres miserables nativos de la aldea de que viniesen con nosotros en la primera etapa del viaje, durante treinta kilómetros, y de que cada uno de ellos llevase una gran calabaza con capacidad para cuatro litros y medio de agua. El objetivo era permitirnos rellenar las cantimploras después de la primera noche de marcha, porque decidimos partir con el fresco de la noche. Hice creer a los nativos que íbamos a cazar avestruces, que abundaban en el desierto. Farfullaron y se encogieron de hombros y dijeron que estábamos locos y que moriríamos de sed, cosa que parecía muy probable; pero, deseosos de obtener los cuchillos, que en esa región eran tesoros casi desconocidos, decidieron acompañarnos, probablemente tras pensar que, al fin y al cabo, si perecíamos no era asunto suyo.

Pasamos todo el día siguiente descansando y durmiendo y al atardecer comimos una copiosa cena a base de carne fresca de vaca, regada con té, probablemente la última que tomaríamos durante muchos días, como señaló tristemente Good. Después, tras hacer los últimos preparativos, nos acostamos y esperamos a que saliera la luna. Finalmente, alrededor de las nueve, se elevó con toda su magnificencia, inundando aquellas tierras salvajes con su luz de plata y proyectando un extraño resplandor sobre el enorme desierto ondulado que se extendía ante nuestros ojos, tan solemne y ajeno al hombre como el firmamento tachonado de estrellas. Nos levantamos y a los pocos minutos estábamos preparados aunque un poco dubitativos, ya que la naturaleza humana es propensa a vacilar cuando está a punto de dar un paso irrevocable. Los tres hombres blancos estábamos solos. Umbopa, azagaya en mano y el rifle cruzado sobre los hombros, a unos cuantos pasos delante de nosotros contemplaba el desierto; los tres nativos que habíamos contratado, con las calabazas de agua, y Ventvögel, formaban un pequeño grupo detrás de nosotros.

–Caballeros –dijo sir Henry con su voz grave y profunda–, vamos a emprender el viaje más extraordinario que pueda hacer un hombre en este mundo. Dudo mucho que tengamos éxito, pero somos tres hombres que se mantendrán juntos hasta el final, tanto en la fortuna como en la desgracia. Y ahora, antes de partir, roguemos un momento al Poder que rige los destinos de los hombres y que marca nuestros caminos desde hace siglos, para que le plega dirigir nuestros pasos según Su voluntad.

Quitándose el sombrero, se cubrió la cara con las manos durante unos minutos y Good y yo le imitamos.

No voy a decir que yo tenga mucha costumbre de rezar; pocos cazadores la tienen, y en lo que respecta a sir Henry, nunca le había oído hablar así, y desde entonces, sólo una vez, aunque creo que en el fondo de su corazón es un hombre muy religioso. También Good es creyente, aunque blasfema con excesiva frecuencia. En cualquier caso, creo que nunca en mi vida, salvo un una ocasión, recé con más favor que en aquellos momentos, y por alguna razón, me sentí muy feliz. Nuestro futuro era completamente desconocido y creo que lo desconocido y lo terrible siempre acercan al hombre a su Hacedor.

–Y ahora –dijo sir Henry–, *¡en marcha!*

Y así iniciamos el viaje.

No teníamos nada con qué guiarnos, salvo las lejanas montañas y el viejo mapa de José da Silvestra que, teniendo en cuenta que había sido dibujado sobre un trozo de tela por un hombre moribundo y medio loco tres siglos atrás, no era demasiado digno de crédito. No obstante, nuestra única esperanza de éxito radicaba en él. Si no lográbamos encontrar la charca de agua sucia que, según el viejo caballero, se encontraba en medio del desierto, a unos noventa kilómetros del punto de partida y a la misma distancia de las montañas, lo más probable era que muriésemos de sed. Pero, a mi entender, la posibilidad de encontrarla en el gran mar de arena y matojos de *karoo* era casi infinitesimal. Incluso suponiendo que Da Silvestra lo hubiese señalado en el lugar correcto, ¿qué podría haber impedido que el sol la hubiese secado hacía muchos años o que la hubiesen pisoteado los animales o que la hubiese cegado la arena arrastrada por el viento?

Caminábamos silenciosos como sombras en la noche por la pesada arena. Los arbustos de *karoo* se nos enredaban en las piernas y retrasaban la marcha y la arena se colaba en nuestros *veldtschoons* y en las botas de caza de Good, de modo que teníamos que detenernos a cada pocos kilómetros para vaciarlos. La noche era bastante fresca, aunque la atmósfera estaba densa y cargada y confería al aire una especie de consistencia cremosa, no obstante lo cual, avanzábamos con bastante rapidez. Todo era silencioso y soledad en el desierto, tan profundos que resultaban opresivos. Good experimentó la misma sensación y se puso a silbar «La chica que dejé atrás», pero sus notas sonaban lúgubres en aquel lugar tan extenso y se calló. Poco después ocurrió un incidente que, aunque en su momento nos sobresaltó, después nos hizo reír. Good marchaba en cabeza, encargado de la brújula pues al ser marino, sabía manejarla perfectamente, y los demás avanzábamos penosamente tras él en fila india, cuando de repente oímos una exclamación y Good desapareció. Al momento se armó una barahúnda extraordinaria y nos vimos rodeados de bufidos, bramidos y ruidos frenéticos de pies que se movían. A la débil luz vislumbramos unas siluetas al galope, medio ocultas por la polvareda de arena. Los nativos soltaron sus cargas y se dispusieron a huir pero, al darse cuenta de que no había ningún sitio donde poder refugiarse, se arrojaron al suelo, aullando que era el demonio. Sir Henry y yo nos quedamos de pie, estupefactos, y nuestra estupefacción no menguó cuando divisamos la silueta de Good que corría a toda velocidad hacia las montañas, al parecer encaramado a lomos de un caballo y gritando como un loco.

Levantó los brazos y lo oímos caer a tierra con un golpe sordo. Entonces comprendí lo que había ocurrido: nos habíamos topado con una manada de *quaggas* dormidos, y Good había caído en el lomo de uno de ellos, ante lo que la bestia, como es natural, se había levantado y huido con él encima. Corrí al encuentro de Good gritando a los demás que no pasaba nada, temeroso de que se hiciera daño pero, con gran alivio, lo encontré sentado en la arena, con el monóculo aún firmemente sujeto en el ojo, un tanto tembloroso y muy asustado, pero sin haber sufrido ningún daño.

Después de aquel incidente continuamos el viaje sin ningún tropiezo, hasta la una, hora en que hicimos un alto y, tras beber un poco de agua, no mucha, porque el agua era preciosa, y descansar durante media hora, reanudamos la marcha.

Anduvimos y anduvimos, hasta que el Este empezó a sonrojarse como las mejillas de una muchacha. Después vimos débiles rayos de una luz de color amarillo pálido que se transformaron al momento en barras doradas por las que se deslizaba el alba a través del desierto. Las estrellas empalidecieron más y más hasta desvanecerse; la dorada luna se tornó macilenta y los bordes de sus montañas se recortaron con claridad sobre su enfermiza cara, como los huesos de la faz de un moribundo; después, relampagueó a lo lejos un destello tras otro de magnífica luz que atravesó el yermo sin límites, taladrando y encendiendo los velos de la neblina, hasta que el desierto se revistió de un trémulo resplandor dorado y se hizo de día.

No nos detuvimos, aunque lo hubiéramos hecho de buena gana, porque sabíamos que en cuanto el sol estuviese alto, nos resultaría casi imposible seguir caminando. Por fin, aproximadamente una hora más tarde, divisamos una pequeña elevación de rocas en la llanura y nos arrastramos hacia ella. Por suerte, encontramos un bloque que sobresalía alfombrado por debajo con arena fina que ofrecía un refugio sumamente agradable contra el calor. Nos deslizamos debajo de las rocas y tras beber un poco de agua y comer *biltong* nos acostamos y al poco nos quedamos profundamente dormidos.

Eran las tres de la tarde cuando nos despertamos y nos encontramos con que los tres porteadores se estaban preparando para regresar. Ya se habían hartado del desierto y ni una enorme cantidad de cuchillos hubiese sido suficiente tentación para hacerles dar ni un paso más. Bebimos hasta vaciar las cantimploras, volvimos a llenarlas con el contenido de las calabazas y después los vimos iniciar el camino de treinta kilómetros que los separaban del campamento.

A las cuatro y media también nosotros partimos. Fue un viaje solitario y desolado porque, con la excepción de unos cuantos avestruces, no se veía un solo ser viviente en la enorme extensión de arena. Saltaba a la vista que aquella llanura era demasiado seca para que hubiera caza y salvo una o dos cobras de aspecto terrible, no vimos ningún reptil. Sin embargo, abundaba un insecto, la mosca común o doméstica. Nos acosaban «no como espías aislados, sino en batallones», como dice el Antiguo Testamento en alguna parte, según creo. Es un animal extraordinario esta mosca común. Vaya uno donde vaya, siempre se la encuentra, y debe haber sido así desde siempre. Yo he visto una encerrada en un trozo de ámbar que, según me dijeron, debía tener medio millón de años, con el mismo aspecto que su descendiente actual, y no cabe duda de que cuando el último hombre sobre la tierra esté a punto de expirar, allí estará la mosca zumbando a su alrededor –si ocurriese en verano–, esperando la oportunidad de posársele en la nariz.

Al atardecer nos detuvimos, para esperar a que saliera la luna. A las diez apareció, bella y serena como siempre, y salvo una parada a las dos de la mañana, seguimos caminando penosamente durante toda la noche, hasta que por fin el esperado sol puso punto final a nuestras fatigas. Bebimos un poco y nos tumbamos en la arena, completamente agotados, y pronto nos quedamos profundamente dormidos. No había necesidad de establecer turnos de vigilancia, porque no teníamos nada que temer de nadie ni de nada en aquella vasta llanura deshabitada. Nuestros únicos enemigos eran el calor, la sed y las moscas pero yo hubiera preferido enfrentarme a cualquier peligro procedente del hombre o de las bestias que a aquella espantosa trinidad.

En aquella ocasión no tuvimos la suerte de encontrar una roca que nos resguardara de la luz deslumbradora del sol, por lo que nos despertamos alrededor de las siete, experimentando exactamente la misma sensación que podría atribuirse a un filete en la parrilla. Nos estábamos asando literalmente. El ardiente sol parecía chuparnos hasta la sangre. Nos sentamos jadeantes.

–¡Puff! –exclamé, dando un manotazo al halo de moscas que zumbaban alegremente alrededor de mi cabeza– A *ellas* el calor no las afecta.

–¡Qué barbaridad! –dijo sir Henry.

–¡Sí que *hace* calor! –dijo Good.

Hacía realmente calor y no podíamos refugiarnos en ninguna parte. Dondequiera que mirásemos, no había árboles ni rocas, nada salvo un resplandor infinito que resultaba deslumbrador debido al aire caliente que danzaba sobre la superficie del desierto como sobre una estufa al rojo vivo.

–¿Qué vamos a hacer? –preguntó sir Henry–. No podremos soportar esto durante mucho tiempo.

Nos miramos con perplejidad.

–Ya lo tengo –dijo Good–. Vamos a cavar un hoyo y a meternos en él y después nos cubriremos con arbustos de *karoo*.

No parecía una sugerencia muy prometedora, pero era mejor que nada, de modo que pusimos manos a la obra y ayudándonos de la pala que llevábamos y de las manos, al cabo de una hora logramos excavar un agujero de un metro de largo por uno veinte de ancho, con una profundidad de unos veinte centímetros. Después cortamos varios matojos con los cuchillos de caza, nos deslizamos en el hoyo y todos nos cubrimos con ellos, salvo Ventvögel que, por ser hotentote, el sol no le afectaba demasiado. Aquello nos proporcionó una ligera protección contra los ardientes rayos del sol, pero es más fácil imaginar que describir el calor que hacía en aquella especie de tumba. Comparado con ella, el Agujero Negro de Calcuta debe ser una tontería. En realidad, hasta la fecha no he llegado a comprender cómo logramos sobrevivir aquel día. Jadeantes, nos humedecíamos los labios de vez en cuando con la escasa reserva de agua. De haber seguido nuestros impulsos, habríamos acabado con ella en las dos primeras horas, pero teníamos que actuar con suma precaución, porque si nos faltaba el agua, sabíamos que moriríamos rápidamente.

Pero todo tiene un fin, con tal de vivir lo suficiente para verlo, y de una u otra forma, aquel día aciago fue acercándose a la noche. Hacia las tres de la tarde llegamos a la conclusión de que no podíamos soportar aquello más tiempo. Era mejor morir caminando que perecer lentamente por el calor y la sed en aquel espantoso agujero. De modo que, tras beber un poco de la reserva de agua, que disminuía a toda velocidad y que estaba casi a la temperatura de la sangre humana, echamos a andar, tambaleantes.

Ya habíamos cubierto unos ochenta kilómetros de desierto. Si el lector consulta la reproducción y traducción aproximada del viejo mapa de Da Silvestra, verá que éste asigna al desierto una extensión de cuarenta leguas y que la «charca de agua sucia» está situada aproximadamente a mitad de camino. Ahora bien, cuarenta leguas equivalen a unos noventa kilómetros es decir, debíamos encontrarnos, como mucho a unos veinte o veinticinco kilómetros del agua, si es que existía.

Nos arrastramos lenta y penosamente durante toda la tarde, avanzando apenas dos kilómetros y medio por hora. Con el crepúsculo volvimos a descansar, mientras esperábamos a que saliera la luna, y después de beber un poco, intentamos dormir un rato.

Antes de acostarnos, Umbopa nos señaló un montículo bajo y borroso en la superficie lisa del desierto, a unos trece kilómetros. Desde lejos parecía un hormiguero y mientras conciliaba el sueño, pensé en qué sería.

Al salir la luna nos pusimos en camino, terriblemente agotados y torturados por la sed y el calor sofocante. Quien no lo haya experimentado no puede saber lo que tuvimos que soportar. Ya no caminábamos; avanzábamos a trompicones, cayendo de vez en cuando vencidos por el agotamiento, obligados a hacer un alto cada hora. Apenas nos quedaban fuerzas para hablar. Hasta entonces, Good había charlado y bromeado, porque era un tipo alegre; pero ya no le quedaban ánimos para más bromas.

Por fin, hacia las dos, completamente rendidos física y mentalmente, llegamos al pie de aquella colina o *koppie* arenoso, que a primera vista parecía un hormiguero gigantesco de una altura de unos treinta metros, con una base de casi un *morgen* (dos acres).

Allí nos detuvimos y, empujados por la sed acuciante, apuramos las últimas gotas de agua. No nos quedaba más que medio litro escaso por cabeza, y hubiéramos podido beber cinco litros cada uno. Después nos acostamos. En el momento en que me estaba quedando dormido, oí la observación que Umbopa se hacía a sí mismo en zulú.

–Si no encontramos agua antes de que salga la luna mañana, habremos muerto todos.

Me recorrió un escalofrío a pesar del calor. La perspectiva cercana de una muerte tan espantosa no era agradable, pero ni siquiera aquella idea pudo impedir que me durmiera.

CAPÍTULO 6

¡Agua! ¡Agua!

Me desperté al cabo de dos horas, es decir alrededor de las cuatro. Una vez satisfecha la primera exigencia opresiva de la fatiga corporal, la torturante sed que padecía volvió a manifestarse y no me dejó seguir durmiendo. Había soñado que me bañaba en un arroyo, con orillas verdes pobladas de árboles, y me desperté en medio de aquel yermo, recordando que, como había dicho Umbopa, si no encontrábamos agua aquel día moriríamos de una forma espantosa. Ningún ser humano podía vivir mucho tiempo sin agua con aquel calor. Me incorporé y me froté la cara mugrienta con mis manos resecas y callosas. Tenía los labios y los párpados pegados y sólo después de frotarlos y de hacer un gran esfuerzo fui capaz de abrirlos. No faltaba mucho para el amanecer, pero en la atmósfera no flotaba la luminosidad que anunciaba el alba, sino una pesadez y una oscuridad calientes que no puedo describir. Los demás seguían durmiendo. De repente, empezó a haber luz suficiente para leer saqué un pequeño volumen de bolsillo de las *Ingoldsby Legends* que había llevado y leí «El grajo de Reims». Al llegar a los versos que dicen:

> «Un hermoso niño llevaba un aguamanil de oro
> con relieves, rebosante del agua más pura
> que fluye entre Reims y Namur»,

me chupé los agrietados labios o más bien traté de chupármelos. La sola idea de aquel agua tan pura me volvía loco. Si hubiese aparecido por allí el cardenal con su campana, su libro y su cirio, me habría precipitado hacia él para beberme toda el agua, sí; incluso si hubiera estado llena de jabón con el que se hubiera lavado el Papa y aun a sabiendas de que pudieran caer sobre mí todas las excomuniones de la Iglesia Católica por hacerlo. Casi me inclino a pensar que había perdido el seso a causa de la sed, al cansancio y la falta de alimento; porque me puse a pensar en lo perplejos que se habrían quedado el cardenal, el hermoso niño y el grajo al ver aparecer a un cazador de elefantes quemado por el sol, de ojos castaños y pelo canoso, que metía su sucia cara en la jofaina y se tragaba hasta la última gota de agua preciosa. La idea me pareció tan divertida que me eché a reír en voz alta o más bien solté una carcajada histérica que despertó a los demás, que se frotaron las sucias caras y abrieron los párpados y los labios pegados.

En cuanto estuvimos todos despiertos, nos pusimos a discutir la situación, que era realmente grave. No quedaba ni una gota de agua. Volvimos las cantimploras boca abajo y chupamos los bordes, pero todo fue inútil; estaban más secas que un hueso. Good, que tenía en su poder la botella de coñac, la sacó y la contempló con ansia; pero sir Henry se la quitó rápidamente, porque beber alcohol sólo hubiera servido para precipitar el final.

–Si no encontramos agua, moriremos –dijo.

–Si confiamos en el viejo mapa de Da Silvestra, tiene que haber agua cerca –dije; pero a nadie pareció convencerle mi observación.

Era evidente que no podía depositarse mucha fe en el mapa. La luz se iba haciendo más intensa poco a poco y mientras nos contemplábamos unos a otros con expresión de perplejidad, observé que Ventvögel, el hotentote, se había levantado y caminaba con los ojos fijos en el suelo. Se detuvo repentinamente y, emitiendo una exclamación gutural, señaló la tierra.

–¿Qué pasa? –exclamamos; y todos nos levantamos al unísono y nos dirigimos a donde señalaba el hotentote.

–Son huellas recientes de gacela; ¿y qué? –dije.

–Pues que las gacelas no se alejan mucho del agua contestó en holandés.

–Es cierto –repliqué–; lo había olvidado. Demos gracias a Dios por ello.

Aquel pequeño descubrimiento nos alegró un poco. Es increíble cómo se aferra uno a la más ligera esperanza en situaciones desesperadas y que pueda sentirse casi feliz con ella. En una noche oscura, es mejor una sola estrella que ninguna en absoluto.

Entretanto, Ventvögel había levantado su chata nariz y olfateaba el aire caliente como un viejo impela que percibe el peligro. En ese momento volvió a hablar.

–*Huelo* agua –dijo.

Sus palabras nos llenaron de júbilo, porque conocíamos el instinto tan extraordinario que poseen estos hombres nacidos en tierras salvajes.

En ese preciso instante salió el sol en todo su esplendor y reveló ante nuestros ojos atónitos un panorama de tal naturaleza que durante unos momentos nos olvidamos incluso de la sed.

Porque allí, a una distancia no mayor de sesenta o setenta kilómetros, reluciente como plata con los primeros rayos del sol de la mañana, estaban los senos de Saba; y a ambos lados se extendían, a lo largo de cientos de kilómetros, las montañas de Sulimán.

Ahora que, sentado tranquilamente, trato de descubrir el esplendor y belleza extraordinarios de aquel panorama, me faltan las palabras. Me siento impotente ante el recuerdo de aquel paisaje. Frente a nosotros se alzaban dos enormes montañas como no creo que puedan verse en toda África y acaso en ninguna otra parte del mundo, con una altura de al menos mil quinientos metros separadas por unos veinte kilómetros unidas por escarpadas rocas y recortadas contra el cielo con su terrible solemnidad blanca. Aquellas montañas, como los pilares de un pórtico gigantesco, tenían exactamente la misma forma que los pechos de una mujer. La base se elevaba suavemente de la llanura y desde lejos parecían completamente redondas y lisas. En la cumbre de ambas había un extenso montículo redondo cubierto de nieve, que se correspondía exactamente con el pezón del pecho femenino. Los riscos que las unían tenían, en apariencia, unos cien metros de altura y eran totalmente escarpados. A cada lado, hasta donde alcanzaba la vista, se extendían riscos similares sólo interrumpidos acá y allá por mesetas algo parecido a las mundialmente famosas formaciones de Ciudad de El Cabo, muy corrientes en África.

Está fuera de mis posibilidades describir la grandeza de aquel panorama. Había algo tan inexpresablemente solemne y abrumador en aquellos enormes volcanes –porque sin duda son volcanes extintos– que casi quedamos sin aliento. Durante un rato, las primeras luces de la mañana juguetearon sobre la nieve y las masas pardas y abultadas que había debajo, y después, como para separar con un velo aquel majestuoso panorama de nuevos ojos curiosos, a su alrededor se formaron extrañas neblinas y nubes que fueron esposando hasta que sólo pudimos distinguir sus perfiles puros y gigantescos que se hinchaban como fantasmas entre la envoltura aborregada. En realidad, como descubrimos más adelante, normalmente estaban envueltas en esa extraña gasa neblinosa, lo que sin duda había influido en que no las hubiésemos distinguido antes.

Apenas se habían desvanecido las montañas en la intimidad de sus ropajes de nubes, cuando la sed que literalmente nos abrasa –volvió a hacer acto de presencia.

Era un consuelo que Ventvögel hubiera dicho que olía agua, pero por mucho que mirábamos, no veíamos rastros de ella por ningún sitio. Hasta donde alcanzaba la vista, no había más que aridez sofocante y matojos de *karoo.* Rodeamos el altozano y miramos ansiosamente al otro lado, pero era igual; no se veía una gota de agua ni había la menor indicación de que existiera un pozo, una charca o un arroyo.

–Eres idiota –le dije airadamente a Ventvögel–. No hay agua.

Pero siguió levantando su chata nariz para olfatear.

–La huelo, *baas* –contestó–. Está en el aire.

–Sí –dije–; sin duda está en las nubes, y de aquí a dos meses caerá y nos lavará los huesos.

Sir Henry se acariciaba pensativo la rubia barba.

–Quizá esté en la cumbre de la colina –sugirió.

–¡Qué tontería! –dijo Good–. ¿A quién se le ocurre que pueda haber agua en la cima de una colina?

–Vamos a verlo –intervine, y con muy pocas esperanzas, escalamos dificultosamente las empinadas laderas de la colina, con Umbopa a la cabeza. De pronto, se detuvo como petrificado.

¡Nanzia manzie! –que significa aquí hay agua.

Nos precipitamos hacia él, y allí, sin ningún género de duda, en una profunda hondonada o depresión, en la cumbre misma del *koppie* de arena, había una charca de agua. No nos detuvimos a preguntarnos cómo había llegado hasta un lugar tan extraño, ni dudamos ante su aspecto negruzco y poco tentador. Era agua o una buena imitación de agua, y con eso nos bastaba. Nos precipitamos hacia la charca de un salto y a los pocos segundos estábamos todos tumbados boca abajo sorbiendo aquel líquido poco apetecible como si fuera néctar digno de los dioses.

¡Cielo santo, cómo bebimos! Después de beber, nos despojamos de la ropa y nos sentamos en la charca, absorbiendo la humedad por nuestras pieles resecas. Tú, lector, que no tienes más que abrir un par de grifos para elegir «fría» o «caliente» de un inmenso depósito invisible, sólo puedes hacerte una pequeña idea del lujo que suponía revolcarse en aquel agua tibia, fangosa y salobre.

Al cabo de un rato salimos de la charca, verdaderamente

refrescados, y nos lanzamos como fieras sobre el *biltong* que apenas habíamos podido tocar durante veinticuatro horas y comimos hasta hartarnos. Después fumamos una pipa y nos acostamos junto a aquella bendita charca bajo la sombra que proyectaba la orilla y dormimos hasta el mediodía.

Durante todo el día nos quedamos descansando junto al agua, agradeciendo a nuestra buena estrella el haber tenido la suerte de encontrarla, a pesar de lo mala que era, y sin olvidar rendir un homenaje de gratitud a la sombra de Da Silvestra, muerto tiempo atrás, que lo había anotado con tanta exactitud en el faldón de su camisa. Lo que más nos sorprendía era que hubiese durado tanto tiempo y la única explicación que se me ocurre es suponer que estaba alimentada por un arroyo que corría a gran profundidad.

Tras saciar nuestra sed y llenar las cantimploras hasta los topes, nos pusimos de nuevo en marcha con mucha mejor disposición de ánimo cuando salió la luna. Aquella noche recorrimos casi cuarenta kilómetros pero como era de esperar, no encontramos más agua, aunque tuvimos la suerte de encontrar un poco de sombra al día siguiente tras unos hormigueros. Cuando salió el sol y despejó durante un rato las misteriosas neblinas, la Berg de Sulimán y los senos majestuosos, que se encontraban a una distancia de unos treinta kilómetros solamente, parecían erguirse justo por encima de nuestras cabezas y se veían más grandes que nunca. Al acercarse la noche, nos pusimos de nuevo en marcha y, para decirlo en pocas palabras, con la luz de la mañana siguiente nos encontramos sobre las lomas más bajas del seno izquierdo de Saba, hacia el que nos habíamos dirigido continuamente. Para entonces ya se nos había agotado el agua y sufríamos una sed terrible y no veíamos ninguna posibilidad de aliviarla hasta llegar a la línea de nieve que se marcaba muy por encima de nuestras cabezas. Tras descansar una o dos horas, inducidos por la sed torturante, empezamos a caminar de nuevo, avanzando con dificultad a causa del asfixiante calor por las vertientes de lava, porque descubrimos que la enorme base de la montaña estaba compuesta totalmente de lechos de lava erupcionados en una época remota.

Alrededor de las once estábamos completamente agotados y nos encontrábamos en muy mal estado. La escoria de lava sobre la que teníamos que avanzar, aunque era relativamente lisa en comparación con otras escorias de las que he oído hablar, por ejemplo, la que existe en la isla de Ascensión, era lo suficientemente áspera como para producirnos dolorosas llagas en los pies, y esto, junto a nuestras otras desventuras, acabó con nosotros completamente. A unos cuantos metros por encima de nuestras cabezas había grandes trozos de lava y hacia ellos nos dirigimos con la intención de tumbarnos al abrigo de su sombra. Al llegar allí y para nuestra sorpresa, en la medida en que nos quedaba capacidad para sorprendernos, vimos que en una pequeña altiplanicie cercana la lava estaba cubierta de densa verdura. Sin duda, aquella tierra se había formado con lava descompuesta que con el paso del tiempo se había convertido en receptáculo de semillas depositadas por los pájaros. Pero aquella verdura no despertó en nosotros demasiado interés, porque no se puede vivir de hierba como Nabucodonosor. Para ello se necesita un designio de la Providencia y órganos digestivos especiales. De modo que nos sentamos bajo las rocas y empezamos a lamentarnos y por primera vez deseé de todo corazón no haber comenzado nunca aquella estúpida aventura.

Mientras estábamos allí sentados, observé que Umbopa se levantaba y se dirigía cojeando hacia la mancha de verdura y unos minutos después, para mi gran asombro vi que aquel individuo, habitualmente tan digno, se ponía a bailar y a gritar como un loco, agitando algo verde que llevaba en la mano. Nos precipitamos hacia él con toda velocidad que nos permitieron nuestros cansados miembros, con la esperanza de que hubiese encontrado agua.

–¿Qué ocurre, Umbopa, pedazo de imbécil? –le grité en zulú.

–Que hay comida y agua, Macumazahn –y volvió a agitar una cosa verde.

Entonces vi lo que tenía en la mano. Era un melón. Nos habíamos topado con un melonar; había melones silvestres a miles, completamente maduros.

–¡Melones! –grité a Good, que estaba cerca de mí; y al cabo de un instante clavó sus dientes postizos en uno de ellos.

Creo que comimos seis cada uno hasta hartarnos y, a pesar de no ser de muy buena calidad, dudo que nada me haya parecido nunca tan sabroso.

Pero los melones no llenan mucho y cuando hubimos satisfecho la sed con su pulpa y tras dejar unos cuantos a refrescar mediante el sencillo procedimiento de cortarlos en dos y colocarlos boca arriba al sol ardiente para que se enfriasen por evaporación, empezamos a sentir un hambre terrible. Aún nos quedaba un poco de *biltong,* pero nuestros estómagos se negaban a admitirlo y además teníamos que racionarlo, porque no sabíamos cuándo encontraríamos más comida. Justo en ese momento ocurrió un feliz percance. Al mirar el desierto vi una bandada de unas diez grandes aves que volaban hacia nosotros.

–¡Skit, baas, skit! ¡Dispara, amo, dispara! –susurró el hotentote, tirándose al suelo de bruces, ejemplo que seguimos todos.

Entonces observé que se trataba de una bandada de *pauw* (avutardas) y que iban a pasar a unos cincuenta metros por encima de nuestras cabezas. Cogí uno de los *Winchester* de repetición y esperé a que llegaran casi encima de nosotros y entonces me levanté de un salto. Al verme, los *pauw* se agruparon, como yo esperaba que ocurriese, y disparé dos tiros al grueso de la bandada y, por suerte, cayó uno de ellos, un buen ejemplar que pesaba unas veinte libras. Al cabo de media hora habíamos encendido una hoguera con troncos de melón en la que asamos el ave y preparamos una comida como no habíamos disfrutado desde hacía una semana. Comimos el *pauw;* no quedó nada, salvo los huesos y el pico y después nos sentimos muchísimo mejor.

Aquella noche reemprendimos la marcha al salir la luna, cargados con la mayor cantidad de melones que pudimos. A medida que ascendíamos, el aire se enfriaba cada vez más, lo que suponía un gran alivio, y al amanecer, según nuestros cálculos, nos encontrábamos a no más de veinte kilómetros de la nieve. Recogimos más melones, gracias a lo cual desapareció nuestra angustia por el agua, porque sabíamos que pronto dispondríamos de nieve. Pero la ladera era muy escarpada y la ascensión muy lenta; no recorríamos más de un kilómetro y medio por hora. Por la noche comimos el último pedazo de *biltong*. Hasta entonces, y con la excepción de los *pauw,* no habíamos visto ningún ser vivo en la montaña, ni nos habíamos topado con ningún torrente o arroyo, hecho que nos resultaba muy extraño, teniendo en cuenta la proximidad de la nieve que, según pensábamos, debía derretirse en ciertos periodos. Pero según descubrimos más tarde, debido a alguna causa que no puedo explicar, todos los torrentes discurrían por el norte de las montañas.

Empezamos a angustiarnos por la comida. Nos habíamos librado de morir de sed, pero parecía probable que muriéramos de hambre. La mejor forma de describir los acontecimientos de los tres terribles días que siguieron es reproducir las notas que tomé entonces en mi agenda.

«21 de mayo.–Salimos a las 11 de la mañana, al ver que el aire estaba suficientemente frío para viajar de día. Llevamos unos cuantos melones. Avanzamos con gran dificultad todo el día, sin encontrar ninguno más. Debe ser que hemos dejado atrás la región en que se dan. No hemos visto caza de ningún tipo. Nos detuvimos al atardecer, sin haber comido nada durante horas. Por la noche pasamos un frío terrible».

«22.–Iniciamos la marcha a la salida del sol, débiles y medio desmayados. Sólo recorrimos ocho kilómetros durante todo el día. Encontramos algunos montones de nieve y comimos un poco, pero nada más. Acampamos por la noche bajo el saliente de una gran altiplanicie. Hace un frío espantoso. Bebimos un poco de coñac y nos apretamos unos contra otros, bien arropados con las mantas para no morirnos. Sufrimos terriblemente por el hambre y el cansancio. Pensé que Ventvögel iba a morir en el transcurso de la noche».

«23.–Seguimos avanzando a duras penas en cuanto salió el sol y nos calentamos un poco los miembros. Nuestra situación es espantosa y temo que a menos que encontremos comida éste será nuestro último día de viaje. Queda poco coñac. Good, sir Henry y Umbopa están muy animados, pero Ventvögel se encuentra muy mal. Como la mayoría de los hotentotes, no soporta el frío. Las punzadas del hambre no son terribles, pero dejan una sensación de vacío en el estómago. Los demás dicen que les ocurre lo mismo. Nos encontramos ahora al nivel de la cordillera escarpada, o pared de lava, que une los dos senos, y el panorama es magnífico. A nuestra espalda, el gran desierto refulgente y ondulante se pierde en el horizonte y ante nosotros se extienden, casi uniformes, kilómetros y kilómetros de nieve suave y dura, pero en ligera ascensión, desde el centro de la cual se eleva hacia el cielo, a una altura de unos cuatrocientos pies, el pezón de la montaña, que parece tener una circunferencia de varias millas. No se ve ni un solo ser vivo. Que Dios nos ayude; temo que ha llegado nuestra hora».

Y ahora voy a dejar el diario, en parte porque su lectura no es muy interesante, y en parte porque lo que sigue a continuación quizá requiera una narración más exacta.

Durante todo ese día (23 de mayo), ascendimos penosamente por la ladera nevada tumbándonos de vez en cuando a descansar. Debíamos parecer una cuadrilla extraña, esqueléticos y cargados de enseres, arrastrando los pies por la planicie deslumbrante, mirando ferozmente a nuestro alrededor con los ojos hambrientos. No es que fuese muy útil mirar, porque no había nada que comer. Ese día no recorrimos más de once kilómetros. Justo antes del crepúsculo nos encontramos bajo el pezón del seno izquierdo de Saba, que se elevaba hacia el cielo a cientos de metros de altura; era un enorme montículo de nieve helada. A pesar de lo débiles que nos encontrábamos, no pudimos por menos de apreciar el maravilloso panorama, cuya belleza quedaba realzada por los rayos voladores de la luz del sol poniente que manchaban aquí y allá la nieve de rojo sangre y coronaban la masa que se cernía sobre nuestras cabezas con una diadema de esplendor.

–Escuchen –dijo Good con voz entrecortada–; tenemos que estar cerca de la cueva a la que se refería ese caballero.

–Sí –dije–, si es que existe.

–Vamos, Quatermain –gimió sir Henry–; no diga eso. Tengo una fe absoluta en ese hombre. Recuerde lo del agua. Pronto encontraremos ese lugar.

–Si no encontramos agua antes de que oscurezca, somos hombres muertos –fue lo único que se me ocurrió replicar.

Caminamos penosamente y en silencio durante los siguientes diez minutos, hasta que Umbopa, que iba a mi lado arropado con su manta y con un cinturón de cuero alrededor del estómago para «hacer pequeña el hambre», como él decía, tan apretado que su cintura parecía la de una muchacha, me tomó del brazo.

–¡Mira! –dijo señalando hacia la ladera en que empezaba a tomar forma el pezón.

Seguí su mirada, y a unos cien metros de distancia vi lo que parecía ser un agujero en la nieve.

–Es la cueva –dijo Umbopa.

Llegamos a duras penas hasta allí y comprobamos que aquel agujero era la boca de una cueva, sin duda la misma a la que se refería Da Silvestra. Llegamos justo a tiempo, porque en cuanto entramos en el refugio, el sol se puso con asombrosa rapidez, dejando el mundo casi a oscuras. En estas latitudes apenas hay crepúsculo. Nos arrastramos hasta el interior de la cueva, que no parecía ser muy grande, y pegándonos unos a otros para calentarnos bebimos lo que quedaba del coñac –apenas un sorbo para cada uno– y tratamos de olvidar nuestras desventuras en el sueño. Pero el frío era demasiado intenso para permitirnos dormir. Estoy convencido de que a semejante altura el termómetro no podía marcar menos de catorce o quince grados bajo cero. El lector imaginará mejor de lo que yo pueda describir lo que esto significa para nosotros debilitados como estábamos por las privaciones, la falta de alimento y el tremendo calor del desierto. Baste decir que nunca me había sentido tan cerca de morir de frío. Allí nos quedamos sentados, hora tras hora, con un frío espantoso, sintiendo el acecho de la congelación que nos pellizcaba en los dedos, en los pies, en la cara. En vano nos apretujábamos unos contra otros; en nuestros miserables cuerpos muertos de hambre no quedaba calor. A veces, uno de nosotros se sumía en una inquieta somnolencia de unos cuantos minutos, pero no podíamos dormir durante mucho tiempo y quizá fue eso lo que nos salvó, porque dudo que hubiésemos despertado. Creo que sólo nuestra fuerza de voluntad nos mantuvo vivos.

Poco antes del amanecer oí al hotentote, Ventvögel, cuyos dientes estuvieron castañeteando toda la noche, emitir un profundo suspiro, y después sus dientes dejaron de castañetear. No le di mayor importancia en ese momento y supuse que se había quedado dormido. Su espalda estaba apoyada contra la mía, y parecía enfriarse cada vez más, hasta que se quedó como un bloque de hielo.

Finalmente, el aire empezó a ponerse gris con la luz, y a continuación unas flechas doradas centellearon rápidas sobre la nieve y un sol magnífico se asomó por encima de la pared de lava y acarició nuestras seis figuras y la de Ventvögel, que estaba sentado... muerto. No es de extrañar que tuviera la espalda tan fría el pobre hombre. Murió cuando le oí suspirar y ya estaba casi rígido. Terriblemente impresionados, nos apartamos del cadáver (es extraño el horror que nos inspira la compañía de un cuerpo muerto), y lo dejamos allí sentado con los brazos alrededor de las rodillas.

Para entonces el sol derramaba sus fríos rayos (porque allí eran fríos) sobre la entrada de la cueva.

De repente oí que alguien dejaba escapar una exclamación de terror y volví la cabeza hacia la cueva.

Y esto es lo que vi: sentado en el fondo de la cueva, que no tenía más de medio metro de longitud había otra forma humana, con la cabeza apoyada sobre el pecho y los largos brazos caídos.

Me quedé mirándolo y comprendí que también era un *hombre muerto*, y aún más, un hombre blanco.

También los demás lo vieron y aquella visión resultó excesiva para nuestros nervios destrozados. Todos sin excepción salimos corriendo de la cueva con la máxima rapidez que nos permitieron nuestros miembros medio congelados.

CAPÍTULO 7

La carretera de Salomón

Nos detuvimos a la salida de la cueva con una sensación de ridículo.

–Yo voy a volver –dijo sir Henry.

–¿Por qué? –preguntó Good.

–Porque pienso que... que lo que hemos visto podría ser mi hermano.

No se nos había ocurrido, así que volvimos a entrar en la cueva para comprobarlo. Tras la brillante luz del exterior, nuestros ojos, debilitados de mirar la nieve, no pudieron perforar las tinieblas de la cueva durante un rato, pero finalmente nos acostumbramos a la semioscuridad y avanzamos hacia el cadáver.

Sir Henry se arrodilló y miró de cerca su cara.

–Gracias a Dios –dijo con un suspiro de alivio–. No es mi hermano.

Entonces me acerqué yo y lo miré. Era el cadáver de un hombre alto, de mediana edad, con rasgos aquilinos, pelo canoso y largo bigote negro. La piel estaba completamente amarilla y pegada a los huesos. Sus ropas, salvo lo que parecían restos de unas calzas de lana, habían desaparecido, y el esquelético cuerpo estaba desnudo. Alrededor del cuello llevaba un crucifijo de marfil amarillo. El cadáver estaba congelado, completamente rígido.

–¿Quién demonios será? –dije.

–¿No lo adivina? –preguntó Good.

Negué con la cabeza.

–Pues José da Silvestra, naturalmente, ¿quién si no?

–Imposible –dije con voz entrecortada–; murió hace trescientos años.

–¿Y qué impide que se mantenga así durante trescientos años en esta atmósfera, si se puede saber? –preguntó Good–. Sólo con que el aire esté lo suficientemente frío, la carne y la sangre se mantendrán tan frescos como un cordero de Nueva Zelanda y Dios sabe que aquí hace suficiente frío. No llega el sol; no entra ningún animal que pueda despedazarlo o destruirlo. Sin duda, su esclavo, al que menciona en el mapa, le quitó la ropa y lo dejó aquí. No pudo enterrarlo él solo. Mire esto –prosiguió, agachándose y recogiendo un hueso de forma extraña, uno de cuyos extremos había sido raspado y acababa en punta–, y éste es el hueso que utilizó para dibujar el mapa.

Nos quedamos atónitos durante unos momentos, olvidando nuestras propias desventuras ante aquella visión tan extraordinaria y, a nuestro entender, casi milagrosa.

–Sí –dijo sir Henry–, y de aquí sacó la tinta –y señaló una pequeña herida en el brazo izquierdo del cadáver–. ¿Habrá algún hombre que haya visto una cosa semejante?

Ya no cabía ninguna duda sobre el tema, que he de confesar que me aterraba. Ante nosotros teníamos al hombre cuyas indicaciones, escritas diez generaciones atrás, nos habían llevado hasta aquel lugar. En mi propia mano tenía la pluma rudimentaria con que las había escrito y de su cuello pendía el crucifijo que habían besado sus labios moribundos. Al mirarlo, mi imaginación reconstruyó toda la escena: el viajero que moría de frío y de hambre, y a pesar de ello, luchaba por comunicar al mundo el gran secreto que había descubierto; la espantosa soledad de su muerte, cuya evidencia estaba sentada ante nosotros. Incluso me parecía que podía distinguir entre sus rasgos fuertemente marcados el parecido con los de mi pobre amigo Silvestre, su descendiente, que había muerto veinte años atrás en mis brazos, pero quizá fueran figuraciones mías. En cualquier caso, allí estaba, triste recuerdo del destino que con tanta frecuencia sorprende a los que se adentran en lo desconocido y probablemente allí se quedaría, coronado con la pavorosa majestad de la muerte, durante siglos, para sobrecoger las miradas de los viajeros como nosotros, si es que alguien vuelve a invadir su soledad. Aquello nos dejó estupefactos, ya casi al borde de la muerte por hambre y frío como estábamos.

–Vamos –dijo sir Henry en voz baja–. Esperen, le daremos un compañero.

Levantó el cadáver del hotentote Ventvögel y lo colocó junto al del viejo Da Silvestra. Después se agachó y de un tirón arrancó el cordel putrefacto del crucifijo que le rodeaba el cuello, porque tenía los dedos demasiado fríos para intentar desatarlo. Creo que aún lo conserva. Yo cogí la pluma y mientras escribo esto la tengo ante mí; a veces firmo con ella.

Después de dejar a aquellos dos hombres, al orgulloso blanco de una época pasada y al pobre hotentote en su eterna vigilia en medio de las nieves perpetuas, salimos arrastrándonos de la cueva al bendito sol y reanudamos el camino, preguntándonos en el fondo de nuestros corazones cuántas horas pasarían hasta vernos como ellos.

Al cabo de medio kilómetro llegamos al borde de una altiplanicie, porque el pezón de la montaña no se elevaba desde el centro mismo, aunque desde el desierto así parecía. No veíamos lo que se extendía a nuestros pies, porque el paisaje estaba velado por espirales de bruma matutina, pero al poco se despejaron las capas superiores de niebla y dejaron al descubierto, a unos quinientos metros por debajo de nosotros, al final de una pendiente alargada y cubierta de nieve, una mancha de verdura, por la que corría un arroyo. Tomando el sol de la mañana había un grupo de unos diez o quince *grandes antílopes* (a esa distancia no podíamos distinguir con claridad a qué especie pertenecían).

La vista de aquellos animales nos llenó de júbilo sin límites. Si podíamos hacernos con ella, allí había comida en cantidad suficiente. Pero el problema consistía en cómo obtenerla. Las bestias se encontraban a unos quinientos metros, distancia excesiva para disparar cuando nuestra vida dependía de los resultados.

Consideramos apresuradamente la conveniencia de cercar a los animales, pero finalmente desechamos un poco a regañadientes esta posibilidad. En primer lugar, el viento no era favorable y, además por mucho cuidado que tuviésemos, los animales nos verían en cuanto nuestras figuras se recortasen sobre el fondo de nieve que teníamos necesariamente que atravesar.

–Bueno, habrá que intentarlo desde donde estamos –dijo sir Henry–. ¿Qué utilizamos, Quatermain, los rifles de repetición o los *express*?

Éste era otro problema. Los *Winchester* de repetición (dos en total; Umbopa llevaba el del pobre Ventvögel y el suyo), sólo tenían un alcance de unos trescientos cincuenta metros de distancia, pasada la cual disparar con ellos era más o menos una cuestión de azar. Por otra parte, si acertábamos, al ser las balas del rifle *express* expansivas, teníamos muchas más probabilidades de abatir al animal. Era un asunto complicado, pero decidí que debíamos arriesgarnos a utilizar los *express*.

–Que cada uno se encargue del que tiene enfrente. Apunten al lomo, bien alto –dije–. Tú, Umbopa, darás la señal para que todos disparemos a la vez.

Se hizo una pausa; cada hombre apuntaba lo mejor que podía, como es de suponer cuando se sabe que la propia vida depende del disparo.

–¡Fuego! –exclamó Umbopa en zulú, y casi en el mismo instante los tres rifles sonaron con estrépito.

Ante nosotros se elevaron durante unos momentos tres nubes de humo y cientos de resonancias atravesaron la silenciosa nieve. El humo se disipó, y descubrimos –¡oh alegría!– un gran macho que yacía sobre el lomo, pateando furiosamente en agonía de muerte. Lanzamos un grito de triunfo, estábamos salvados; no moriríamos de hambre. A pesar de nuestra debilidad, atravesamos a toda velocidad la pendiente de nieve que nos separaba del animal, y a los diez minutos de haber disparado teníamos el corazón y el hígado humeantes del animal ante nosotros. Pero entonces surgió una nueva dificultad: no teníamos combustible, y por tanto, no podíamos encender fuego para cocinarlo. Nos miramos desolados.

–Cuando se está muerto de hambre, no se puede ser caprichoso –dijo Good–. Tendremos que comer la carne cruda.

No había otra forma de resolver el dilema y el hambre que nos corroía hacía que la proposición fuese menos desagradable que lo habría sido en cualquier otro caso. Así que cogimos el corazón y el hígado y los enterramos durante unos minutos bajo un montón de nieve para enfriarlos. A continuación los lavamos en el agua helada del arroyo, y finalmente los comimos con avidez. Parece asqueroso, pero, sinceramente, nunca había probado nada tan bueno como aquella carne cruda. Al cabo de un cuarto de hora éramos unos hombres diferentes. Recobramos la vida y el vigor, nuestros débiles pulsos se fortalecieron y la sangre empezó a correr por nuestras venas. Pero conscientes de los resultados del exceso de alimento en un estómago vacío, tomamos la precaución de no comer demasiado y paramos cuando aún sentíamos hambre.

–¡Gracias a Dios! –dijo sir Henry–. Esa bestia nos ha salvado la vida. ¿Qué es, Quatermain?

Me levanté y fui a ver el animal, porque no estaba seguro de que fuese un antílope. Era del tamaño aproximado de un burro, con grandes cuernos curvos. Nunca había visto uno igual; aquella especie era nueva para mí. Era de color pardo, con rayas ligeramente rojizas, y tenía un pelaje muy denso. Después descubrí que los nativos de aquel maravilloso país llaman a esta especie «inco». Es muy rara, y sólo se encuentra en las grandes alturas, donde no vive ninguna otra especie. El animal había recibido el balazo en la paletilla aunque, por supuesto, no pudimos saber quién de nosotros lo había derribado. Creo que Good, acordándose del estupendo disparo de la jirafa, lo atribuía secretamente a su propia habilidad y los demás no le contradijimos.

Habíamos estado tan ocupados en saciar nuestros vacíos estómagos que hasta entonces no nos había dado tiempo a mirar a nuestro alrededor. Pero después tras encargar a Umbopa que cuartease la mejor carne para llevarnos la mayor cantidad posible, nos pusimos a inspeccionar los alrededores. La niebla ya había aclarado, porque eran las ocho y el sol la había disipado, de modo que pudimos apreciar con una sola mirada toda la región que se extendía ante nosotros. No sé cómo describir el magnífico panorama que se desplegaba ante nuestros ojos embelesados. Nunca he visto nada igual, y creo que nunca volveré a verlo.

Pero detrás y por encima de nosotros se erguían los senos de Saba, y por debajo, a unos mil quinientos metros por debajo de donde nos encontrábamos, se extendían kilómetros y kilómetros del más delicioso paisaje de fértiles campos. Acá había densas manchas de grandiosos bosques, acullá un gran río serpenteaba en su lecho de plata. A la izquierda había una extensa pradera o *veldt,* ondulante y de color intenso, en la que distinguimos incontables manadas de animales salvajes o reses a esa distancia no podíamos precisarlo. A la derecha, el terreno era más o menos montañoso, es decir, se erguían colinas solitarias en mitad de la llanura, con parcelas de tierras de cultivo entre medias, en las que se veían claramente grupos de chozas de forma abovedada. El paisaje se nos ofrecía como un mapa en que los ríos centelleaban como serpientes plateadas y se alzaban con solemne magnificencia picos como los de los Alpes, coronados de guirnaldas de nieve caprichosamente retorcidas, todo ello presidido por el sol alegre y el profundo aliento de la vida feliz de la Naturaleza.

Mientras lo contemplábamos, nos sorprendieron dos cosas. La primera, que el paisaje que teníamos ante nosotros debía encontrarse al menos a trescientos metros por encima del desierto que habíamos atravesado y la segunda, que todos los ríos discurrían de sur a norte. Como sabíamos por dolorosas razones, no había agua en la zona sur de la extensa región en que nos encontrábamos, pero en la parte norte había muchos arroyos, la mayoría de los cuales parecían unirse con el gran río que veíamos serpentear hasta perderse de vista.

Nos sentamos un rato y contemplamos en silencio el hermoso panorama. Finalmente, sir Henry rompió el silencio. Dijo:

–¿No hay nada en el mapa referente a la gran carretera de Salomón?

Asentí, con los ojos aún clavados en la distancia.

–¡Sí, mire; allí está! –y señaló hacia la derecha.

Good y yo miramos en aquella dirección y vimos lo que parecía ser una amplia carretera que serpenteaba hacia la llanura. No la habíamos visto al principio porque al llegar a la llanura se adentraba en terreno accidentado. No dijimos nada; al menos, no mucho, pues empezábamos a perder la capacidad de asombro. Y, no nos parecía extraordinario encontrar una especie de calzada romana en aquella extraña tierra. Nos limitamos a aceptar el hecho sin más.

–Bueno –dijo Good–, debe quedar bastante cerca si acortamos por la derecha. ¿Les parece que iniciemos la marcha?

Era una medida prudente y después de lavarnos la cara y las manos en el río empezamos a caminar. Durante aproximadamente un kilómetro y medio atravesamos una zona cubierta de piedras y nieve hasta que repentinamente, al remontar un pequeño altozano, nos topamos con la carretera que se extendía a nuestros pies. Era una carretera espléndida, excavada en la roca viva, de al menos cinco metros de anchura y en buen estado; pero lo extraño era que parecía empezar allí. Descendimos y nos adentramos en ella, pero desaparecía a sólo cien pasos por detrás de nosotros, hacia los senos de Saba y toda la superficie de la montaña estaba cubierta de piedras y zonas nevadas.

–¿Qué opina usted, Quatermain? –preguntó sir Henry.

Moví la cabeza; no se me ocurría nada.

–¡Ya lo entiendo! –exclamó Good–. Sin duda, la carretera pasaba por la cordillera y atravesaba el desierto hasta el otro lado, pero allí se ha cubierto de arena y la parte de arriba ha quedado destruida por la lava fundida de una erupción volcánica.

Aquella idea parecía lógica; todos la aceptamos y seguimos descendiendo por la montaña. Caminar cuesta abajo por aquel magnífico sendero y con el estómago lleno era muy diferente a caminar cuesta arriba, sobre nieve, medio muertos de hambre y casi congelados. En realidad, de no haber sido por el recuerdo del triste destino del pobre Ventvögel y de la lóbrega cueva en que había quedado haciendo compañía al viejo portugués, nos hubiéramos sentido verdaderamente felices, a pesar de saber que nos acechaban peligros desconocidos. A cada kilómetro que recorríamos, el aire se hacia más ligero y fragante y el paisaje resplandecía ante nosotros con una belleza aún más luminosa. En cuanto a la carretera, debo decir que nunca he visto una obra de ingeniería como aquélla, aunque sir Henry dijo que la gran carretera que atraviesa el San Gotardo, en Suiza, es muy parecida. El magnífico ingeniero de la antigüedad que la ideó debió vencer múltiples dificultades.

Llegamos a una gran hondonada de unos noventa metros de anchura y al menos treinta de profundidad. Estaba llena de enormes bloques de piedra tallada con unos arcos abiertos en el fondo para la conducción de agua sobre los que discurría la carretera, sublime. En otro punto la carretera estaba excavada en zigzag al borde de un precipicio de unos ciento cincuenta metros de profundidad, y en un tercer punto pasaba bajo un túnel de unos treinta metros o más situado en la base de un risco.

Observamos que los lados del túnel estaban adornados con originales esculturas, en su mayoría figuras con cotas de malla que conducían carros. Una de ellas, que era extraordinariamente bella, representaba una escena bélica en la que se veía un grupo de prisioneros que desfilaba penosamente, perdiéndose a lo lejos.

–Bueno –dijo sir Henry, tras inspeccionar aquella antigua obra de arte–. Me parece muy bien llamar a esto Carretera de Salomón, pero en mi humilde opinión los egipcios estuvieron aquí antes de que pusieran el pie las gentes de Salomón. Si no son obras egipcias, la verdad es que se parecen mucho.

Hacia el mediodía habíamos descendido un gran trecho por la montaña y llegamos a una región en que había leña. Primero nos topamos con arbustos diseminados, que a medida que avanzábamos eran cada vez más numerosos, hasta que finalmente encontramos la carretera que serpenteaba por entre un bosquecillo de árboles plateados, semejantes a los que se ven en las laderas de la meseta de Ciudad de El Cabo. Nunca los había visto en mis viajes, excepto en El Cabo, y su presencia allí me sorprendió enormemente.

–¡Ah! –exclamó Good contemplando las brillantes hojas de los árboles con entusiasmo–. Aquí hay mucha leña; vamos a detenernos y a hacer la cena. Ya casi he digerido el hígado crudo.

Como nadie puso la menor objeción, abandonamos la carretera y nos dirigimos a un arroyo cuyo rumor se oía a poca distancia, y al poco rato teníamos encendida una brillante hoguera de ramas secas. Cortamos unos sustanciosos trozos de la carne de *inco* que llevábamos y procedimos a asarlos ensartándolos en el extremo de unos palos afilados, al modo de los cafres, y los comimos con delectación. Una vez saciados, encendimos las pipas y nos entregamos a un placer que, comparado con las fatigas que habíamos padecido recientemente, nos pareció punto menos que divino.

El arroyo, cuyas orillas estaban tapizadas con densas masas de una especie gigante de culantrillo entremezclado con matojos plumosos de espárragos silvestres, canturreaba alegremente a nuestro lado; el suave viento murmuraba entre las hojas de los árboles plateados; las palomas se arrullaban a nuestro alrededor y los pájaros de brillantes plumas centelleaban como gemas vivientes de rama en rama. Era un paraíso.

La magia de aquel lugar, unida a la abrumadora sensación de los peligros que habíamos dejado atrás y de haber llegado al fin a la tierra prometida, parecían cubrirnos con un hechizo que nos obligaba a guardar silencio. Sir Henry y Umbopa estaban sentados hablando en voz baja una mezcla de inglés chapurreado y de zulú de estar por casa, pero con animación, y yo estaba tumbado con los ojos entre cerrados sobre la fragante alfombra de helechos, observándolos.

De repente, eché en falta a Good y miré a mi alrededor para ver qué estaba haciendo. Le descubrí sentado en la orilla del riachuelo, en el que se había bañado. Estaba desnudo, salvo por la camisa de franela, y, como sus costumbres de extraordinaria limpieza reclamaban sus derechos, se hallaba entregado a la tarea de su aseo personal. Había lavado el cuello de gutapercha, sacudido con esmero los pantalones, la chaqueta y el chaleco, y en ese momento los doblaba con sumo cuidado hasta que se encontró en disposición de ponérselos, si bien meneando la cabeza tristemente al observar los numerosos rotos y descosidos que tenían, resultado natural de nuestro espantoso viaje. A continuación, cogió las botas, las frotó con un manojo de helechos y finalmente las restregó con un trozo de grasa que había recogido cuidadosamente de la carne de *inco,* hasta que adquirieron un aspecto relativamente respetable. Tras inspeccionarlas detenidamente provisto de su monóculo, se las calzó y se entregó a una nueva ocupación. De una pequeña bolsa que llevaba sacó un peine de bolsillo en el que había un espejito y en él se examinó. No debió encontrarse a su entera satisfacción, pues se puso a peinarse con sumo cuidado. Después hizo una pausa, mientras volvía a contemplar el efecto, que seguía sin satisfacerle. Se palpó el mentón, en el que se habían acumulado las frondas de una barba de diez días. «No se le ocurrirá afeitarse...», pensé.

Pero así fue. Cogió el trozo de grasa con que había frotado las botas y lo lavó cuidadosamente en el arroyo. Después hurgó otra vez en la bolsa, de la que sacó una pequeña navaja de afeitar con guarnición, como las que usan las personas que temen cortarse o las que viajan por mar. Se frotó vigorosamente el rostro y el mentón con la grasa y empezó a afeitarse. Saltaba a la vista que era una operación dolorosa, porque gemía mientras la realizaba y tuve que hacer grandes esfuerzos por contener la risa al verle luchar contra aquella barba hirsuta. Me resultaba extraño que un hombre se molestase en afeitarse en semejante lugar y en tales circunstancias. Finalmente, logró liberarse de los pelos del lado derecho del rostro y del mentón, y en ese momento, yo, que le observaba, vi un destello de luz que le pasó rozando la cabeza.

Good se levantó de un salto con un juramento (si no hubiera tenido una navaja de seguridad, sin duda se habría cortado el cuello), y yo hice lo mismo, pero sin juramento, y vi lo siguiente:

A poco más de veinte pasos de donde yo me encontraba, y a unos diez de Good, había un grupo de hombres. Eran muy altos y de pigmentación cobriza y algunos llevaban grandes penachos de plumas negras y capas cortas de piel de leopardo. Esto es lo que pude apreciar en el primer momento. Delante de ellos iba un joven de unos diecisiete años, con la mano aún levantada y el cuerpo inclinado hacia delante en la postura de una escultura griega de un lanzador de jabalina. Sin duda, el destello de luz que había visto era el arma que él había arrojado.

Un anciano con aspecto de guerrero se adelantó unos pasos al grupo y, cogiendo al joven por el brazo, le dijo algo. A continuación, avanzaron hacia nosotros.

Sir Henry, Good y Umbopa ya habían cogido sus rifles y apuntaban amenazadoramente. El grupo de nativos siguió avanzando. Pensé que no debían saber lo que era un rifle, pues de otro modo no los hubieran tratado con tanto desprecio.

–¡Bajen los rifles! –grité a los demás al comprender que nuestra única posibilidad de salvación radicaba en la conciliación.

Obedecieron y, avanzando unos pasos, me dirigí al anciano que había detenido al joven.

–Saludos –dije en zulú, sin saber qué idioma debía utilizar.

Para mi sorpresa, me comprendieron.

–Saludos –respondió aquel hombre, no exactamente en la misma lengua, sino en un dialecto tan estrechamente relacionado con ella que ni Umbopa ni yo encontramos dificultad en comprenderla.

En realidad, como descubrimos más adelante, el idioma que hablaban aquellas gentes era una forma arcaica de la lengua zulú, que guardaba con ella aproximadamente la misma relación que el inglés de Chaucer con el inglés del siglo XIX.

–¿De dónde venís? –prosiguió–. ¿Quiénes sois? ¿Y por qué los rostros de tres de vosotros son blancos y el rostro del cuarto es como el de los hijos de nuestra madre? –y señaló a Umbopa.

Miré a Umbopa y me di cuenta de que tenía razón. Umbopa tenía los mismos rasgos que los hombres que había frente a mí y lo mismo ocurría con su fuerte complexión. Pero no tenía tiempo para reflexionar sobre aquella coincidencia.

–Somos extranjeros y venimos en son de paz –contesté hablando con mucha lentitud para que me entendiesen–, y este hombre es nuestro criado.

–Mentís –replicó–; ningún extranjero puede atravesar las montañas donde todo muere. Pero no importan vuestras mentiras; si sois extranjeros, debéis morir, porque ningún extranjero puede vivir en la tierra de los kukuanas. Es la ley del rey. ¡Preparaos para morir, oh extranjeros!

Me quedé un poco aturdido ante aquellas palabras, sobre todo al ver que las manos de algunos hombres del grupo descendían hacia los costados, de los que colgaban unos objetos que me parecieron cuchillos grandes y pesados.

–¿Qué dice ese tipo? –preguntó Good.

–Dice que nos van a rebanar el cuello contesté despiadadamente.

–¡Oh, Dios mío! –gimió Good, y, como era su costumbre cuando estaba perplejo, se llevó la mano a la dentadura postiza, se despegó la parte superior y volvió a colocarla en la mandíbula con un chasquido. Fue un gesto sumamente afortunado, porque a los pocos segundos el digno grupo de kukuanas profirió al unísono un grito de terror, y retrocedió varios metros.

–¿Qué ocurre? –pregunté.

–Es su dentadura –susurró sir Henry con excitación–. La ha movido... ¡Quítesela, Good, quítesela!

Obedeció y deslizó la dentadura en la manga de su camisa de franela.

Al cabo de unos instantes, la curiosidad venció al temor y los hombres avanzaron lentamente. Al parecer, habían olvidado sus amistosas intenciones de matarnos.

–¿Cómo es posible, ¡oh extranjeros! –preguntó el anciano con solemnidad–, que este hombre –y señaló a Good, que sólo llevaba la camisa de franela y no había acabado de afeitarse–, que lleva ropas y cuyas piernas están desnudas, que tiene pelo en un lado de su cara enfermiza y en el otro no y un ojo brillante y transparente, tenga dientes que se mueven solos, que se salen de las mandíbulas y vuelven a su sitio por su propia voluntad?

–Abra la boca –le dije a Good, que inmediatamente frunció los labios y sonrió al anciano caballero como un perro furioso, mostrando ante su mirada atónita dos encías rojas delgadas como líneas, tan vírgenes de marfil como un elefante recién nacido. La concurrencia emitió un grito sofocado.

–¿Dónde están los dientes? –gritaron–. Los hemos visto con nuestros propios ojos.

Girando la cabeza con lentitud, en un gesto de inefable desprecio, Good se pasó la mano por la boca. Luego volvió a sonreír y hete aquí que aparecieron dos hileras de hermosos dientes.

El joven que había lanzado el cuchillo se arrojó al suelo y dio rienda suelta a un prolongado alarido de terror, mientras que al anciano caballero se le entrechocaban las rodillas de miedo.

–Veo que sois espíritus –balbuceó–. ¿Acaso algún hombre nacido de mujer tiene pelo en un lado de la cara y no en el otro, o un ojo redondo y transparente, o dientes que se mueven y se esfuman y vuelven a crecer? Perdonadnos, señores.

Aquello fue un verdadero golpe de suerte y, como es de suponer, me apresuré a aprovechar la oportunidad.

–Perdón concedido –repliqué con sonrisa imperial–. Pero debéis saber la verdad. Venimos de otro mundo, aunque somos hombres como vosotros. Venimos –proseguí– de la estrella más grande que brilla en la noche.

–¡Ah! ¡Oh! –exclamaron a una los estupefactos aborígenes.

–Sí –proseguí–, así es; –y volví a sonreír con benevolencia mientras redondeaba aquel increíble embuste–. Hemos venido a quedarnos con vosotros algún tiempo y a bendeciros con nuestra presencia. Como podéis ver, amigos, me he preparado para la visita aprendiendo vuestro idioma.

–Así es, así es –corearon.

–Pero, mi señor –intervino el anciano caballero–, lo habéis aprendido muy mal.

Le lancé una mirada de indignación que le amedrentó.

–Comprendéis, amigos míos –proseguí–, que después de un viaje tan largo nuestros corazones sientan la necesidad de vengar tal recibimiento, quizá fulminando a la mano impía que... que, en pocas palabras, ha arrojado un cuchillo a la cabeza de aquel cuyos dientes se mueven.

–Perdonadle, señores –dijo el anciano suplicante–. Es el hijo del rey y yo soy su tío. Si algo sucede, me pedirán cuentas de su sangre.

–Sí, así es –atajó el joven con gran énfasis.

–Quizá dudéis de nuestro poder para vengarnos –proseguí, haciendo caso omiso de sus palabras–. Esperad, que os lo demostraré. Tú, perro esclavo –dirigiéndome a Umbopa en tono fiero–, dame el tubo mágico que habla –y le guiñé un ojo, señalando mi rifle *express.*

Umbopa se puso a la altura de las circunstancias y me tendió el rifle con lo más parecido a una sonrisa que jamás había visto en su digno rostro. Con una profunda reverencia dijo:

–Aquí lo tenéis, ¡oh, Señor de Señores!

Justo antes de pedir el rifle, había visto un pequeño antílope *klipspringer* que estaba entre unas rocas a una distancia de unos setenta metros y decidí arriesgarme a disparar.

–¿Veis aquel animal? –dije señalando el antílope al grupo que tenía frente a mí–. Decidme, ¿es posible que un hombre nacido de mujer lo mate desde aquí con un ruido?

–No es posible, mi señor contestó el anciano.

–Pues yo lo mataré –dije tranquilamente.

El anciano sonrió.

–Eso no lo puede hacer mi señor –dijo.

Levanté el rifle y apunté al antílope. Se trataba de un animal pequeño, por lo que era fácil errar el tiro, pero sabía que no fallaría.

Aspiré una profunda bocanada de aire y apreté lentamente el gatillo. El animal estaba inmóvil como una estatua.

¡Bang! ¡Bang! El antílope dio un salto en el aire y cayó sobre las rocas, fulminado. El grupo de nativos emitió un grito de terror.

–Si queréis carne –dije con frialdad–, id a coger ese animal.

El anciano hizo una señal y uno de sus seguidores se separó del grupo y volvió al poco rato con el *klipspringer.* Observé con satisfacción que le había acertado justo en el lomo. Rodearon el cuerpo de la pobre bestia, mirando con consternación el agujero que había hecho el proyectil.

–Como veis –dije–, mis palabras no son vanas.

No hubo réplica.

–Si dudáis de nuestro poder –proseguí–, que uno de vosotros suba a esa roca y haré con él lo mismo que con este antílope.

Nadie parecía dispuesto a aceptar el reto, así que, finalmente, habló el hijo del rey.

–Son palabras cuerdas. Tú, tío, súbete a la roca. Lo que ha matado la magia es un animal, pero no podrá matar a un hombre.

Al anciano no le gustó la idea; por el contrario pareció ofenderse.

–¡No, no! –exclamó apresuradamente–. Mis viejos ojos ya han visto suficiente. Sin duda son brujos. Llevémoslos ante el rey. Pero si alguien quiere más pruebas, que *él mismo* se suba a la roca y que el tubo mágico hable con él.

Inmediatamente se oyeron exclamaciones de desaprobación.

–No malgastéis esa magia tan poderosa en nuestros miserables cuerpos –dijo uno–; nos damos por satisfechos. La hechicería de nuestro pueblo no puede compararse con ésta.

–Así es –secundó el anciano, en tono de intenso alivio–; así es sin duda ninguna. Escuchad, hijos de las estrellas, hijos del ojo brillante y de los dientes móviles, que rugís como el trueno y matáis desde lejos: yo soy Infadoos, hijo de Kafa, en otro tiempo rey del pueblo kukuana. Este joven es Scragga.

–Pues a mí casi me corta el cuello[1] –murmuró Good.

–Scragga, hijo de Twala, el gran rey; Twala, marido de mil mujeres, dueño y señor absoluto de los kukuanas, guardián de la gran carretera, terror de sus enemigos, estudioso de la magia negra, jefe de cien mil guerreros; Twala, el del ojo único, el negro, el terrible.

–Pues bien –dije displicente–, llevadnos entonces ante Twala. No hablamos con gentes inferiores ni con subordinados.

–Está bien, mis señores, os llevaremos ante él, pero el camino es largo. Estamos cazando a tres días de viaje del lugar en que vive el rey, pero tened paciencia y os llevaremos hasta allí.

–De acuerdo –dije como sin darle importancia–. Disponemos de todo el tiempo del mundo, porque nosotros no morimos. Estamos dispuestos. Llevadnos. ¡Pero tened cuidado vosotros dos, Infadoos y Scragga! No traméis nada, no nos tendáis ninguna trampa, porque, antes de que vuestros cerebros de barro hayan pensado en ello, nosotros lo sabremos y nos vengaremos. La luz del ojo transparente del que lleva las piernas desnudas y tiene media barba os destruirá y acabará con vuestra tierra; sus dientes se clavarán en vosotros y os devorarán, a vosotros y a vuestras mujeres e hijos. Los tubos mágicos os hablarán en voz alta y os dejarán como un colador. ¡Tened cuidado!

Este magnífico discurso dio en el blanco, aunque en realidad casi no era necesario, porque nuestros amigos ya estaban profundamente impresionados por nuestros poderes.

---

[1] Juego de palabras. «Sacragged», del verbo «to scrag», que significa cortar el cuello. *(N. del T.)*.

El anciano hizo una profunda reverencia y murmuró la palabra *Koom, Koom,* que después descubrí que era el saludo real, equivalente al *Bayéte* de los zulúes y, dando media vuelta, se dirigió a sus seguidores. Éstos procedieron de inmediato a recoger todos nuestros enseres con objeto de transportarlos, con la única excepción de los rifles, que no querían tocar bajo ninguna circunstancia. Incluso cogieron las ropas de Good, que estaban, como recordará el lector, pulcramente dobladas a su lado.

El capitán se precipitó hacia ellas inmediatamente y se produjo un fuerte altercado.

–Oh, mi señor del ojo transparente y los dientes que desaparecen –dijo el anciano–, dejad vuestras ropas. Sus esclavos las llevarán con mucho gusto.

–¡Pero quiero ponérmelas! –gruñó Good en inglés, nervioso.

Umbopa tradujo sus palabras.

–No, mi señor –atajó Infadoos–; ¿es que mi señor va a ocultar sus hermosas piernas blancas (a pesar de ser muy moreno, Good tiene una piel singularmente blanca) a la vista de sus siervos? ¿En qué hemos ofendido a nuestro señor para que nos haga una cosa así?

Al oír al nativo estuve a punto de soltar una carcajada, y, entretanto, uno de los hombres del grupo inició la marcha con las ropas del capitán.

–¡Maldita sea! –gruñó Good–. Ese negro bribón se ha llevado mis pantalones.

–Mire, Good –dijo sir Henry–. Ha aparecido en estas tierras con un cierto aspecto y tiene que mantenerlo. No le favorecería volver a ponerse los pantalones. De aquí en adelante tendrá que vivir con una camisa de franela, las botas y el monóculo.

–Sí –dije yo–, y con patillas en un solo lado de la cara. Si cambia alguna de estas características, pensarán que somos impostores. Lo siento mucho por usted, pero le digo en serio que tiene que hacerlo. Como empiecen a sospechar de nosotros, nuestra vida valdrá menos que un penique.

–¿De verdad piensan eso? –preguntó Good en tono lúgubre.

–Desde luego que sí. Sus «hermosas piernas blancas» y su monóculo son los rasgos distintivos de nuestro grupo y, como dice sir Henry, debe mantenerlos. Dé gracias al cielo por llevar las botas puestas y porque la temperatura sea cálida.

Good suspiró y no replicó, pero tardó dos semanas en acostumbrarse a su nuevo y escaso atuendo.

CAPÍTULO 8

Llegamos a Kukuanalandia

Viajamos toda la tarde por aquella magnífica carretera que nos llevaba hacia el noroeste. Infadoos y Scragga caminaban junto a nosotros, pero sus seguidores desfilaban unos cien pasos más adelante.

–Infadoos –dije pasado un rato–, ¿quién hizo esta carretera?

–La construyeron en tiempos antiguos, mi señor, nadie sabe cómo ni cuándo, ni siquiera Gagool, la mujer sabia, que ha vivido durante muchas generaciones. Nosotros no tenemos edad suficiente para recordar su construcción. Ahora nadie puede hacer carreteras así, pero el rey no permite que en ella crezca la hierba.

–Y de quién son las inscripciones que hay en las paredes de las cuevas que hemos visto en el camino? –pregunté, refiriéndome a las esculturas de estilo egipcio que habíamos encontrado.

–Mi señor, las manos que construyeron la carretera escribieron también las maravillosas inscripciones, pero no sabemos quién fue.

–¿Cuándo llegó la raza kukuana a esta región?

–Mi señor, nuestra raza bajó aquí como el viento de una tormenta hace diez mil lunas, de las grandes tierras que hay allí –y señaló al norte–. No pudieron llegar más lejos porque se lo impidieron las grandes montañas que rodean la zona. Eso cuentan las voces de nuestros antepasados que han llegado hasta nosotros, sus hijos, y eso cuenta Gagool, la mujer sabia, la que olfatea a los hechiceros –y volvió a señalar a los picos nevados–. Pero como eran buenas tierras se asentaron aquí y se hicieron fuertes y poderosos y ahora somos numerosos como las arenas del mar y cuando Twala, el rey, convoca a sus ejércitos, sus penachos de plumas cubren la llanura hasta donde alcanza la vista de un hombre.

–Pero si la zona está cercada por montañas, ¿contra quién luchan los ejércitos?

–No, mi señor, está abierta por allí –y de nuevo señaló el norte–, y de cuando en cuando nos atacan guerreros que vienen en bandadas de una tierra que no conocemos y los matamos. Desde la última guerra ha pasado la tercera parte de la vida de un hombre. Murieron miles y miles, pero destruimos a quienes venían a devorarnos y desde entonces no ha habido más guerras.

–Vuestros guerreros deben aburrirse de pasarse el día apoyados en sus lanzas, Infadoos.

–Mi señor, hubo una guerra después que destruyéramos al pueblo que nos atacó, pero fue una guerra civil, de hermano contra hermano.

–¿Por qué?

–Mi señor, el rey, mi hermanastro, tenía un hermano nacido el mismo día y de la misma mujer. Nuestras costumbres no permiten vivir a los gemelos, mi señor; el más débil debe morir. Pero la madre del rey escondió al niño más débil, que nació el último, porque lo quería y el niño es Twala, el rey. Yo soy su hermano menor, nacido de otra madre.

–¿Y bien?

–Mi señor, Kafa, nuestro padre, murió cuando nosotros llegamos a la edad viril y nombraron rey a mi hermano, Imotu, que reinó durante cierto tiempo y tuvo un hijo de su esposa favorita. Cuado el niño tenía tres años, inmediatamente después de la gran guerra, durante la que nadie pudo sembrar ni cosechar, el hambre asoló nuestra tierra y el pueblo empezó a murmurar y a buscar algo que llevarse a la boca como leones hambrientos. Fue entonces cuando Gagool, la mujer sabia y terrible, la que no muere, se dirigió al pueblo con estas palabras: «El rey Imotu no es rey».

Imotu estaba entonces enfermo a causa de una herida, acostado en su choza sin poder moverse.

Un día Gagool entró en una choza y sacó a Twala, mi hermanastro y hermano gemelo del rey, a quien había escondido desde su nacimiento entre las rocas, le arrancó la «moocha» (taparrabos), enseñó a los kukuanas la marca de la serpiente sagrada enroscada alrededor de su cintura con la que se tatúa al hijo mayor de un rey al nacer, y gritó en voz alta: «¡Mirad, éste es vuestro rey, a quien yo he cuidado hasta hoy!» Y el pueblo, enloquecido por el hambre y privado de razón y del conocimiento de la verdad, gritó: *«¡El rey! ¡El rey!»,* pero yo sabía que no era cierto, porque Imotu, mi hermano, era el mayor de los gemelos y nuestro rey legítimo. Y cuando el tumulto llegó al punto culminante, Imotu, el rey, a pesar de estar tan enfermo, salió arrastrándose de su choza con su mujer de la mano y seguido por su hijito Ignosi, que significa el rayo. «¿A qué viene todo este ruido? –preguntó–. ¿Por qué gritáis, *¡el rey! ¡el rey!?»*.

Entonces Twala, su propio hermano, nacido de la misma mujer y a la misma hora, corrió hacia él; le cogió por los cabellos, y le atravesó el corazón con su cuchillo. Y el pueblo, que es inconstante y siempre está dispuesto a cobijarse al sol que más calienta, aplaudió y clamó: *«¡Twala es el rey!* ¡Ahora sabemos que Twala es el rey!».

–¿Y qué le ocurrió a su mujer y a su hijo Ignosi? ¿También los mató Twala?

–No, mi señor. Al ver que su señor había muerto, la reina cogió al niño y huyó. A los dos días llegó a un *kraal,* hambrienta, pero como su señor, el rey, había muerto nadie quiso darle comida ni leche, porque todos los hombres detestan a los desgraciados. Pero al anochecer, una niña salió a escondidas y le llevó comida, y la reina bendijo a la niña y se dirigió a las montañas con su hijo antes de que el son saliera de nuevo, y allí debió morir, porque nadie les ha visto a ella ni a Ignosi desde aquel día.

–Entonces, si Ingosi hubiera vivido, ¿sería el verdadero rey de los kukuanas?

–Así es, mi señor. Lleva la serpiente sagrada alrededor de la cintura. Si vive, él es el rey, pero, ¡ay!, hace tiempo que murió. Mirad, mi señor –y señaló hacia un amplio grupo de chozas en la llanura que se extendía a nuestros pies, rodeado por una cerca que a su vez estaba rodeada de un gran foso–. Ése es el *kraal* en que vieron por última vez a la mujer de Imotu con su hijo Ignosi. Allí es donde dormiremos esta noche, si es que –añadió dubitativo– mis señores duermen en este mundo.

–Mientras estemos entre los kukuanas, mi buen amigo Infadoos, haremos lo que hacen los kukuanas –dije majestuosamente, y me volví apresuradamente para dirigirme a Good, que se arrastraba de mal humor detrás de mí, que estaba enfrascado en la tarea de impedir, infructuosamente, que la brisa de la tarde le levantara los faldones de la camisa de franela, y para mi asombro me topé con Umbopa, que caminaba detrás de mí y que, a todas luces, había escuchado con sumo interés mi conversación con Infadoos. Su rostro reflejaba una expresión extraña: la del hombre que lucha, sin lograrlo totalmente, por recordar algo olvidado tiempo atrás.

Durante todo aquel rato habíamos avanzado a buen paso hacia la llanura ondulante que se extendía a nuestros pies. Las montañas que habíamos cruzado se alzaban ahora por encima de nuestras cabezas y los Senos de Saba se encontraban púdicamente velados por diáfanos cendales de niebla. A medida que avanzábamos, el paisaje se hacía cada vez más hermoso. La vegetación era exuberante, sin llegar a ser tropical; el sol, brillante y cálido, no quemaba y una deliciosa brisa soplaba suavemente por las fragantes laderas de las montañas. Verdaderamente, aquella tierra era poco menos que el paraíso terrenal; nunca he visto otra igual por su belleza, su riqueza natural y su clima. El

Transvaal es un país hermoso, pero no tiene ni punto de comparación con Kukuanalandia.

En cuanto emprendimos la marcha, Infadoos envió a un mensajero para que avisara de nuestra llegada a los habitantes del *kraal* en el que él ejercía la jefatura militar. El hombre partió a una velocidad extraordinaria que, según me dijo Infadoos, mantendría durante todo el camino, puesto que correr era un ejercicio muy corriente entre su pueblo.

El resultado del mensaje no se hizo esperar. Al llegar a unos tres kilómetros de *kraal* vimos que los guerreros salían a las puertas del poblado y se dirigían hacia nosotros en perfecta formación.

Sir Henry posó una mano sobre mi hombro y comentó que, al parecer, nos iban a obsequiar con una cálida recepción. Algo en su tono de voz llamó la atención de Infadoos.

–No temáis nada, mis señores –se apresuró a decir–, porque en mi pecho no hay lugar para la traición. Este ejército se encuentra bajo mi mando y sale a recibirnos por órdenes mías.

Asentí tranquilamente, aunque en mi interior no estaba nada tranquilo.

A unos quinientos metros de la entrada del *kraal* había una larga franja de terreno elevado que ascendía suavemente desde la carretera, y allí formaron las compañías. Resultaba un panorama espléndido, cada compañía compuesta por unos trescientos hombres robustos que desfilaban a paso ligero colina arriba, con lanzas centelleantes y plumas ondulantes, para ocupar el puesto que les correspondía. En el momento en que llegamos a la colina, salieron doce compañías, que sumaban en total tres mil seiscientos hombres, y ocuparon sus puestos en la carretera.

Nos acercamos a la primera compañía y tuvimos la oportunidad de contemplar el más extraordinario grupo de hombres que he visto jamás. Eran todos ya maduros, en su mayoría veteranos de unos cuarenta años, y ni uno solo media menos de uno ochenta y algunos uno noventa o más. Llevaban en la cabeza pesados penachos de plumas negras de *sakaboola,* como los de nuestros guías. En torno a la cintura y bajo la rodilla derecha llevaban unos anillos blancos de rabo de buey, y con la mano izquierda sujetaban unos escudos redondos de casi medio metro de diámetro. Los escudos eran muy extraños. El armazón consistía en una plancha delgada de hierro batido sobre la que se había superpuesto una piel blanca del buey. Las armas que cada hombre portaba eran sencillas pero sumamente útiles; consistían en una lanza corta y muy pesada de doble filo, con mango de madera y una hoja con un diámetro de unos quince centímetros en la parte más ancha. No las usaban como armas arrojadizas, sino que, al igual que el «bangwan» zulú o azagaya de estocada, sólo estaban destinadas a la lucha cuerpo a cuerpo, en la que infligían una herida terrible. Además de los «bangwans», cada hombre llevaba tres cuchillos grandes y pesados, de unos diez kilos. Un cuchillo iba sujeto al cinturón de cola de buey y los otros dos a la parte posterior del escudo. Estos cuchillos, que los kukuanas llaman «tollas», cumplen la misma función que las azagayas arrojadizas de los zulúes. Un guerrero kukuana sabe lanzarlos con gran precisión a una distancia de unos cincuenta metros y tienen la costumbre de cargar contra el enemigo arrojando una verdadera andanada al iniciar el combate cuerpo a cuerpo.

Cada compañía permaneció inmóvil como estatuas de bronce hasta que llegamos frente a ellos, momento en que, obedeciendo a una señal dada por el oficial que llevaba como distintivo una capa de piel de leopardo y se encontraba unos pasos delante de la compañía, todas las lanzas se alzaron en el aire y de las trescientas gargantas ascendió, en un súbito bramido, el saludo real de *Koom.* Después, la compañía formó detrás de nosotros y nos siguió hacia el *kraal,* hasta que el regimiento completo de «Grises» –así llamados por los escudos blancos–, fuerza de choque del pueblo kukuana, desfiló a nuestra espalda a un paso que hizo temblar la tierra.

Finalmente, nos separamos de la gran carretera de Salomón y llegamos al profundo foso que rodeaba el *kraal,* que tenía al menos un kilómetro y medio de circunferencia y estaba cercado por una resistente empalizada de estacas hechas de troncos de árboles. En la puerta, el foso estaba cubierto por un primitivo puente levadizo que la guardia dejó caer para que pasáramos. El *kraal* estaba extraordinariamente bien distribuido. Por el centro discurría una amplia avenida cortada en ángulo recto por otras avenidas, dispuestas de tal modo que las chozas quedaban separadas en bloques cuadrados y cada bloque era el cuartel general de una compañía. Las chozas tenían techos abovedados y estaban construidas, como las de los zulúes, con una estructura de ramas hábilmente entretejidas con hierba, pero a diferencia de las zulúes tenían puertas por donde se podía pasar sin tropiezo. Además, eran mucho más grandes y estaban rodeadas por una galería de casi dos metros de ancho, bellamente pavimentada con cal en polvo bien apisonada. A ambos lados de la amplia avenida que cruzaba el *kraal* había cientos de mujeres en fila, que habían salido a vernos atraídas por la curiosidad. Para pertenecer a una raza nativa, estas mujeres eran extraordinariamente bellas. Eran altas y esbeltas, con una figura maravillosamente estilizada. El pelo, a pesar de llevarlo corto, era más rizado que lanoso; abundaban los rasgos aquilinos y los labios no eran desagradablemente gruesos como sucede en la mayoría de las razas africanas. Pero lo que más nos impresionó fue su porte sosegado, extraordinariamente digno. Eran tan distinguidas a su modo como las damas asiduas a un salón de moda, y en este sentido se distinguían de las mujeres zulués y sus parientes, las masai, que viven en la zona cercana a Zanzíbar. La curiosidad les había hecho salir para vernos, pero no permitieron que por sus labios pasara ninguna expresión vulgar de asombro o de violenta crítica mientras caminábamos, cansados, ante ellas. Ni siquiera exteriorizaron el sentimiento de admiración, que sin duda dominaba su pensamiento, cuando el viejo Infadoos señaló con un movimiento subrepticio de la mano la maravilla de las «hermosas piernas blancas» del pobre Good. Se limitaron a clavar sus ojos en la blancura lechosa de sus piernas, pues la piel de Good es extraordinariamente blanca como creo haber dicho ya. Pero fue excesivo para Good, que es modesto por naturaleza.

Cuando llegamos al centro del *kraal,* Infadoos se detuvo a la puerta de una choza grande, que estaba rodeada a cierta distancia por un círculo de cabañas más pequeñas.

–Entrad, hijos de las estrellas –dijo en un tono de voz grandilocuente–, y dignaos descansar un poco en nuestra humilde morada. Os traerán un poco de comida para que no tengáis que apretaros el cinturón a causa del hambre; miel y leche y uno o dos bueyes y unos corderos. No mucho, mis señores, pero al fin comida es.

–Está bien, Infadoos –dije– . Estamos cansados de viajar por los reinos del aire. Déjanos descansar.

Acto seguido entramos en la choza, que encontramos perfectamente dispuesta para nuestra comodidad. Habían tendido divanes de piel curtida para que descansáramos sobre ellos y habían llevado agua para que nos laváramos.

De repente, oímos gritos fuera y al acercarnos a la puerta vimos una hilera de damiselas que portaban leche, tortas de maíz y un tarro de miel. Detrás de ellas venían unos jóvenes con un magnífico ternero. Aceptamos los regalos y, a continuación, uno de los jóvenes cogió el cuchillo de su cinturón y cortó limpiamente la garganta del animal. A los diez minutos estaba muerto, desollado y troceado. Después separaron la mejor parte de la carne para nosotros, y yo, en nombre de nuestro grupo, ofrecí el resto a los guerreros que nos custodiaban, que cogieron y repartieron el «regalo de los hombres blancos».

Umbopa, ayudado por una joven extraordinariamente atractiva, se puso a hervir nuestra porción de carne en un gran recipiente de arcilla sobre una hoguera que encendieron a la puerta de la choza y, cuando ya casi estaba lista la comida, enviamos un recado a Infadoos para pedirles a él y a Scragga, el hijo del rey, que nos acompañasen.

Vinieron al poco y se sentaron sobre unos pequeños taburetes, de los que había varios alrededor de la cabaña (porque, por lo general, los kukuanas no se sientan en cuclillas, como los zulúes), y nos ayudaron a despachar nuestra cena.

El anciano se mostró sumamente afable y cortés, pero me pareció que el joven nos observaba con recelo. Al igual que los demás, estaba atemorizado por nuestra blancura y nuestros poderes mágicos; pero se me antojaba que al descubrir que comíamos, bebíamos y dormíamos como el resto de los mortales, su temor empezó a disiparse y se despertaron sus sospechas, circunstancia que nos hizo sentirnos bastante incómodos.

En el transcurso de la comida, sir Henry me sugirió que convenía tratar de averiguar si nuestros huéspedes sabían algo de la suerte que había corrido su hermano o si le habían visto u oído hablar de él; pero yo pensé que sería más prudente no hablar del asunto en aquellos momentos.

Después de cenar llenamos las pipas y las encendimos, operación que dejó atónitos a Infadoos y a Scragga. Evidentemente, los kukuanas no estaban familiarizados con la divina costumbre de fumar tabaco. La planta crece en abundancia en Kukuanalandia pero, al igual que los zulúes, sólo la utilizan en forma de rapé, y no supieron identificarla bajo aquella nueva forma. Al cabo de un rato pregunté a Infadoos cuándo proseguiríamos el viaje y quedé encantado al saber que habían hecho los preparativos necesarios para que saliéramos a la mañana siguiente y que ya habían enviado mensajeros para informar al rey Twala de nuestra llegada. Al parecer, Twala se encontraba en su cuartel general, un lugar llamado Loo, dirigiendo los preparativos de la gran fiesta anual que se celebraba en la primera semana de junio. A esa asamblea acudían todos los regimientos, a excepción de ciertos destacamentos que quedaban como guarnición, y desfilaban ante el rey y después se celebraba la caza de brujos anual.

Debíamos partir al amanecer, e Infadoos, que iba a acompañarnos, esperaba que, a menos que nos detuviera algún percance o la crecida de un río, llegaríamos a Loo en la noche del segundo día.

Tras proporcionarnos estos datos, nuestros visitantes se despidieron deseándonos buenas noches. Decidimos poner un turno de vigilancia y tres de nosotros nos acostamos y disfrutamos del dulce sueño que proporciona el agotamiento, mientras que el cuarto permanecía en vela, en prevención de una posible traición.

CAPÍTULO 9

El rey Twala

No creo necesario detallar los incidentes del viaje a Loo. Tardamos dos días por la gran carretera de Salomón, que seguía una trayectoria uniforme hasta adentrarse en el corazón de Kukuanalandia. Baste decir que, a medida que avanzábamos, parecía que la tierra era cada vez más fértil y los *kraals,* con el amplio cinturón de cultivos que los rodeaban, cada vez más numerosos. Todos estaban construidos siguiendo el mismo modelo que el primero que habíamos visto y protegidos por nutridas guarniciones de tropas. En Kukuanalandia, al igual que entre los alemanes, los zulúes y los masai, todo hombre útil es soldado, de modo que toda la fuerza bélica de la nación está siempre dispuesta a movilizarse para una guerra ofensiva o defensiva. Durante el trayecto, nos adelantaron cientos de guerreros que se dirigían apresuradamente a Loo para tomar parte en la gran revista y en la fiesta anual. Nunca he visto tropas tan magníficas.

Al atardecer del segundo día nos detuvimos a descansar un rato en la cima de un loma por la que discurría la carretera, desde donde se divisaba, en una hermosa y fértil llanura, la ciudad de Loo. Para ser una ciudad nativa era enorme, yo diría que de unos ocho kilómetros de perímetro, y había que añadirle los *kraals* que sobresalían de ella, que en las grandes ocasiones servían como acantonamiento para las tropas, y una extraña colina en forma de herradura situada a unos tres kilómetros al norte, que estábamos destinados a conocer muy bien. Era un lugar maravilloso y por el centro del *kraal,* dividiéndolo en dos, discurría un río, al parecer cruzado por varios puentes, quizá el mismo que habíamos visto desde las laderas de los Senos de Saba. A unos noventa o cien kilómetros se elevaban tres grandes montañas coronadas de nieve, situadas como los ángulos de un triángulo. La forma de estas montañas era diferente de las de Saba; en lugar de ser suave y redondeada, era escarpada y rocosa.

Infadoos vio que las mirábamos e hizo la siguiente observación:

–La carretera termina allí dijo, señalando hacia las montañas conocidas entre los kukuanas como «Las tres brujas».

–¿Por qué? –pregunté.

–¿Quién sabe? –replicó, encogiéndose de hombros–. Las montañas están llenas de cuevas y entre ellas hay una gran sima. Allí es donde acudían los sabios de la antigüedad a buscar aquello por lo que venían a este país y también allí es donde ahora están enterrados nuestros reyes, en el Lugar de la Muerte.

–¿A qué venían aquellos hombres? –pregunté con ansiedad.

–No lo sé. Mis señores, que vienen de las estrellas, deben saberlo –respondió con una mirada rápida.

Saltaba a la vista que sabía más de lo que decía.

–Sí –proseguí–, tienes razón. En las estrellas nos enteramos de muchas cosas. He oído decir, por ejemplo, que los sabios de la antigüedad iban a esas montañas a buscar piedras brillantes, unos juguetes muy bonitos y también hierro amarillo.

–Mi señor es sabio –replicó con frialdad–. Yo no soy más que un niño y no puedo hablar de tales cosas con él. Mi señor debe hablar con la vieja Gagool, que es tan sabia como mi señor y vive en la ciudad del rey –y se alejó.

En cuanto se marchó, me volví hacia los demás y señalé las montañas.

–Ahí están las minas de diamantes del rey Salomón –dije.

Umbopa estaba con ellos, al parecer sumido en uno de los

accesos de meditación tan corrientes en él, y comprendió mis palabras.

–Sí, Macumazahn –dijo en zulú–. Los diamantes están sin duda allí, y los conseguiréis, puesto que a vosotros, los blancos, os gustan tanto los juguetes y el dinero.

–¿Cómo sabes eso, Umbopa? –pregunté ásperamente, porque no me gustaba su tono misterioso.

Se echó a reír.

–Lo soñé anoche, hombres blancos –y a continuación giró sobre sus talones y se marchó.

–¿Qué le ocurre a nuestro amigo? –dijo sir Henry–. Sabe más de lo que dice, eso está claro. A propósito, Quatermain ¿ha oído decir algo sobre..., sobre mi hermano?

–No, no sabe nada. Ha preguntado a todos aquellos con los que ha trabado amistad, pero todos aseguran que nunca se había visto a un hombre blanco en este país antes de llegar nosotros.

–¿Cree que llegó hasta aquí? –preguntó Good–. Nosotros lo hemos conseguido por puro milagro. ¿Es posible que él llegara sin el mapa?

–No lo sé –repuso sir Henry, sombrío–, pero estoy convencido de que lo encontraré de una u otra forma.

El sol se puso lentamente y de pronto la oscuridad descendió sobre la tierra como un objeto tangible. No había respiro entre el día y la noche; no se produjo una escena de suave transformación, porque en esas latitudes no existe el crepúsculo. El paso del día a la noche es tan rápido y tan absoluto como el paso de la vida a la muerte. El sol se puso y el mundo quedó sumido en sombras, aunque no por mucho tiempo, porque por el este se vio un resplandor, después una orla de luz plateada y, finalmente, apareció sobre la llanura una luna llena magnífica, que lanzaba sus brillantes saetas por todas partes, llenando la tierra de un trémulo fulgor.

Nos quedamos un rato contemplando aquel panorama maravilloso, mientras las estrellas palidecían ante la casta majestad, y sentimos que nuestros corazones se elevaban ante una belleza que no soy capaz de describir.

Mi vida ha sido muy dura, pero hay algunas cosas por las que agradezco haber vivido, y una de ellas es haber visto la luna en Kukuanalandia.

De pronto, nuestras meditaciones se vieron interrumpidas por nuestro cortés amigo Infadoos.

–Si mis señores han descansado, podemos continuar el viaje hacia Loo, donde han preparado un choza para que pasen la noche. La luna brilla, así que no tropezaremos por el camino.

Asentimos, y al cabo de una hora nos encontrábamos en las afueras de la ciudad, cuyos dominios señalados por millares de hogueras parecían absolutamente interminables. Good, que siempre estaba dispuesto a hacer un chiste malo, la bautizó con el nombre de «Loo ilimitada».

Al poco, llegamos a una puerta con un puente levadizo, y al traspasarla nos recibieron con un estrépito de armas y el ronco grito de un centinela. Infadoos dio una consigna que no entendí y a la que respondieron con un saludo, y atravesamos la calle principal de la gran ciudad. Tras casi media hora de marcha, durante la que pasamos ante interminables hileras de chozas, Infadoos se detuvo ante las puertas que resguardaban un pequeño grupo de chozas que rodeaban un patio de suelo de tierra apisonada y nos dijo que aquella era nuestra «pobre residencia».

Entramos y vimos que nos habían asignado una choza a cada uno. Eran mucho mejores que las que habíamos visto hasta entonces y en cada una de ellas había una cómoda cama hecha a base de pieles curtidas desplegadas sobre colchones de hierbas aromáticas. También nos habían preparado comida y, después de lavarnos con el agua que contenían unos jarros de arcilla, unas jóvenes muy hermosas nos trajeron carne asada y tortas de maíz primorosamente servidas en fuentes de madera y nos lo ofrecieron con grandes reverencias.

Comimos y bebimos y, después de que trasladaron todas las camas a una sola choza a petición nuestra, precaución que hizo sonreír a las cariñosas jóvenes, nos sumimos en un profundo sueño, completamente agotados por el largo viaje.

Al despertarnos, vimos que el sol estaba muy alto y que nuestras sirvientas, a las que no parecía preocupar ningún sentimiento de falsa vergüenza, ya habían entrado en la choza, pues les habían ordenado que nos sirvieran y que nos ayudaran a «prepararnos».

–Sí, sí... prepararnos –refunfuñó Good–. Cuando sólo se tienen una camisa de franela y unas botas, no se necesita mucho tiempo. Me gustaría que le pidiera mis pantalones.

Así lo hice, pero me dijeron que ya habían llevado aquellas sagradas reliquias al rey, quien nos recibiría antes de mediodía.

Tras rogar a aquellas damas que salieran de la choza, cosa que las dejó atónitas y un tanto decepcionadas, procedimos a arreglarnos lo mejor que pudimos dadas las circunstancias. Good incluso llegó al extremo de volver a afeitarse el lado derecho de la cara; le convencimos de que bajo ningún concepto debía tocar el lado izquierdo, en el que había crecido una barba bastante poblada. Nosotros nos conformamos con lavarnos y peinarnos. Los bucles rubios de sir Henry le llegaban casi hasta los hombros, y parecía más que nunca un antiguo danés, en tanto que mi mata de pelo canoso tenía ya casi tres centímetros, cuando para mi lo normal es uno o dos como máximo.

Tras desayunar y fumar una pipa, nos enviaron un recado por mediación de un personaje no menos importante que Infadoos, por el que se nos comunicaba que Twala, el rey, estaba dispuesto a recibirnos si queríamos acudir.

Respondimos que preferiríamos esperar a que el sol estuviese un poco más alto, porque aún no habíamos descansado del viaje, etc. Siempre es conveniente, en el trato con gentes incivilizadas, no apresurarse demasiado. Tienen inclinación a confundir la cortesía con el temor o el servilismo. Así que, aunque estábamos tan ansiosos por ver a Twala como pudiera estarlo Twala por vernos a nosotros, nos sentamos a esperar durante una hora, intervalo que empleamos en preparar los regalos que nos permitían nuestras escasas pertenencias, a saber: el rifle *Winchester* que había utilizado el pobre Ventvögel y unas cuentas de vidrio. Decidimos regalar el rifle con su munición a Su Alteza Real y destinamos las cuentas de vidrio a sus mujeres y cortesanos. Ya habíamos dado unas cuantas a Infadoos y a Scragga y descubrimos que estaban encantados con ellas, ya que nunca habían visto nada parecido. Por fin, les dijimos que ya estábamos listos y, guiados por Infadoos, nos dirigimos a la recepción, tras encargar a Umbopa que llevase el rifle y las cuentas.

Después de caminar unos cientos de metros llegamos a un cercado similar al que circundaba las chozas que nos habían asignado, pero cincuenta veces mayor. Su extensión no debía ser menor de unas dos o tres hectáreas. Alrededor de la valla exterior había una hilera de chozas que constituían las habitaciones de las esposas del rey. Frente a la puerta de entrada, en el otro extremo del espacio abierto, se alzaba una choza muy grande, aislada, en la que residía Su Majestad. El resto era espacio abierto, mejor dicho, hubiera sido espacio abierto de no haber estado cubierto por innumerables filas de guerreros que se habían congregado allí en número de siete u ocho mil. Aquellos hombres permanecían inmóviles como estatuas mientras avanzábamos entre ellos y sería imposible dar una idea de la magnificencia del espectáculo que ofrecían, con sus penachos ondeantes, sus lanzas refulgentes y sus escudos de hierro guarnecidos de piel de buey.

El espacio frente a la choza grande estaba despejado, pero habían colocado unos cuantos taburetes. A una señal de Infadoos nos sentamos en tres de ellos y Umbopa se quedo de pie detrás de nosotros. Infadoos se situó junto a la puerta de la cabaña. En esta postura esperamos durante diez minutos o más, en medio de un silencio absoluto, conscientes de ser el objeto de la mirada concentrada de ocho mil pares de ojos.

Resultó una prueba dura pero la superamos con bastante dignidad. Por fin, se abrió la puerta de la choza y apareció una figura gigantesca, con un espléndido manto de piel de tigre sobre los hombros, seguida de Scragga y de un ser que parecía un mono arrugado y envuelto en una capa de pieles. La gigantesca figura se sentó en un taburete; Scragga se quedó de pie detrás de él y el mono arrugado se arrastró a cuatro patas hasta la sombra de la cabaña y se acurrucó.

El silencio era absoluto.

De repente, la gigantesca figura se despojó del manto y se puso de pie frente a nosotros; era un espectáculo que daba verdadero miedo. Se trataba de un hombre enorme, con el aspecto más repulsivo que habíamos visto en nuestra vida. Tenía los labios gruesos como los de un negro, la nariz chata, un solo ojo reluciente y negro –el otro correspondía a un hueco en la cara– y una expresión sumamente cruel y sensual. En su enorme cabeza se erigía un magnífico penacho de plumas blancas de avestruz; el cuerpo estaba cubierto por una brillante cota de malla y alrededor de la cintura y la rodilla derecha llevaba el adorno usual de colas de buey blanco. Con la mano derecha empuñaba una enorme lanza. En el cuello llevaba una gruesa gargantilla de oro y sujeto a la frente un diamante descomunal sin tallar.

Aún seguía el silencio, pero no duró mucho tiempo. De repente, la enorme figura, a quien con razón habíamos tomado por el rey, alzó la gran lanza que llevaba en la mano. Al instante se elevaron ocho mil lanzas en respuesta, y ocho mil gargantas dejaron escapar el saludo real de *Koom.* Aquello se repitió tres veces y en cada ocasión la tierra se estremecía con el ruido, que sólo puede compararse con las notas más profundas del trueno.

–¡Humíllate, oh pueblo! –dijo una voz débil que parecía proceder del mono sentado a la sombra–. Es el rey.

–*¡Es el rey!* –respondieron al unísono ocho mil gargantas–. *¡Humíllate, oh pueblo, es el rey!*

Después volvió a hacerse el silencio, un silencio absoluto, pero se rompió bruscamente. Un soldado que había a nuestra izquierda soltó su escudo, que cayó con estrépito en el suelo de la arcilla.

Twala dirigió su frío ojo hacia el lugar en que se había producido el ruido.

–Acércate –dijo con voz glacial.

Un hermoso joven salió de las filas y se presentó ante él.

–Es tuyo el escudo que se ha caído, ¿verdad, perro estúpido? ¿Acaso quieres avergonzarme ante los ojos de los extranjeros que vienen de las estrellas? ¿Qué tienes que decir?

Vimos cómo el pobre hombre palidecía bajo su oscura piel.

–Ha sido un accidente, ¡oh, ternero de la vaca negra! –murmuró el guerrero.

–Entonces, es un accidente por el que habrás de pagar. Me has dejado en ridículo. Prepárate a morir.

–Yo soy el buey del rey –respondió en voz baja.

–¡Scragga! –bramó el rey–, demuéstrame lo bien que usas la lanza. Mátame a este perro estúpido.

Scragga dio unos pasos al frente con una fea mueca y su lanza. La pobre víctima se cubrió los ojos con las manos y se quedó inmóvil. Nosotros estábamos petrificados de terror.

Una, dos veces agitó la lanza y descargó el golpe, y, ¡Dios mío! la lanza atravesó al joven, sobresaliéndole un palmo de la espalda. Agitó los brazos en el aire y cayó muerto. Entre la multitud se oyó algo parecido a un murmullo, que fue extendiéndose y finalmente se desvaneció. La tragedia se había consumado. Allí estaba el cadáver, pero nosotros aún no habíamos tomado conciencia de que tal tragedia hubiese tenido lugar. Sir Henry se levantó de un salto y soltó un terrible juramento, y después, vencido por la fuerza del silencio reinante, volvió a sentarse.

–Ha sido un buen lanzazo –dijo el rey–. Lleváoslo.

Cuatro hombres salieron de las filas, levantaron el cuerpo del hombre asesinado y se lo llevaron.

–Tapad las manchas de sangre, tapadlas –silbó la débil voz de la figura simiesca–. El rey ha hablado; la sentencia del rey se ha cumplido.

A los pocos instantes, salió una joven que estaba detrás de la choza con un jarro de cal en polvo que esparció sobre las manchas rojas, que desaparecieron inmediatamente.

Sir Henry estaba fuera de sí por lo que había ocurrido; nos costó mucho trabajo convencerlo de que se callara.

–Siéntese, por lo que más quiera –susurré–. Nuestras vidas dependen de ello.

Cedió y continuó en silencio.

Twala permaneció sentado inmóvil hasta que desaparecieron los restos de la tragedia; después se dirigió a nosotros:

–Hombres blancos que venís de un lugar que no conozco y por razones que ignoro, os saludo.

–Saludos, Twala, rey de los kukuanas –repliqué–. Venimos de las estrellas y no nos preguntes cómo hemos llegado hasta aquí. Hemos venido a ver esta tierra.

–Venís desde muy lejos para ver una cosa tan pequeña. Y ese hombre que os acompaña –dijo señalando a Umbopa–, ¿también él viene de las estrellas?

–Sí, también. En los cielos también hay gente de vuestro

color. Pero no preguntes cosas que son demasiado elevadas para ti, rey Twala.

–Habláis en voz muy alta, moradores de las estrellas –replicó Twala en un tono que no me gustó nada–. Recordad que las estrellas están muy lejos y que vosotros estáis aquí. ¿Qué os parecería si os hiciera lo mismo que al que acaban de llevarse?

Solté una gran carcajada, a pesar de que no tenía ninguna gana de reír.

–¡Oh, rey! –dije–; ten cuidado, ándate con pies de plomo, no vaya a ser que te caigas. Sujeta bien la lanza, no vaya a ser que te cortes las manos. Si nos tocas un solo pelo de la cabeza, la destrucción se abatirá sobre ti. ¿Acaso éstos –y señalé a Infadoos y Scragga, que, el muy villano, estaba ocupado en limpiar la sangre del soldado de su lanza– no te han dicho qué clase de personas somos? ¿Has visto alguna vez a alguien como nosotros? –y señalé a Good, con la certeza de que nunca había visto a nadie que guardase el menor parecido con *él,* dado el aspecto que presentaba en ese momento.

–Cierto, no lo he visto contestó el rey.

–¿No te han contado que matamos desde lejos? –añadí.

–Sí, me lo han contado, pero no lo creo. Demostrádmelo. Mata a uno de esos hombres que están allí –dijo, señalando hacia el otro lado del *kraal*–, y entonces lo creeré.

–No –respondí–; nosotros no derramamos sangre humana, excepto en justo castigo, pero, si quieres verlo, ordena a tus sirvientes que traigan un buey y lo hagan pasar por la puerta del *kraal,* y antes de que haya dado veinte pasos lo mataré.

–No –dijo el rey riendo–. Mata a un hombre y te creeré.

–Muy bien, rey. Se hará como deseas –contesté con frialdad–. Camina hacia la explanada y, antes de que tus pies lleguen a las puertas del poblado, habrás muerto; o, si no quieres ir tú, envía a tu hijo Scragga –a quien en esos momentos hubiera matado con mucho gusto.

Al oír mi sugerencia, Scragga soltó una especie de alarido y huyó precipitadamente hacia la choza.

Twala frunció el ceño majestuosamente. La sugerencia no le había gustado.

–Que traigan un ternero –dijo el rey.

Inmediatamente, salieron dos hombres y echaron a correr.

–Dispare usted, sir Henry –dije–. Quiero demostrarle a ese rufián que no soy yo el único mago del grupo.

Sir Henry cogió el *express* y se preparó.

–Espero hacer un buen disparo –susurró.

–Tiene que hacerlo –repliqué–. Si falla a la primera vuelva a disparar. Apunte a ciento cincuenta metros y espere a que el animal se vuelva de costado.

Se hizo el silencio y vimos un buey que entraba corriendo por las puertas del *Kraal.* Al ver tanta gente, se detuvo estúpidamente, se dio la vuelta y mugió.

–Ahora es el momento –susurré.

El rifle se elevó.

¡Bang! ¡Bang!, y el buey se puso a patalear tendido sobre el lomo, con una bala en las costillas. El proyectil había hecho un buen trabajo, y un suspiro de asombro se escapó de las gargantas de los miles de personas que allí había congregadas.

Me di la vuelta con frialdad.

–¿Te he mentido, rey?

–No, hombre blanco; me has dicho la verdad –respondió el rey con cierto temor.

–Escucha, Twala. –proseguí–. Tú lo has visto. Debes saber que venimos en son de paz: no queremos guerra. Mira esto y levanté el *Winchester* de repetición–. Aquí tienes este tubo hueco que te permitirá matar como lo hacemos nosotros. Sólo te pongo una condición y es que no mates con él a ningún hombre. Si lo levantas contra un hombre, te matará a ti. Espera; voy a enseñártelo.

Ordena a uno de tus hombres que avance cuarenta pasos y que clave el mango de una lanza en el suelo de forma que la hoja mire hacia nosotros.

A los pocos segundos se cumplieron las órdenes.

–Ahora voy a romper la lanza.

Apunté con sumo cuidado y disparé. El proyectil golpeó la lanza y la hoja saltó hecha añicos.

De nuevo se elevó de la multitud un suspiro de asombro.

–Bien, Twala –dije, tendiéndole el rifle–, te regalamos este tubo mágico y poco a poco te iré enseñando a usarlo, pero no utilices la magia de las estrellas contra los hombres de la tierra.

Lo cogió con suma cautela y lo colocó a sus pies. Al mismo tiempo observé que la apergaminada figura simiesca se deslizaba hacia nosotros desde la sombra de la cabaña. Andaba a cuatro patas, pero al llegar al lugar en que se encontraba el rey se puso en pie y, arrancando la piel que le cubría la cara, dejó al descubierto unas facciones extraordinariamente raras. Al parecer, se trataba de una mujer muy anciana, tan encogida que no era más alta que un niño de un año, y su cara estaba formada por una acumulación de profundas arrugas amarillas. Entre las arrugas había una hendidura que correspondía a la boca, bajo la que se curvaba una afilada barbilla. En realidad, carecía de nariz. Su rostro hubiera podido tomarse por el de un cadáver secado al sol de no haber sido por los ojos, grandes y negros, aún llenos de fuego e inteligencia, que brillaban y jugueteaban bajo las níveas cejas, y del prominente cráneo del color del pergamino, como gemas en un osario. Con respecto al cráneo, estaba totalmente pelado y era de color amarillo, en tanto que el cuero cabelludo se movía y contraía como la cabeza de una cobra.

La figura a la que pertenecía aquel espantoso rostro, que al mirarlo nos provocó un escalofrío de temor, se quedó inmóvil durante unos momentos y de repente extendió una esquelética garra armada de unas uñas de casi veinte centímetros de longitud y la posó en el hombro del rey, Twala, y empezó a hablar con voz débil y chillona:

–¡Escucha, oh rey! ¡Escucha, oh pueblo! ¡Escuchad, oh montañas y llanuras y ríos, hogar de la raza de los kukuanas! ¡Escuchad, oh cielos y sol, oh lluvia y tormentas y niebla! ¡Escuchad, cosas todas que viven y deben morir! ¡Escuchad, cosas muertas que habrán de vivir de nuevo, para morir de nuevo! ¡Escuchad; el espíritu de la vida habita en mí, y yo profetizo! ¡Yo profetizo! ¡Yo profetizo!

Las palabras se desvanecieron en un lamento y el terror pareció apoderarse de los corazones de todos cuantos la escuchaban, incluidos nosotros. La anciana era verdaderamente horripilante.

–*¡Sangre, sangre, sangre!,* ríos de sangre, sangre por todas partes, la huelo, la veo, siento su sabor. Es salada. Corre por el suelo, roja, cae de los cielos como la lluvia. *¡Pasos, pasos, pasos!* Las pisadas de los hombres blancos que vienen de muy lejos. Sacuden la tierra; la tierra tiembla ante su amo. La sangre es buena, la roja sangre es brillante; no existe olor comparable al de la sangre recién derramada. Los leones la lamerán y rugirán os buitres lavarán sus alas en ella y chillarán de alegría. ¡Soy vieja! ¡Soy vieja! He visto mucha sangre, *¡ja, ja!,* pero aún habré de ver más hasta que muera, y me siento feliz. ¿Cuántos años creéis que tengo? Vuestros padres me conocieron, y sus madres me conocieron también, y los padres de sus padres. He visto al hombre blanco y conozco sus deseos. Yo soy vieja, pero las montañas son más viejas que yo. Decidme, ¿quién construyó la gran carretera? Decidme, ¿quién hizo las inscripciones en las rocas? Decidme, ¿quien erigió los Tres Silenciosos que miran desde el otro lado del precipicio? –y señaló hacia las tres montañas escarpadas que habíamos visto la noche anterior.

Vosotros no lo sabéis, pero yo sí. Fue un pueblo de hombres blancos que llegaron aquí antes que vosotros, que estarán aquí cuando vosotros no existáis, que os devorarán y destruirán. ¡A vosotros! ¡A vosotros! ¡A vosotros! ¿Y a qué vinieron los hombres blancos, los hombres terribles, los conocedores de la magia y de todas las ciencias, los fuertes, los indestructibles? ¿Qué es esa piedra brillante que llevas en la frente, oh rey? ¿Qué manos hicieron los adornos de hierro que llevas sobre el pecho, oh rey? Tú no lo sabes, pero yo sí. ¡Yo, la vieja, yo, la sabia, yo, la *isanusi,* la maestra de brujas!

Volvió su cabeza calva, como de buitre, hacia nosotros.

–¿Qué buscáis, hombres blancos de las estrellas? ¡Ya, claro, de las estrellas! ¿Buscáis al que se ha perdido? No lo encontraréis aquí. No está aquí. Durante siglos y siglos ningún pie blanco ha hollado esta tierra, ninguno, excepto uno, y sólo para morir. Venís a buscar piedras brillantes, lo sé; yo lo sé. Las encontraréis cuando la sangre se haya secado, pero, ¿regresaréis al lugar de donde venís u os quedaréis aquí conmigo? *¡Ja, ja, ja!* Y tú, el de piel oscura y porte orgulloso –prosiguió, señalando con un dedo esquelético a Umbopa–, ¿quién eres tú, y qué buscas *tú* aquí? No buscas piedras brillantes, ni metal amarillo que refulge, porque eso lo dejas para los «hombres blancos de las estrellas». Me parece que te conozco; me parece que puedo oler el olor de la sangre de tus venas. Quítate el taparrabos.

En ese momento se convulsionaron los rasgos de aquella extraordinaria criatura y cayó al suelo echando espuma por la boca, presa de un ataque de epilepsia, y se la llevaron a la cabaña.

El rey se puso de pie temblando e hizo un gesto con la mano. Al momento, empezaron a desfilar los guerreros y al cabo de diez minutos la gran explanada quedó despejada, excepto por la presencia del rey, sus siervos y nosotros tres.

–Hombres blancos –dijo el rey–, ha pasado por mi mente la idea de mataros. Gagool ha dicho extrañas palabras. ¿Qué decís vosotros?

Me eché a reír.

–Ten cuidado, ¡oh rey!, no es fácil matarnos. Ya has visto la suerte que ha corrido el buey. ¿Quieres que te ocurra lo mismo que a él?

El rey frunció el ceño.

–No se debe amenazar a un rey.

–No amenazamos, sólo decimos la verdad. Trata de matarnos, ¡oh rey! y lo sabrás.

Aquel hombre gigantesco se pasó la mano por la frente.

–Id en paz –dijo por fin–. Esta noche se celebra la gran danza. Vosotros la veréis. No temáis que os tienda una trampa. Mañana pensaré lo que debo hacer.

–Está bien, ¡oh rey! –repliqué con displicencia y a continuación, acompañados por Infadoos, nos levantamos y regresamos a nuestro *kraal.*

CAPÍTULO 10

La caza de brujos

Al llegar a nuestra choza, hice una señal a Infadoos para que entrase.

–Infadoos –dije–, queremos hablar contigo.

–Que mis señores hablen.

–Infadoos, creemos que el rey Twala es un hombre cruel.

–Así es, mis señores. ¡Ay! La tierra clama por sus crueldades. Esta noche lo veréis. Es la gran caza de brujos y muchos serán acusados de hechiceros y morirán. Nadie está a salvo. Si el rey desea el ganado de un hombre o la vida de un hombre, o si teme que un hombre vaya a incitar una rebelión contra él, entonces Gagool, a quien ya habéis visto, o alguna de las mujeres rastreadoras de brujos a las que ella ha enseñado, acusarán a ese hombre de hechicería y lo matarán. Muchos morirán antes de que palidezca la luna esta noche. Siempre ocurre lo mismo. Quizá yo también muera. Hasta ahora me he librado porque soy bueno para la guerra y los soldados me quieren, pero no se cuánto tiempo viviré. La tierra gime por las crueldades de Twala, el rey; está cansada de él y de sus derramamientos de sangre.

–Entonces, Infadoos, ¿por qué no le derroca el pueblo?

–No, mis señores, él es el rey, y si muriese, Scragga ocuparía el trono en su lugar, y el corazón de Scragga es aún más negro que el de su padre Twala. Si Scragga fuese rey, el yugo que ciñe nuestros cuellos sería más pesado que el yugo de Twala. Si Imotu no hubiese sido asesinado, o si viviese Ignosi, su hijo, todo hubiera sido diferente, pero ambos están muertos.

–¿Cómo sabes que Ignosi está muerto? –dijo una voz a nuestra espalda. Miramos y nos quedamos atónitos al comprobar que el que había hablado era Umbopa.

–¿Qué quieres decir, muchacho? –preguntó Infadoos–. ¿Quién te ha dado permiso para hablar?

–Escucha, Infadoos –replicó–, porque voy a contarte una historia. Hace años asesinaron al rey Imotu en este país y su mujer huyó con su hijo Ignosi. ¿Es cierto?

–Así es.

–Dijeron que la mujer y el niño habían muerto en las montañas. ¿No es así?

–Así es.

–Pues bien, lo que en realidad sucedió es que Ignosi y su madre no murieron. Cruzaron las montañas y una tribu nómada del desierto los llevó a la región de las dunas y después llegaron a una tierra en que había agua, árboles y prados.

–¿Cómo sabes tú eso?

–Escucha. Siguieron viajando durante muchos meses hasta que encontraron una tierra en que un pueblo llamado los amazulu, que también pertenecen a la raza de los kukuanas, vivía de la guerra, y con ellos vivieron muchos años, hasta que finalmente murió la madre. Entonces el hijo, Ignosi, volvió a la vida nómada y llegó a esas tierras maravillosas en que habitan los hombres blancos y durante muchos años aprendió su sabiduría.

–Es una bonita historia –dijo Infadoos incrédulo.

–Vivió allí durante muchos años, trabajando como sirviente y soldado, pero guardaba en su corazón todo lo que su madre le había contado sobre su lugar de origen y alimentaba la idea de volver a su propio pueblo y a la casa de su padre antes de morir. Durante muchos años vivió esperando y por fin llegó el momento, como siempre le sucede a quien sabe esperar, y conoció a unos hombres blancos que deseaban llegar a estas tierras desconocidas y se unió a ellos. Los hombres blancos partieron y viajaron durante muchos días, en busca de alguien que se había perdido hace tiempo. Atravesaron el desierto ardiente, atravesaron las montañas cubiertas de nieve y llegaron a la tierra de los Kukuanas, y allí te conocieron *a ti,* oh Infadoos.

–Tienes que estar loco para hablar así –dijo atónito el viejo guerrero.

Si así lo crees, mira, te enseñaré una cosa, ¡oh tío mío! *¡Yo soy Ignosi, legítimo rey de los kukuanas!*

Y diciendo esto, se despojo con un rápido movimiento del «moocha» o taparrabos que llevaba alrededor de la cintura y se quedó desnudo ante nosotros.

–Mira –dijo–, ¿que es esto? – y señaló una marca que representaba una gran serpiente, cuya cola desaparecía en la boca abierta justo por encima de las ingles, tatuado en azul en torno a la cintura.

Infadoos lo miró con ojos desorbitados y cayó de rodillas.

–*¡Koom, koom!* –exclamó–. ¡Es el hijo de mi hermano, es el rey!

–¿Es que no te lo había dicho, tío? Levántate. Aún no soy el rey, pero con tu ayuda y con la ayuda de estos valientes hombres blancos, que son mis amigos, lo seré. Pero la anciana Gagool tiene razón; la tierra habrá de cubrirse de ríos de sangre primero, y la suya formará parte de esos ríos, porque ella mató a mi padre con sus palabras e hizo huir a mi madre. Y ahora, Infadoos, elige. ¿Quieres darme la mano y ponerte de mi lado? ¿Quieres compartir los peligros que me acechan y ayudarme a derrocar a ese tirano asesino o no? Elige.

El anciano se llevó la mano a la cabeza y se puso a pensar. Después se levantó; dio unos pasos hacia donde se encontraba Umbopa, o mejor dicho, Ignosi, se arrodilló ante él y le cogió la mano.

–Ignosi, legítimo rey de los kukuanas, te doy la mano y estaré a tu lado hasta la muerte. Cuando eras un niño recién nacido te tuve sobre mis rodillas y ahora mi viejo brazo luchará por ti y por la libertad.

–Está bien, Infadoos. Si salgo victorioso, tú serás el hombre más grande del reino después del rey. Si fracaso, sólo te espera la muerte, pero la muerte no está muy lejos de ti. Levántate, tío. Y vosotros, hombres blancos, ¿queréis ayudarme? ¿Qué puedo ofreceros? Las piedras blancas, si alcanzo la victoria y puedo encontrarlas; tendréis tantas como podáis llevaros. ¿Es eso suficiente para vosotros?

Traduje sus palabras.

–Dígale –contestó sir Henry– que no conoce a los ingleses. La riqueza es deseable, y, si nos topamos con ella, la aceptamos, pero un caballero no se vende por dinero. Pero, por lo que a mí respecta, digo lo siguiente: siempre me ha gustado Umbopa y, mientras tenga fuerzas, me pondré de su lado en este asunto. Será muy agradable ajustar las cuentas a ese cruel villano de Twala. ¿Qué dicen ustedes, Good y Quatermain?

–Bueno –dijo Good–, adoptaré el lenguaje de la hipérbole, que tanto complace a estas gentes. Puede decirle que el combate es siempre deseable y que calienta el corazón y que, por lo que a mí respecta, estoy de su parte. La única condición que pongo es que me permita ponerme los pantalones.

Traduje las palabras de ambos.

–Está bien, amigos míos –dijo Ignosi, antes Umbopa–. ¿Y qué dices tú, Macumazahn? ¿Estás conmigo, viejo cazador, más astuto que un búfalo herido?

Pensé durante unos momentos y me rasqué la cabeza.

–Umbopa o Ignosi –dije–, no me gustan las revoluciones. Yo soy hombre de paz, y un poco cobarde –al decir esto, Umbopa sonrió–, pero, por otra parte, soy fiel a mis amigos, Ignosi. Tú nos has sido fiel y te has portado como un hombre; yo te seré fiel. Pero ten en cuenta que yo soy un comerciante y tengo que ganarme la vida, de modo que acepto tu oferta acerca de esos diamantes en caso de que estemos en situación de hacernos con ellos. Otra cosa: hemos venido aquí, como sabes, a buscar al hermano perdido del *Incubu* (sir Henry). Debes ayudarnos a buscarlo.

–Lo haré –replicó Ignosi–. Fíjate, Infadoos, y por el signo de la serpiente que rodea mi cintura dime la verdad. ¿Sabes si algún hombre blanco ha puesto el pie en esta tierra?

–No, ¡oh Ignosi!

–Si se hubiera visto a un hombre blanco por aquí, o si se hubiera oído hablar de él, ¿lo sabrías tú?

–Sin duda me hubiera enterado.

–Ya lo has oído, *Incubu* –dijo Ignosi a sir Henry–. No ha estado aquí.

–Bien, bien –dijo sir Henry con un suspiro–. ¡Qué le vamos a hacer! Supongo que no pudo llegar hasta aquí. ¡Pobre hombre, pobre hombre! Así que todo ha sido inútil. Cúmplase la voluntad de Dios.

–Pasemos a otro asunto –intervine, deseoso de abandonar aquel tema tan doloroso–. Me parece muy bien que seas rey por derecho divino, Ignosi, pero, ¿cómo te propones convertirte en rey de verdad?

–No lo sé. Infadoos, ¿tienes algún plan?

–Ignosi, hijo del rayo –contestó su tío–, esta noche se celebrará la gran danza y tendrá lugar la caza de brujos. Muchos serán acusados y morirán y en los corazones de muchos otros brotarán dolor y angustia y cólera contra el rey Twala. Cuando acabe la danza, hablaré con algunos de los grandes jefes, que a su vez, si puedo ganarlos para nuestra causa, hablarán con sus soldados. Al principio hablaré con los jefes suavemente y les haré ver que tú eres el verdadero rey, y creo que mañana al amanecer tendrás veinte mil lanzas bajo tu mando. Y ahora debo marcharme a pensar y a escuchar lo que se dice y a prepararme. Después de la danza, y si es que aún estoy vivo y estamos vivos todos, me reuniré contigo aquí para hablar. En el mejor de los casos, habrá guerra.

En ese momento nuestra reunión quedó interrumpida por los gritos de los mensajeros que venían de parte del rey. Llegamos a la puerta de la choza y ordenamos que los dejasen entrar, y al instante aparecieron tres hombres que portaban una brillante cota de malla cada uno y una magnífica hacha de guerra.

–¡He aquí los regalos de mi señor el rey para los hombres blancos que vienen de las estrellas! –exclamó un heraldo que los acompañaba.

–Damos las gracias al rey –repliqué–. Retiraos.

Los hombres se marcharon y examinamos las armaduras con gran interés. Eran las más hermosas que habíamos visto jamás. Formaban un manto tan apretado que era una verdadera masa de eslabones, tan grande que apenas podía abarcarse con ambas manos.

–¿Hacéis esto aquí, Infadoos? –le pregunté–. Son muy hermosas.

–No, mi señor; las hemos heredado de nuestros antepasados. No sabemos quién las hizo y quedan muy pocas[1]. Sólo los que poseen sangre real pueden llevarlas. Son mallas mágicas que no puede atravesar ninguna lanza. Quién la lleva está completamente a salvo en la batalla. El rey debe estar muy contento con vosotros o muy asustado, porque en otro caso no os la hubiera regalado. Ponéoslas esta noche, mis señores.

Pasamos el resto del día tranquilamente, descansando y

---

[1] Los árabes de Sudán aún llevan espadas y cotas de malla que debieron ser arrebatadas por sus antepasados a los cruzados. (N. del E.).

hablando sobre la situación, que era verdaderamente preocupante. Por fin se puso el sol, se encendieron miles de hogueras y en medio de la oscuridad oímos el sonido de muchos pies en movimiento y el vibrar de cientos de lanzas, a medida que los regimientos desfilaban para dirigirse a los puestos que les habían asignado para prepararse para la gran danza. Alrededor de las ocho salió la luna en todo su esplendor y mientras contemplábamos su ascenso llegó Infadoos, revestido con todos sus atuendos de guerra y acompañado por una guardia de veinte hombres que nos escoltarían hasta el lugar en que se iba a celebrar la danza. Siguiendo su recomendación, nos habíamos puesto las cotas de malla que nos había regalado el rey debajo de las ropas corrientes y descubrimos con sorpresa que no eran ni muy pesadas ni demasiado incómodas. Aquellas camisas de acero, hechas a todas luces para hombres de gran estatura, a Good y a mí nos quedaban muy holgadas, pero se ajustaban a la magnífica figura de sir Henry como un guante. Tras abrocharnos los revólveres a la cintura y coger las hachas de guerra que nos había enviado el rey junto con las armaduras, nos dispusimos a partir.

Al llegar al gran *kraal* en el que habíamos mantenido la entrevista con el rey aquella mañana, descubrimos que el lugar estaba ocupado por una multitud de unos veinte mil guerreros dispuestos en regimientos. A su vez, los regimientos estaban divididos en compañías y entre cada compañía se abría un pequeño sendero para permitir el libre acceso de las cazadoras de brujos. Es imposible concebir algo más impresionante que el espectáculo que ofrecía aquella enorme y ordenada asamblea de hombres armados. Guardaban un silencio absoluto y la luna arrojaba su luz sobre el bosque de lanzas alzadas, sobre sus majestuosas siluetas, sus penachos de plumas ondulantes y las sombras armoniosas de los escudos de diversos colores. Adondequiera que mirásemos veíamos una hilera tras otra de rostros sombríos coronados por lanzas centelleantes.

–Todo el ejército se ha congregado aquí, ¿verdad? –le pregunté a Infadoos.

–No, Macumazahn contestó–; sólo un tercio. La tercera parte participa en la danza anual, otra tercera parte está acantonada en el exterior para el caso de que surjan problemas cuando comience la matanza, otros diez mil guerreros cubren las guarniciones de los puestos avanzados que rodean Loo y el resto vigila los *kraals* del país. Como puedes ver, es un gran pueblo.

–Están muy silenciosos –dijo Good, y verdaderamente el profundo silencio que reinaba entre tan elevado número de hombres vivos resultaba casi sobrecogedor.

–¿Qué dice Bougwan? –preguntó Infadoos.

Traduje sus palabras.

–Aquéllos sobre los que se cierne la sombra de la muerte guardan silencio –contestó en tono lúgubre.

–¿Matarán a muchos?

–Sí.

–Al parecer –dije a los demás–, vamos a asistir a un espectáculo de gladiadores para el que no se ha reparado en gastos.

Sir Henry se estremeció y Good dijo que esperaba que saliéramos de aquello bien parados.

–Dime, ¿corremos peligro? –pregunté a Infadoos.

–No lo sé, mis señores, confío en que no, pero no demostréis temor. Si salís con vida esta noche, todo irá bien. Los soldados murmuran contra el rey.

Todo esto ocurría mientras avanzábamos lentamente hacia el centro de la explanada en la que habían colocado varios taburetes. Mientras caminábamos, observamos que se acercaba un grupo procedente de la cabaña real.

–Es el rey, Twala, y su hijo Scragga, y la vieja Gagool y,

mirad, con ellos vienen los verdugos –dijo Infadoos señalando a un pequeño grupo compuesto por unos doce hombres gigantescos de aspecto feroz, armados con lanzas y pesadas mazas.

El rey se sentó en el taburete que estaba situado en el centro, Gagool se acurrucó a sus pies y los demás se quedaron detrás, de pie.

–Saludos, señores blancos –dijo en voz alta cuando nos acercamos–. Sentaos, no malgastéis el tiempo; la noche es demasiado corta para todo lo que hay que hacer. Llegáis en buena hora y veréis un espectáculo grandioso. Mirad a vuestro alrededor, señores blancos, mirad a vuestro alrededor –y diciendo esto posó su único y malvado ojo en los regimientos formados–. ¿Pueden mostraros las estrellas un panorama como éste? Ved cómo tiemblan por su maldad todos aquellos que albergan el mal en sus corazones y temen el juicio de los «cielos».

–*¡Empezad, empezad!* –gritó Gagool con su voz débil y chillona–. Las hienas están hambrientas, aúllan porque quieren comida. *¡Empezad, empezad!*

Después se hizo un profundo silencio que duró unos momentos, terrible porque era como un presagio.

El rey levantó su lanza y de repente se elevaron veinte mil pies como un solo hombre y cayeron sobre el suelo de golpe. Esta acción se repitió tres veces y la tierra tembló. A continuación, desde un punto lejano del círculo, se elevó una voz en un canto que parecía un lamento, cuyo estribillo era algo parecido a lo siguiente:

«¿Cuál es la suerte del hombre nacido de mujer?».

La respuesta surgió al unísono de todas las gargantas de la enorme asamblea:

«¡La muerte!».

Poco a poco, compañía tras compañía, los guerreros fueron uniéndose al cántico, hasta que toda aquella multitud armada lo entonó y ya no entendí lo que decían salvo que se trataba, al parecer, de una representación de las diversas fases de las pasiones, los temores y las alegrías humanas. A veces parecía una canción de amor, a veces un himno de guerra bárbaro y majestuoso y, finalmente, un canto fúnebre rematado repentinamente con un lamento sobrecogedor que resonó sobre los allí reunidos con notas que helaban la sangre.

El silencio volvió a ser absoluto y de nuevo quedó roto al levantar el rey una mano. Al instante, miles de pies hicieron temblar el suelo y de entre las masas de guerreros se destacaron unas siluetas extrañas y espantosas que corrieron hacia nosotros Al acercarse, vimos que eran mujeres, la mayoría ancianas, porque por la espalda les caían en cascada cabelleras blancas adornadas con pequeñas espinas de peces. Llevaban la cara pintada con franjas blancas y amarillas; por la espalda les colgaban pieles de serpiente, y alrededor de la cintura tableteaban anillos de huesos humanos, en tanto que con sus manos marchitas sujetaban pequeñas varas en forma de horquilla. Eran diez en total. Se detuvieron al llegar ante nosotros y una de ellas señaló con su vara hacia la figura agazapada de Gagool y chilló:

–¡Madre, vieja madre, estamos aquí!

–*¡Bien, bien, bien!* –exclamó aquel viejo monstruo–. ¿Son vuestros ojos penetrantes, *isanusis* (hechiceras), veis bien en la oscuridad?

–Sí, madre, son penetrantes.

–*¡Bien, bien, bien!* ¿Tenéis los oídos bien abiertos, *isanusis,* vosotras que oís palabras no pronunciadas por la boca?

–Sí, madre, están bien abiertos.

–*¡Bien, bien, bien!* ¿Están vuestros sentidos despiertos, *isanusis*, podéis oler la sangre, podéis limpiar la tierra de los malvados que traman perfidias contra el rey y contra sus vecinos? ¿Estáis preparadas para cumplir la justicia de los «cielos», vosotras a quienes yo he enseñado, que habéis comido del pan de mi sabiduría y bebido del agua de mi magia?

–Sí, madre.

–¡Entonces, adelante! No os entretengáis, buitres. Mirad, los verdugos afilan sus lanzas –dijo señalando al ominoso grupo de hombres que había detrás–. Los hombres blancos llegados desde muy lejos desean verlo. *¡Adelante!*

El extraño grupo se dispersó en todas direcciones con un alarido salvaje, como fragmentos de un obús, haciendo tabletear los huesos secos que les rodeaban la cintura. Se dirigieron hacia diversos puntos del denso círculo humano. Como no podíamos verlas a todas, clavamos nuestros ojos en la *isanusi* más cercana a nosotros. Al llegar a unos pasos de distancia de los guerreros, se detuvo y se puso a bailar ferozmente, dando vueltas con una rapidez casi increíble, y profiriendo exclamaciones tales como: «¡Puedo oler al malvado!» «¡Está cerca aquel que envenenó a su madre!» «¡Oigo los pensamientos de aquel que pensó mal del rey!».

Bailaba cada vez más aprisa, hasta que llegó a tal frenesí de excitación que empezó a brotar espuma de sus mandíbulas rechinantes, los ojos parecieron salírsele de las órbitas y su carne se estremeció perceptiblemente... De repente se detuvo en seco y se quedó completamente rígida, como un perro perdiguero cuando olfatea la presa, y a continuación, con la vara extendida, empezó a caminar sigilosamente hacia los soldados que había ante ella. Nos dio la impresión de que a medida que se acercaba el estoicismo de los guerreros cedía y se acobardaban. Nosotros seguimos sus movimientos dominados por una terrible fascinación. Al poco rato, siempre arrastrándose y agazapada como un perro, se situó frente a ellos. Se detuvo, señaló a alguien y siguió avanzando a rastras uno o dos pasos.

El final llegó precipitadamente. Con un grito, extendió la vara y tocó a un guerrero. Al instante, dos de sus camaradas, que estaban a su lado, agarraron al hombre condenado, cada uno por un brazo, y avanzaron con él hacia el rey.

El guerrero no se resistió, pero vimos que arrastraba sus miembros como si estuvieran paralizados, y sus dedos, que habían dejado escapar la lanza, estaban agarrotados como los de un hombre que acabase de morir.

El acercarse, le salieron al encuentro dos de aquellos infames verdugos. Después se volvieron hacia el rey, como si esperasen órdenes.

–*¡Matad!* –dijo el rey.

–*¡Matad!* –chilló Gagool.

–*¡Matad!* –coreó Scragga, con una risita.

Casi antes de que se hubieran pronunciado las palabras fue ejecutada la terrible sentencia. Un hombre atravesó el corazón de la víctima con su lanza y, para asegurarse por partida doble el otro le aplastó los sesos con su enorme maza.

–*Uno* –contó el rey Twala, al igual que una *madama* Defargue negra, como comentó Good.

Arrastraron el cuerpo unos pasos y lo dejaron allí tendido.

Inmediatamente llevaron a otro pobre diablo, como un buey al matadero. En esta ocasión, comprobamos por la capa de piel de leopardo que llevaba que se trataba de una persona de alto rango. De nuevo fueron pronunciadas aquellas espantosas palabras, y la víctima cayó muerta.

–*Dos* contó el rey.

Y así continuó aquel juego mortal, hasta que ante nosotros tuvimos varios cientos de cadáveres colocados en fila. He oído hablar de los espectáculos de gladiadores del tiempo de los cesares y de las corridas de toros españolas, pero dudo que ninguna de las dos cosas sea la mitad de espantosa que la caza de brujos de los kukuanas. Además, los espectáculos de gladiadores y las corridas de toros contribuyen a la diversión del público, lo que no era precisamente el caso en aquella ocasión. El más experto buscador de emociones la rechazaría si supiera que en el juego entraba la posibilidad de ser él mismo objeto del siguiente «acontecimiento».

En una ocasión nos levantamos y tratamos de protestar pero Twala nos atajó enérgicamente.

–Dejad que la ley siga su curso, hombres blancos. Esos perros son brujos malvados. Deben morir –se dignó decirnos por toda respuesta.

Alrededor de la diez y media se hizo un descanso. Las buscadoras de brujos se reunieron, al parecer agotadas por su sangriento trabajo, y pensamos que el espectáculo había tocado a su fin. Pero no fue así, porque al poco rato, y para nuestra sorpresa, la anciana Gagool se enderezó y, apoyándose en un bastón, se dirigió tambaleante hacia la explanada. Era extraordinario ver aquel ser espantoso y viejo con cabeza de buitre encorvada por la edad, reunir fuerzas poco a poco hasta mostrarse casi tan activa como sus execrables discípulas. Corría de un lado a otro, cantando para sus adentros, hasta que al llegar junto a un hombre alto que había frente a uno de los regimientos se precipitó hacia él y lo tocó. Al hacerlo, el regimiento dejó escapar una especie de gemido, pues era su comandante. No obstante, dos de sus miembros lo cogieron y lo llevaron al lugar de la ejecución. Después nos enteramos de que era un hombre de gran riqueza y alto rango, por ser primo del rey.

Lo mataron y el rey contó ciento tres. Entonces Gagool empezó a moverse de un lado para otro, acercándose cada vez más hacia nosotros.

–Que me cuelguen si no va a intentar sus argucias con nosotros –exclamó Good aterrorizado.

–¡Tonterías! –replicó sir Henry.

Al ver que aquella bestia se acercaba cada vez más hacia nosotros, se me encogió el corazón. Eché una ojeada a la larga hilera de cadáveres que había detrás de nosotros y me estremecí.

Gagool cada vez se nos acercaba más en su danza, parecida, como una gota de agua a otra, a un palo retorcido y animado; sus terribles ojos centelleaban con un brillo atroz.

Se acercó más y más; todos los ojos de la asamblea estaban fijos en sus movimientos con ansiedad. Finalmente, se quedó inmóvil y señaló.

–¿Quién será? –dijo sir Henry para sus adentros.

Al cabo de un momento se disiparon las dudas, porque la anciana se precipitó hacia Umbopa, alias Ignosi, y lo tocó en el hombro.

–Lo huelo –chilló–. Matadlo, matadlo, matadlo, está lleno de maldad; mata al extrajero antes de que se derrame sangre por su culpa. Haz que lo maten, oh rey.

Se hizo un silencio que aproveché inmediatamente.

–¡Oh rey! –dije en voz alta, levantándome de mi asiento–. Este hombre es el sirviente de tus huéspedes, es su perro. Quienquiera que derrame la sangre de nuestro perro derramará nuestra propia sangre. Por la sagrada ley de la hospitalidad, exijo que lo protejas.

–Gagool, madre de las hechiceras, lo ha olido. Debe morir, hombres blancos –respondió el rey taciturno.

–No, no va a morir –repliqué–, por el contrario, aquel que intente tocarlo será quien muera.

–¡Prendedle! –rugió Twala a los verdugos, que lo rodearon manchados de rojo hasta los ojos con la sangre de sus víctimas.

Avanzaron hacia nosotros y se detuvieron vacilantes. Ignosi alzó su lanza, como si estuviera dispuesto a vender cara su vida.

–¡Atrás, perros –grité–, si es que queréis volver a ver la luz del día! Tocadle un solo pelo y vuestro rey morirá –y al mismo tiempo apunté a Twala con mi revólver. También sir Henry y Good sacaron las pistolas. Sir Henry apuntó al verdugo principal, que avanzaba hacia nosotros para llevar a cabo la sentencia, y Good tomó como blanco a Gagool.

Twala se estremeció ostensiblemente al ver que el cañón de mi pistola estaba a la altura de su pecho.

–Bien –dije–, ¿qué has decidido, Twala?

–Apartad vuestros tubos mágicos –dijo–. Has invocado mi hospitalidad y por esa razón, y no por temor a lo que podáis hacer, voy a perdonarlo. Id en paz.

–Muy bien –repliqué displicente–; estamos cansados de tanta matanza y queremos dormir. ¿Ha terminado la danza?

–Sí, ha terminado –contestó Twala de mal humor–. Que arrojen a esos perros –y señaló la larga hilera de cadáveres– a las hienas y a los buitres –y levantó su lanza.

Al momento empezaron a desfilar los regimientos en total silencio por la puerta del *kraal;* tan sólo quedó en el interior un grupo, fatigado, para retirar los cadáveres de los que habían sido sacrificados.

También nosotros nos levantamos y tras hacer el saludo de ritual a su majestad, al que apenas se dignó corresponder, nos dirigimos a nuestra choza.

–Bueno –dijo sir Henry al sentarnos, tras haber encendido un lámpara del tipo que utilizan los kukuanas, cuya mecha está hecha con la fibra de una especie de hoja de palmera y aceite de grasa de hipopótamo aclarada–. Creo que voy a vomitar.

–Si me quedaba alguna duda sobre si debía ayudar a Umbopa a rebelarse contra ese negro infernal –intervino Good–, se ha disipado por completo. No sé cómo pude soportar quedarme allí sentado mientras se llevaba a cabo esa matanza. Traté de cerrar los ojos, pero siempre los abría en el peor momento. Me pregunto dónde estará Infadoos. Umbopa, amigo mío, debes estarnos agradecido; has estado a punto de que te agujereasen la piel.

–Estoy agradecido, Bougwan –contestó Umbopa después de que hube traducido las palabras de Good–, y no lo olvidaré. Con respecto a Infadoos, estará aquí dentro de poco. Debemos esperar.

Encendimos las pipas y esperamos.

CAPÍTULO 11

Hacemos una señal

Durante un buen rato –yo diría que unas dos horas–, nos quedamos sentados y en silencio, porque nos sentíamos demasiado abrumados por los recuerdos de los horrores que habíamos presenciado para hablar. Finalmente, cuando estábamos a punto de retirarnos –porque la noche se acercaba al alba–, oímos ruido de pasos. Luego se oyó la consigna del centinela, que estaba apostado a la puerta del *kraal,* a la que debieron responder, aunque no en un tono de voz audible, ya que los pasos se aproximaron. A los pocos segundos, entró Infadoos en la choza seguido de una media docena de jefes de aspecto muy digno.

–Mis señores –dijo–, he venido, cumpliendo mi palabra. Mis señores e Ignosi, legítimo rey de los kukuanas, he traído a estos hombres –y señaló a los jefes, que estaban en fila–, que son grandes hombres entre nosotros, pues cada uno de ellos tiene a su mando tres mil soldados, que sólo viven para cumplir con su deber para con el rey. Les he contado lo que he visto y lo que he oído. Ahora, permitid que también ellos vean la serpiente sagrada que te rodea la cintura y que oigan tu relato, Ignosi, para que decidan si deben hacer causa común contigo contra Twala, el rey.

Por toda respuesta, Ignosi volvió a despojarse de su taparrabos y exhibió la serpiente que llevaba tatuada. Los jefes se acercaron a él uno a uno y la examinaron a la débil luz de la lámpara, y sin decir palabra se colocaron al otro lado.

Ignosi volvió a ponerse la «moocha» y, dirigiéndose a los jefes, repitió la historia que nos había contado por la mañana.

–Ahora que lo habéis oído, jefes –dijo Infadoos cuando Umbopa terminó el relato–, ¿qué decís? ¿Lucharéis al lado de este hombre y le ayudaréis a recuperar el trono de su padre, o no? La tierra clama contra Twala y la sangre del pueblo corre como las aguas en primavera. Lo habéis visto esta noche. Deseaba hablar con otros dos jefes; ¿dónde están ahora? Las hienas aúllan alrededor de sus cadáveres. Pronto seguiréis el mismo camino que ellos si no lucháis. Decidlos, hermanos míos.

El mayor de los seis hombres, un guerrero bajo y de fuerte complexión, con el pelo blanco, se adelantó unos pasos y dijo:

–Tus palabras son ciertas, Infadoos. La tierra clama. Mi propio hermano se encuentra entre los que han muerto esta noche, pero hay un asunto de gran importancia y que cuesta trabajo creer. ¿Cómo sabemos que si alzamos nuestras lanzas en son de guerra no lo haremos a favor de un impostor? Como he dicho, es un asunto de gran importancia y nadie conoce el final. Porque ten por seguro que correrán ríos de sangre antes de que lo llevemos a cabo. Habrá muchos que permanezcan fieles al rey, porque los hombres adoran al sol que aún calienta con sus rayos en el cielo y no al que todavía no ha salido. Grande es la magia de los hombres blancos que vienen de las estrellas e Ignosi está protegido por sus alas. Si él es en verdad el rey legítimo, que nos den una señal y que el pueblo tenga una señal para que todos la veamos. Así los hombres se unirán a nosotros, al saber que la magia de los hombres blancos está de su parte.

–Tenéis la señal de la serpiente –repliqué.

–Mi señor, eso no es suficiente. Pudieron pintarla cuando nació este hombre. Mostradnos una señal. No nos moveremos sin una señal.

Los demás asintieron con decisión y yo me volví, perplejo, hacia sir Henry y Good, y les expliqué la situación.

–Creo que tengo una idea –dijo Good muy contento.

–Dígales que nos concedan unos minutos para pensar.

Así lo hice y los jefes se retiraron. En cuanto se hubieron marchado, Good se dirigió hacia donde estaba la cajita que contenía las medicinas, la abrió y sacó un cuaderno en cuya cubierta había un calendario.

–Miren esto, amigos, ¿no es mañana cuatro de junio?

Habíamos ido tomando nota del paso de los días con sumo cuidado, por lo que pudimos confirmarlo.

–Muy bien, en ese caso, ya tenemos la señal. «Cuatro de junio, eclipse total de luna. Comienza a las 8,15, hora de Greenwich. Visible en Tenerife, *África,* etc.». Dígales que va a oscurecer la luna mañana por la noche.

Era una idea estupenda. En realidad, lo único que podíamos temer era que el calendario de Good estuviese equivocado. Si hacíamos una profecía falsa sobre un tema semejante, nuestro prestigio se desvanecería para siempre y lo mismo ocurriría con la oportunidad de Ignosi de acceder al trono.

–Supongamos que el calendario esté equivocado –sugirió sir Henry a Good, que estaba muy atareado haciendo cálculos en una página del cuaderno.

–No veo ninguna razón para suponer tal cosa –replicó–. Los eclipses siempre se producen en su momento. Al menos, ésa es la experiencia que yo tengo y el calendario dice explícitamente que será visible en África. He hecho unos cálculos lo mejor que he podido sin conocer nuestra posición exacta y supongo que el eclipse empezará aquí alrededor de las diez mañana por la noche y durará hasta las doce y media. Durante una hora y media, o quizá más, la oscuridad será absoluta.

–Bien –dijo sir Henry– , supongo que debemos correr el riesgo.

Asentí, aunque albergaba ciertas dudas, porque los eclipses no son ninguna tontería, y envié a Umbopa a llamar de nuevo a los jefes. Llegaron al poco y me dirigí a ellos en estos términos:

–Grandes hombres del pueblo kukuana y tú, Infadoos, escuchadme. No nos gusta hacer alarde de nuestros poderes, porque con ello interrumpimos el curso de la naturaleza y sumimos al mundo en el temor y la confusión, pero como este asunto es de gran importancia y como estamos enfadados con el rey por la matanza que hemos presenciado y por las acciones de Gagool, la *isanusi,* que quería enviar a la muerte a nuestro amigo Ignosi, hemos decidido romper la norma y dar una señal que puedan ver todos los hombres. Venid aquí –y los conduje a la puerta de la cabaña y señalé el globo rojo de la luna–. ¿Qué veis allí?

–Vemos la luna que se oculta –contestó el portavoz del grupo.

–Eso es. Ahora, decidme, ¿es posible que un hombre mortal haga desaparecer la luna antes de su hora habitual y que cubra la tierra con las cortinas de la negra noche?

El jefe se echó a reír.

–No, mi señor, eso no lo puede hacer ningún hombre. La luna es más fuerte que el hombre que la contempla y tampoco ella puede alterar su curso.

–Eso es lo que vosotros creéis, pero yo os digo que mañana por la noche, dos horas antes de la media noche, nosotros haremos que la luna desaparezca durante una hora y media y una profunda oscuridad cubrirá la tierra. Esa será la señal de que Ignosi es el verdadero rey de los kukuanas. Si hacemos esto, ¿quedaréis satisfechos?

–Sí, mis señores –contestó el viejo jefe con una sonrisa, la misma que se reflejaba en los rostros de sus compañeros–, *si* lo hacéis, quedaremos satisfechos.

–Se hará. Nosotros tres, Incuba, Bougwan y Macumazahn lo hemos dicho y se hará. ¿Has oído, Infadoos?

–Lo he oído, mi señor, pero lo que prometes es increíble: hacer desaparecer la luna, madre del mundo, cuando está llena.

–Sin embargo, lo haremos, Infadoos.

–Está bien, mis señores. Hoy, dos horas después del crepúsculo, Twala enviará a buscar a mis señores para presenciar la danza de las muchachas y una hora después de que comience la danza, la muchacha que Twala considere la más bella morirá a manos de Scragga, el hijo del rey, como sacrificio a los Silenciosos de piedra que vigilan junto a las montañas de allá lejos –dijo, señalando a los extraños picos donde supuestamente acababa la carretera de Salomón–. Después que mis señores oscurezcan la luna y salven la vida de la doncella, el pueblo creerá.

–Sí –dijo el anciano jefe, aún con una ligera sonrisa–, entonces el pueblo creerá de verdad.

–A tres kilómetros de Loo –prosiguió Infadoos–, hay una colina, curva como la luna llena, una fortaleza en la que se hallan acuartelados mi regimiento y otros tres regimientos a cuyo mando están estos hombres. Esta mañana haremos planes para que puedan trasladarse allí otros regimientos, dos o tres. Entonces, si mis señores pueden realmente oscurecer la luna, tomaré a mis señores de la mano y los conduciré en la oscuridad a las afueras de Loo hasta llegar a ese lugar, en el que estarán a salvo, y podremos declarar la guerra a Twala.

–Está bien –dije–. Ahora, dejadnos dormir un rato y preparar nuestra magia.

Infadoos se puso de pie y, después de saludarnos, partió con los demás jefes.

–Amigos míos –dijo Ignosi en cuanto se hubieron marchado–, ¿podéis hacer realmente esa maravilla o les habéis dicho palabras vacías a esos hombres?

–Creemos poder hacerlo, Umbopa, quiero decir, Ignosi.

–Es extraño –replicó–, y de no ser vosotros ingleses, no lo hubiera creído, pero los «caballeros» ingleses no mienten. Si sobrevivimos, tened la seguridad de que os recompensaré.

–Ignosi –dijo sir Henry–, prométeme una cosa.

–Te lo prometo, *Incubu,* amigo mío, antes de oír de qué se trata –replicó aquel enorme hombre con una sonrisa– ¿Qué es?

–Es lo siguiente: que si llegas a ser rey de este pueblo acabarás con la caza de brujos como la que hemos presenciado esta noche y que en esta tierra no se matará a ningún hombre sin haberlo juzgado.

Ignosi quedó pensativo durante unos momentos, después de que yo hube traducido estas palabras, y contestó:

–Las costumbres de los hombres negros no son las mismas que las de los hombres blancos, *Incubu,* ni damos el mismo valor a la vida que vosotros, pero te lo prometo. Si está en mi poder, acabaré con ello, las cazadoras de brujos no trabajarán más ni ningún hombre irá a la muerte sin juicio previo.

–Entonces, trato hecho –dijo sir Henry–. Y ahora, descansemos un poco.

Como estábamos agotados, pronto nos quedamos profundamente dormidos y así seguimos hasta que Ignosi nos despertó, alrededor de las once. Entonces nos levantamos, nos lavamos y tomamos un sustancioso desayuno. A continuación salimos de la cabaña y dimos un paseo; nos entretuvimos en examinar la estructura de las chozas kukuanas y en observar las costumbres de las mujeres.

–Espero que el eclipse se produzca –dijo sir Henry.

–Si no es así, pronto acabará todo para nosotros –repliqué lúgubremente– porque, tan cierto como que ahora estamos vivos, algunos jefes le irán con el cuento al rey y se producirá otro tipo de eclipse que no nos va a gustar nada.

Regresamos a la choza a comer un poco y pasamos el resto del día recibiendo visitas de cortesía y curiosidad. Finalmente se puso el sol y disfrutamos de un par de horas de tranquilidad, la que nos permitían nuestros negros presentimientos. Alrededor de las ocho y media llegó un mensajero de Twala, para invitarnos a la gran «danza anual de las muchachas» que estaba a punto de celebrarse.

Nos pusimos apresuradamente las cotas de malla que nos había regalado el rey, cogimos los rifles y la munición para tenerlos a mano en caso de que tuviésemos que huir, como nos había sugerido Infadoos, y partimos con valentía, aunque por dentro temblábamos de miedo.

La gran explanada que se extendía ante el *kraal* del rey presentaba un aspecto muy diferente al de la noche anterior. En lugar de las apretadas filas de guerreros se veían innumerables grupos de muchachas kukuanas, no precisamente muy tapadas, coronadas cada una de ellas con una guirnalda de flores y con una hoja de palma en una mano y en la otra un largo lirio. En el centro de la explanada iluminada por la luna estaba sentado Twala, el rey, con la vieja Gagool a sus pies, y escoltado por Infadoos, su hijo Scragga y doce guardias. También estaban presentes una serie de jefes, entre los que reconocí a la mayoría de nuestros amigos de la noche anterior.

Twala nos recibió con aparente cordialidad, aunque observé que clavaba malignamente su único ojo en Umbopa.

–Bienvenidos, hombres blancos de las estrellas –dijo–. Éste es un espectáculo distinto al que contemplaron vuestros ojos anoche a la luz de la luna, aunque no tan bonito. Las muchachas son hermosas y, si no fuera por ellas –señaló a su alrededor–, ninguno de nosotros estaría aquí esta noche. Pero los hombres son mejores. Los besos y las tiernas palabras de las mujeres son dulces; ¡pero el sonido del entrechocar de las lanzas de los hombres es más dulce y aún lo es más el olor de la sangre de los hombres! ¿Queréis esposas de nuestro pueblo, hombres blancos? Si es así, elegid a las más bellas y serán vuestras, tantas como deseéis –dijo e hizo una pausa esperando nuestra respuesta.

Como aquella perspectiva no parecía desprovista de atractivos para Good, que, como la mayoría de los marinos, es enamoradizo, yo, por ser el mayor y el más prudente, preví las infinitas complicaciones que podría acarrearnos semejante cosa (porque las mujeres traen problemas; eso es tan seguro como que la noche sigue al día) y me apresuré a contestar:

–Gracias, oh rey; pero los hombres blancos sólo nos unimos con mujeres blancas. ¡Vuestras doncellas son hermosas, pero no son para nosotros!

El rey se echó a reír.

–Muy bien. Existe un proverbio en nuestra tierra que dice: «Los ojos de las mujeres siempre brillan, sea cual sea su color», y otro que dice: «Ama a la que está presente, porque sin duda la que está ausente te es infiel». Pero quizá no ocurre lo mismo en las estrellas. En una tierra en que todos los hombres son blancos cualquier cosa es posible. Sea como deseáis, hombres blancos, ¡las muchachas no van a suplicaros! De nuevo os doy la bienvenida; y sé bienvenido tú también, hombre negro. Si Gagool se hubiera salido con la suya, ahora estarías rígido y frío. ¡Tienes suerte de venir tú también de las estrellas! ¡Ja, ja!

–Puedo matarte a ti antes de que tú me mates, ¡oh rey! –contestó Ignosi tranquilamente–, y hacer que quedes rígido antes de que mis miembros dejen de moverse.

Twala dio un respingo.

–Hablas con mucho descaro, muchacho –replicó airadamente–. No presumas tanto.

–Quien tiene la verdad en sus labios puede ser descarado. La verdad es una lanza afilada que acierta en el blanco. ¡Es un mensaje de «las estrellas», oh rey!

Twala frunció el ceño y su único ojo refulgió ferozmente pero no dijo nada más.

–¡Que empiece la danza! –gritó, y al instante se adelantaron las muchachas coronadas de flores, en grupos, cantando una dulce canción y girando las delicadas palmas y los lirios blancos. Bailaban sin cesar y la luz triste de la luna les confería un aire extraño y espiritual; ora giraban una y otra vez, ora se unían en mímica lucha, cimbreándose, arremolinándose acá y allá; avanzaban, retrocedían en una ordenada confusión que era una delicia para los ojos. Por fin se detuvieron y una joven bellísima se separó de las filas y empezó a hacer piruetas con una elegancia que hubiera avergonzado a la mayoría de las bailarinas del ballet clásico. Después se retiró, agotada, y otra muchacha ocupó su lugar, y después otra y otra, pero ninguna de ellas podía compararse con la primera, ni en gracia ni en destreza ni en atractivos personales.

Cuando hubieron bailado todas las muchachas elegidas, el rey levantó la mano.

–¿Cuál os parece la más bella? –preguntó.

–La primera –respondí sin pensar.

Al instante me arrepentí, al recordar que Infadoos había dicho que la mujer más bella era ofrecida en sacrificio.

–Entonces, mi opinión coincide con la vuestra, y mis ojos con los vuestros. Es la más bella y mala cosa es para ella, porque debe morir.

–¡*Sí, debe* morir! –dijo Gagool, lanzando una mirada con sus rápidos ojos a la pobre muchacha, quien, como aún ignoraba el espantoso destino que le estaba reservado, se encontraba a unos diez metros de un grupo de muchachas, deshojando nerviosamente una flor de su guirnalda, pétalo a pétalo.

–¿Por qué, oh, rey? –pregunté, refrenando con dificultad mi indignación–. La muchacha ha bailado bien y nos ha complacido; además es hermosa. Sería una crueldad recompensarla con la muerte.

Twala se echó a reír y replicó:

–Es nuestra costumbre, y las estatuas de piedra que están allí sentadas –y señaló hacia las tres cumbres distantes– deben tener lo que les corresponde. Si no enviara a la muerte esta noche a la muchacha más bella, la desgracia caería sobre mí y sobre mi casa. La profecía de mi pueblo dice así: «Si el rey no ofrece en sacrificio a una muchacha bella el día de la danza de las doncellas a los Viejos que vigilan en las montañas, caerán él y su casa». Escuchad, hombres blancos; mi hermano, que reinó antes que yo, no ofreció el sacrificio, debido al llanto de la mujer, y cayó, y también su casa, y yo reino en su lugar. Se acabó. ¡Debe morir! –A continuación, volviéndose hacia los guardias, dijo: –Traedla aquí. Scragga, afila tu lanza.

Dos hombres dieron un paso al frente, y al mismo tiempo, la muchacha, al comprender su destino inminente, lanzó un grito y se dispuso a huir. Pero unas manos fuertes la sujetaron y la trajeron ante nosotros, mientras luchaba por escapar y lloraba.

–¿Cómo te llamas, muchacha? –dijo Gagool–. ¡Vaya! ¿No contestas? ¿Quieres que el hijo del rey cumpla su misión inmediatamente?

Ante aquella insinuación, Scragga, que parecía más malvado que nunca, avanzó unos pasos y levantó su gran lanza, y al hacerlo, vi que la mano de Good se deslizaba hacia su revólver. La pobre muchacha vislumbró el débil destello del acero a través de sus lágrimas y ello aquietó su angustia. Dejó de forcejear, entrelazó las manos convulsivamente y se puso a temblar de pies a cabeza.

–¡Mirad! –gritó Scragga, lleno de júbilo–. Tiembla ante la vista de mi pequeño juguete antes de haber probado su sabor –y dio unos golpecitos en la ancha hoja de la lanza.

–¡Si tengo ocasión, pagarás por esto, perro! –oí murmurar a Good para sí.

–Ahora que te has calmado, dinos tu nombre. Vamos, habla y no temas nada –dijo Gagool, burlona.

–¡Oh madre! –replicó la muchacha con voz trémula–. Me llamo Foulata y soy de la casa de Suko. ¡Oh madre!, ¿por qué tengo que morir? ¡No he hecho nada malo!

–Consuélate –prosiguió la anciana con su odioso tono de burla–. Debes morir como sacrificio a los Viejos que están sentados allí lejos –y señaló hacia las cumbres–, pero es mejor dormir por la noche que trabajar por el día; es mejor morir que vivir, y tú morirás por la mano regia del mismísimo hijo del rey.

La muchacha llamada Foulata se retorció las manos, angustiada, y gritó:

–¡Eres cruel y yo muy joven! ¿Qué he hecho para no volver a ver nacer el sol después de la noche, o las estrellas siguiendo sus huellas en la tarde; para no recoger más flores cuando pese en ellas el rocío, ni escuchar la risa de las aguas? ¡Desgraciada de mí, que nunca volveré a ver la choza de mi padre, ni a sentir el beso de mi madre, ni a cuidar al niño enfermo! ¡Descraciada de mí, a la que ningún amante rodeará con sus brazos ni mirará a los ojos, ni ningún hijo varón nacerá de mí! ¡Oh cruel, cruel!

De nuevo se retorció las manos y volvió su rostro bañado en lágrimas y coronado de flores hacia el cielo, tan hermosa en su desesperación –porque era una mujer realmente bella– que sin duda hubiera ablandado el corazón de cualquiera que fuese menos cruel que los tres demonios que teníamos enfrente. Las súplicas del príncipe Arturo a los rufianes que iban a dejarle ciego no fueron más conmovedoras que las de aquella muchacha salvaje.

Pero no conmovieron a Gagool ni al amo de Gagool, aunque sí vi signos de piedad en los guardias situados a su espalda y en los rostros de los jefes. Con respecto a Good, emitió una especie de resoplido de indignación e hizo un movimiento como para acercarse a ella. Con toda la rapidez propia de una mujer, la muchacha condenada interpretó lo que pasaba por la mente de Good y con un movimiento súbito saltó hacia él y se abrazó a sus «hermosas piernas blancas».

–¡Oh, padre blanco de las estrellas! –gritó–. Cúbreme con el manto de tu protección; déjame deslizarme hasta la sombra de tu fuerza para salvarme. ¡Oh, protégeme de estos hombres crueles y de los designios de Gagool!

–¡Está bien, bonita, yo cuidaré de ti! –bramó nerviosamente Good en sajón–. Vamos, levántate; sé buena chica.

Se agachó y la cogió de la mano.

Twala se volvió e hizo un gesto a su hijo, que avanzó con la lanza en alto.

–Ahora le toca a usted –me susurró sir Henry–. ¿A qué espera?

–Estoy esperando a que se produzca el eclipse –contesté–. He tenido los ojos clavados en la luna desde hace media hora y nunca la he visto más saludable.

–Bueno, tiene que arriesgarse ahora mismo o matarán a la muchacha. Twala empieza a perder la paciencia.

Reconociendo la fuerza del argumento y tras lanzar una mirada desesperada a la brillante cara de la luna, pues ni el más ferviente astrónomo deseoso de demostrar una teoría hubiera esperado con tal ansiedad un acontecimiento celeste, me coloqué con toda la dignidad de que fui capaz entre la muchacha postrada y la lanza de Scragga, que avanzaba hacia ella

–Rey –dije–, esto no debe hacerse. No vamos a tolerar tal cosa. Deja marchar a la muchacha.

Twala se levantó de su asiento, airado y atónito, y brotó un murmullo de sorpresa entre los jefes y las cerradas filas de muchachas, que se habían acercado a nosotros en anticipación de la tragedia.

–*¡Que no debe hacerse!* Tú, perro blanco, que ladras al león en su cueva. *¡Que no debe hacerse!* ¿Acaso estás loco? Anda con cautela, no vaya a ser que acabes como esta muchacha tú y los que contigo están. ¿Cómo vas a impedirlo? ¿Quién eres tú para interponerte entre yo y mi voluntad? Retírate, te digo. Scragga, mátala. ¡Eh, guardias! Prended a esos hombres.

A estas órdenes acudieron velozmente varios hombres armados que se encontraban detrás de la choza, donde debían haberse apostado con anterioridad.

Sir Henry, Good y Umbopa se agruparon junto a mí y levantaron los rifles.

–¡Deteneos! –grité con decisión, aunque en ese momento tenía el alma en vilo–. ¡Deteneos! Nosotros, los hombres blancos de las estrellas, decimos que no debe hacerse. Acercaos un paso más y apagaremos la luna y sumiremos la tierra en la oscuridad. Probaréis el sabor de nuestra magia.

Mi amenaza surtió efecto. Los hombres se detuvieron y Scragga se quedó inmóvil frente a nosotros, con la lanza en alto.

–¡Oídle, oídle! –dijo Gagool–. Escuchad al embustero que dice que va a apagar la luna como si fuese una lámpara. Que lo haga y la chica será perdonada. Sí, que lo haga, o si no, que muera con la muchacha él y los que con él están.

Levanté la vista hacia la luna, y vi, con júbilo y alivio intensos, que no nos habíamos equivocado. En el filo de la gran esfera había un reborde oscuro, en tanto que sobre la brillante superficie se esparcía una ligera bruma.

Alcé la mano solemnemente hacia el cielo, ejemplo que siguieron sir Henry y Good, y cité uno o dos versos de las *Ingoldsby Legends* en el tono de voz más impresionante que pude adoptar. Sir Henry tomó el relevo con un versículo del Antiguo Testamento, en tanto que Good se dirigió a la reina de la noche con una sarta de palabrotas del corte más clásico que se le ocurrieron.

La penumbra, la sombra de una sombra se deslizó lentamente por la brillante superficie al tiempo que oí un profundo gemido de terror que ascendía de la multitud que nos rodeaba.

–¡Mira, oh rey! –grité–. ¡Mira, Gagool! ¡Mirad, jefes y pueblo y mujeres! ¡Comprobad si los hombres blancos de las estrellas cumplen su palabra o si son unos embusteros! La luna se oscurece ante vuestros ojos; pronto todo quedará sumido en la oscuridad. Sí, oscuridad en la hora de la luna llena. Habéis pedido una señal: aquí la tenéis. ¡Oscurécete, oh luna! retira tu luz, tu que eres pura y santa. Aplasta contra el polvo a los de corazón orgulloso y devora el mundo con tinieblas.

Los espectadores dejaron escapar un alarido de terror. Algunos estaban petrificados por el miedo; otros caían de rodillas y gritaban. En cuanto al rey, permanecía inmóvil en su asiento, pálido bajo su oscura piel. Sólo Gagool conservaba el valor.

–¡Pasará! –gritó–. He visto algo parecido antes. Ningún hombre puede apagar la luna. No os asustéis. Quedáos quietos. La sombra pasará.

–¡Esperad y lo veréis! –repliqué, vociferando con excitación–. Siga usted, Good. No recuerdo más versos. Diga palabrotas, por lo que más quiera.

Good respondió noblemente al reto que se imponía a su capacidad inventiva. Hasta aquel momento no tenía la menor idea de las dimensiones que pueden alcanzar los poderes imprecatorios de un oficial de la Marina. Estuvo hablando durante diez minutos sin parar, y sin apenas repetirse.

Entretanto, el anillo oscuro seguía ensanchándose, mientras toda la asamblea clavaba la mirada en el cielo y lo contemplaba en un silencio fascinado. Sombras extrañas y malignas invadieron la luna y una quietud ominosa inundó el lugar; todos quedaron inmóviles como la muerte. Transcurrieron varios minutos con lentitud en medio de aquel solemne silencio, y mientras discurrían, la luna llena fue entrando cada vez más en la sombra de la tierra, a medida que se deslizaba el segmento de tinta de su círculo con terrible majestad por los cráteres lunares. La gran esfera pálida pareció acercarse y aumentar de tamaño. Adquirió un tinte cobrizo; después, el trozo de superficie que no se había oscurecido aún se tornó gris y ceniciento y, finalmente, a medida que se acercaba el eclipse total, se vieron brillar fantasmagóricamente las montañas y las mesetas por entre las tinieblas escarlatas.

El anillo de oscuridad siguió creciendo; ya cubría más de la mitad de la esfera rojo sangre. El aire se hizo denso y adquirió un tinte escarlata oscuro aún más intenso. Y así siguió, hasta que apenas podíamos distinguir los feroces rostros que teníamos delante de nosotros. No se oía ningún ruido entre los espectadores.

–La luna se muere..., los hechiceros han matado la luna –aulló Scragga–. ¡Todos moriremos en las tinieblas!

Movido por el miedo o la ira, o por ambas cosas a la vez, levantó su lanza y la arrojó con todas su fuerzas contra el ancho pecho de sir Henry. Pero se había olvidado de las cotas de malla que nos habla regalado el rey, que llevábamos debajo de nuestras ropas. El acero rebotó sin herirle, y antes de que pudiera repetir el golpe, sir Henry le arrebató la lanza y le atravesó. Cayó muerto.

Ante aquello, enloquecidos por el terror de las tinieblas crecientes de la maligna sombra que, según creían, estaba devorando la luna, los grupos de muchachas se dispersaron en terrible confusión y corrieron hacia las puertas chillando. Pero el pánico no quedó en eso. El propio rey, seguido por los guardias, algunos jefes y Gagool, que renqueaba tras ellos con increíble celeridad, huyeron hacia las chozas, de forma que, al cabo de unos minutos, la futura víctima, Foulata, Infadoos y la mayoría de los jefes con quienes nos habíamos entrevistado la noche anterior, y nosotros, quedamos solos en el escenario, junto al cuerpo muerto de Scragga.

–Y ahora, jefes –dije–, os hemos dado la señal. Si estáis satisfechos, corramos al lugar del que nos hablasteis. No se puede deshacer el hechizo ahora. Durará una hora y la mitad de una hora. Amparémonos en la oscuridad.

–Vamos –dijo Infadoos, disponiéndose a partir, ejemplo que siguieron los atemorizados jefes, Foulata, a quien Good había cogido de la mano, y nosotros.

Antes de que llegáramos a la puerta del *kraal,* la luna desapareció por completo y desde todos los puntos del firmamento las estrellas se precipitaron en el cielo de negrura de tinta.

Cogidos de la mano, avanzamos a tropezones en la oscuridad.

CAPÍTULO 12

Antes de la batalla

Afortunadamente, Infadoos y los jefes conocían perfectamente todos los callejones de la gran ciudad, gracias a lo cual avanzamos con rapidez entre las tinieblas.

Caminamos durante una hora o más hasta que al fin empezó a pasar el eclipse y el borde de la luna que se había esfumado en primer lugar volvió a hacerse visible. De repente brilló un rayo de luz plateada, acompañado por un increíble resplandor rojizo que quedó colgado de la negrura del cielo como una lámpara celestial. Era un espectáculo increíble, precioso. Transcurridos unos minutos, las estrellas empezaron a palidecer y hubo suficiente luz para ver dónde nos encontrábamos. Descubrimos que estábamos lejos de la ciudad de Loo y nos acercábamos a una colina grande y aplanada de unos tres kilómetros de circunferencia. Formación muy corriente en Sudáfrica, aquella colina no era muy alta pues el punto más elevado debía rozar apenas los sesenta metros, pero tenía forma de herradura y las laderas eran muy escarpadas y salpicadas de peñascos.

Sobre la meseta cubierta de hierba había una amplia explanada muy apropiada para acampar, que habían utilizado como acantonamiento militar de potencial nada despreciable. Su guarnición habitual estaba constituida por un regimiento de tres mil hombres, pero mientras ascendíamos trabajosamente por la empinada ladera observamos a la luz de la luna que el número de guerreros superaba el normal.

Al llegar a la meseta encontramos una multitud de hombres

que se habían despertado, apiñados unos contra otros, temblorosos de miedo y consternados ante el fenómeno natural que presenciaban. Pasamos entre ellos sin decir palabra y llegamos a una choza situada en el centro de la explanada. Nos quedamos atónitos al ver a dos hombres que nos esperaban cargados con nuestros escasos enseres, que, como es natural, nos habíamos visto obligados a abandonar en la precipitada huida.

–He enviado a buscarlos –nos explicó Infadoos–, y también esto –y levantó los pantalones de Good, que tanto echaba de menos nuestro amigo.

Con una exclamación de extasiado deleite, Good se precipitó hacia ellos y empezó a ponérselos.

–¡No irá a ocultar mi señor sus hermosas piernas blancas! –exclamó Infadoos muy apenado.

Pero Good persistió en su propósito y sólo una vez más tuvo ocasión el pueblo kukuana de volver a ver sus hermosas piernas. Good es un hombre muy tímido. Desde entonces, tuvieron que satisfacer sus anhelos estéticos con la cara a medio afeitar, el ojo transparente y la dentadura móvil.

Sin dejar de mirar con cariño los pantalones de Good, Infadoos nos comunicó que había ordenado a los regimientos que formasen al despuntar el alba para explicarles con detalle el motivo y las circunstancias de la rebelión que habían decidido los jefes y para presentarles al legítimo heredero al trono, Ignosi.

Así pues, en cuanto salió el sol, las tropas –en total casi veinte mil hombres, que constituían la flor y nata del ejército kukuana– formaron en una amplia explanada, hacia la que nos dirigimos. Los guerreros estaban situados en tres lados de un compacto cuadrado y ofrecían un magnífico espectáculo. Ocupamos nuestros puestos en el lado abierto del cuadrado y en seguida nos rodearon los principales jefes y oficiales.

Una vez que se hizo el silencio, Infadoos se dirigió a todos ellos. Les narró, en lenguaje expresivo y elegante –porque, como la mayoría de los kukuanas de alto rango, era un orador nato–, la historia del padre de Ignosi, su vil asesinato a manos de Twala, el rey, y cómo su mujer y su hijo fueron arrojados del poblado para que muriesen de hambre. Después dijo que la tierra sufría y gemía bajo el cruel reinado de Twala, poniendo como ejemplo las acciones de la noche anterior en que, con el pretexto de su maldad, había condenado a la muerte más espantosa a muchos de los hombres más nobles del país. Añadió que los señores blancos de las estrellas, posando la mirada en su país, habían comprendido sus problemas y decidido mejorar su suerte a costa de innumerables molestias y que por este motivo habían tomado de la mano al verdadero rey del país, Ignosi, que languidecía en el exilio y le habían guiado a través de las montañas; que habían visto la maldad de las acciones de Twala y que, como señal para los indecisos y para salvar la vida de Foulata, habían apagado la luna mediante el ejercicio de su magia y habían matado al joven demonio Scragga, y que estaban dispuestos a combatir con ellos, a ayudarles a derrotar a Twala y a llevar al trono al rey legítimo, Ignosi.

Terminó su discurso entre un murmullo de aprobación. Ignosi dio un paso al frente y empezó a hablar. Tras reiterar todo lo que habla dicho Infadoos, su tío, concluyó la convincente arenga con las siguientes palabras:

–¡Oh jefes, capitanes, soldados y pueblo! Habéis oído mis palabras. Ahora debéis elegir entre mi persona y aquel que ocupa el trono, mi tío, que mató a su hermano y quiso que el hijo de su hermano muriese en medio del frío y de la noche. Que yo soy el verdadero rey, éstos –y señaló a los jefes– os lo pueden confirmar, porque ellos han visto la serpiente tatuada en mi cintura. Si yo no fuese el rey, ¿acaso se habrían puesto de mi parte los hombres blancos con toda su magia? ¡Temblad jefes, capitanes, soldados y pueblo! ¿No están aún ante vuestros ojos la oscuridad con que han cubierto la tierra para confundirla a Twala y ocultar nuestra huida, una oscuridad que ha caído en la hora de la luna llena?

–Así es –replicaron los soldados.

–Yo soy el rey, os digo; yo soy el rey –prosiguió Ignosi, alzándose en toda su estatura y levantando el hacha de combate de ancha hoja por encima de la cabeza–. Si hay alguien entre vosotros que diga lo contrario, que dé un paso al frente y lucharé con él ahora mismo y su sangre será la prueba roja de que os digo la verdad. Que dé un paso al frente.

Agitó la gran hacha, haciéndola flamear a la luz del sol.

Como nadie parecía dispuesto a responder a aquella heroica versión del juego de las prendas, nuestro antiguo sirviente continuó su arenga.

–Yo soy el verdadero rey y si combatís a mi lado en la batalla, si venzo en este día, vosotros participaréis conmigo de la victoria y los honores. Os daré bueyes y mujeres y tendréis altos cargos en todos los regimientos; y si caéis, yo caeré con vosotros. Escuchad; os hago esta promesa: que cuando ocupe el trono de mis mayores, cesará el derramamiento de sangre en esta tierra. No encontraréis la muerte cuando claméis justicia; no os perseguirán las cazadoras de brujos ni moriréis sin que os juzguen. Ningún hombre morirá, salvo el que quebrante las leyes. Cesará el desmantelamiento de vuestros *kraals;* todos dormirán a salvo en sus chozas y nada temerán, y la justicia caminará ciega por la tierra. ¿Habéis elegido, jefes, capitanes, soldados, pueblo?

–¡Hemos elegido, oh rey! –fue la respuesta.

–Está bien, volved la cabeza y ved cómo salen de la gran ciudad los mensajeros de Twala, hacia el este y el oeste, hacia el norte y el sur, para reunir un poderoso ejército y mataros a vosotros y a mí, y a estos hombres mis protectores y amigos. Mañana, o acaso al día siguiente, vendrá con todos aquellos que le son leales. Entonces comprobaré quién está de verdad a mi lado, quién no teme morir por mi causa; y os digo que no lo olvidaré a la hora del reparto del botín. He hablado, ¡oh jefes, capitanes, soldados, pueblo! Ahora id a vuestras casas y preparaos para el combate.

Se hizo el silencio y uno de los jefes levantó la mano y retumbó el saludo real, *Koom*. Era la señal de que los regimientos habían aceptado a Ignosi como rey. A continuación, desfilaron en batallones.

Media hora más tarde celebramos un consejo de guerra, al que asistieron todos los comandantes de regimiento. Saltaba a la vista que no tardaríamos mucho en ser atacados por fuerzas aplastantes. Desde la posición que ocupábamos en la colina veíamos cómo se concentraban las tropas y a los mensajeros que partían de Loo en todas direcciones, sin duda para reunir soldados que ayudasen al rey. Teníamos de nuestro lado a unos veinte mil hombres, que formaban siete regimientos de los mejores del país. Twala, según calcularon Infadoos y los jefes, contaba al menos con treinta o treinta y cinco mil hombres en los que podía confiar, reunidos en Loo, y pensaban que al mediodía del día siguiente podría reunir otros cinco mil o más. Por supuesto, cabía la posibilidad de que algunos soldados desertaran y se uniesen a nuestras tropas, pero no podíamos contar con esa eventualidad.

Entretanto, estaba claro que habían empezado a hacer preparativos para someternos. Ya había fuertes columnas de hombres armados que patrullaban al pie de la colina, así como otros indicios de un ataque inminente.

No obstante, Infadoos y los demás jefes opinaban que no tendría lugar un ataque aquel día, pues lo emplearían en prepararse y en disipar por todos los medios posibles el efecto moral que habla ejercido sobre la mente de los soldados el oscurecimiento, supuestamente mágico, de la luna. Atacarían por la mañana, dijeron, y al final comprobamos que tenían razón.

Intentamos fortificar nuestras posiciones en la medida de lo posible. Se pusieron en movimiento casi todos los guerreros, y en el transcurso del día, que nos pareció demasiado corto, hicimos muchas cosas. Bloquearon con montones de piedras los senderos que subían hacia la colina, que era más un sanatorio que una fortaleza, pues generalmente se utilizaba como campamento para los regimientos que hubieran estado de servicio reciente en zonas insalubres del país, y los demás puntos de acceso quedaron tan inexpugnables como nos lo permitió el tiempo. Amontonaron rocas en diversos puntos para hacerlas rodar sobre el enemigo, asignaron las posiciones de los regimientos y se tomaron todas las medidas que nos sugirió nuestro ingenio.

Justo antes de la puesta del sol, mientras descansábamos de tantos trajines, observamos que un pequeño grupo de hombres avanzaba hacia nosotros desde Loo. Uno de ellos llevaba una hoja de palma en la mano en señal de que acudía como emisario.

Cuando se aproximaron, Ignosi, Infadoos, uno o dos jefes y nosotros descendimos hasta el pie de la colina para recibirlo. Era un hombre de magnífica presencia y llevaba la habitual capa de piel de leopardo.

–¡Saludos! –gritó mientras se acercaba–. El rey saluda a quienes hacen una guerra impía contra el rey; el león saluda a los chacales que gruñen a sus pies.

–Habla –dije.

–Éstas son las palabras del rey: someteos a la misericordia del rey ahora mismo u os ocurrirá algo peor. Ya ha sido desgarrado el lomo del toro negro y el rey lo lleva sangrando por el campamento[1].

–¿Cuáles son las condiciones de Twala? –pregunté por curiosidad.

–Son magnánimas, dignas de un gran rey. ¡Éstas son las pala-

---

[1] Esta cruel costumbre no se limita a los kukuanas, por el contrario, no es infrecuente entre las tribus africanas con ocasión de una declaración de guerra o de otros acontecimientos de importancia. *(N. del A.)*

bras de Twala, el del ojo único, el poderoso, marido de mil mujeres, señor de los kukuanas, guardián de la gran carretera (la carretera de Salomón), amado por los extraños que están sentados en silencio en las montañas de allá lejos (las tres Brujas), ternero de la vaca negra, elefante cuyas pisadas hacen retumbar la tierra, terror de los malvados, avestruz cuyas patas devoran el desierto, enorme, negro, sabio, rey de generación tras generación! Éstas son las palabras de Twala: «Seré misericordioso y quedaré satisfecho con poca sangre. Morirá uno de cada diez; el resto quedará en libertad, pero el hombre blanco Incubu, que asesinó a Scragga, mi hijo, y el hombre negro, su sirviente, que pretende acceder a mi trono, e Infadoos, mi hermano, que trama la rebelión contra mí, ésos morirán torturados como ofrenda a los Silenciosos». Éstas son las magnánimas palabras de Twala.

Tras consultar con los demás, le contesté en voz alta, para que pudieran oírlo los soldados, y dije:

–Regresa, perro, con Twala, que te ha enviado, y dile que nosotros, Ignosi, verdadero rey de los kukuanas, Incubu, Bougwan y Macumazahn, los hombres sabios de las estrellas, que oscurecieron la luna, Infadoos, de la casa real, y los jefes, capitanes y el pueblo aquí reunido contestamos: «Que no nos rendiremos; que antes de que el sol se haya puesto dos veces, el cadáver de Twala estará rígido a la puerta de Twala, y que Ignosi, a cuyo padre asesinó Twala, reinará en su lugar». Ahora, márchate antes de que te echemos a latigazos y cuídate de levantar una mano contra nosotros.

El heraldo soltó una sonora carcajada.

–No atemorizaréis a los hombres con palabras tan altisonantes –gritó–. Mostraos mañana así de valientes, ¡oh vosotros que oscurecéis la luna! Sed valientes, luchad y estad alegres antes de que los cuervos picoteen vuestros huesos y los dejen más blancos que vuestros rostros. Adiós. Quizá nos encontremos en la batalla. Esperadme, hombres blancos.

Y tras pronunciar estas sarcásticas palabras se retiró y casi inmediatamente se ocultó el sol.

Fue aquella una noche muy atareada, ya que, a pesar de nuestra fatiga, continuamos los preparativos para el combate del día siguiente en la medida que nos lo permitió la luz de la luna. Constantemente partían mensajeros hacia el lugar en que celebrábamos consejo y volvían a sus puestos con igual frecuencia. Finalmente, alrededor de una hora después de la media noche, habíamos hecho todo lo que podía hacerse y el campamento, salvo por la consigna ocasional de un centinela, se sumió en el sueño.

Sir Henry y yo, acompañados por Ignosi y uno de los jefes, bajamos la colina e hicimos la ronda por los puestos de vigilancia. Mientras caminábamos, las lanzas centelleaban repentinamente a la luz de la luna en los lugares más inesperados y desaparecían en cuanto pronunciábamos la consigna. Ningún centinela dormía. Regresamos, pisando cautelosamente por entre los miles de guerreros dormidos, muchos de los cuales disfrutaban por última vez del descanso terrenal.

La luz de la luna se reflejaba en sus lanzas y jugueteaba sobre sus rostros, dándoles un aspecto cadavérico y el helado viento nocturno agitaba sus altos y lúgubres penachos de plumas. Allí yacían, tendidos en terrible confusión, con los brazos extendidos, y los miembros retorcidos; sus cuerpos fornidos y membrudos parecían fantasmagóricos e inhumanos a la luz de la luna.

–¿Cuántos cree que seguirán vivos mañana a esta misma hora? –preguntó sir Henry.

Meneé la cabeza y volví a mirar a los hombres dormidos y en mi mente cansada y excitada se me aparecieron como si la muerte ya los hubiera tocado. Mi imaginación separó a los que estaban destinados al sacrificio y mi corazón se inundó con la intensa sensación del misterio de la vida humana y de una pena abrumadora por su inutilidad y su tristeza. Aquella noche miles de soldados dormían plácidamente; al día siguiente, ellos y muchos otros como ellos, quizá nosotros mismos, estaríamos rígidos, fríos. Sus mujeres serían viudas, sus hijos, huérfanos y su pueblo no volvería a verlos jamás. Sólo la luna seguiría brillando, serena, el viento nocturno agitaría la hierba y la ancha tierra descansaría como en la eternidad que precedió a nuestra existencia y en la eternidad que seguirá cuando cayéramos en el olvido.

Pero el hombre no muere mientras continúe el mundo, que es a la vez su madre y su monumento. Sí, su nombre se pierde pero el aire que respiró sigue agitando las copas de los pinos en las montañas, el eco de las palabras que pronunció sigue resonando en el espacio; hemos heredado los pensamientos que nacieron en su cerebro; sus pasiones son el motivo de nuestra vida; las alegrías y las tristezas que conoció nos son familiares... ¡y el fin del que huyó espantado también nos espera a nosotros!

En verdad, el universo está poblado de fantasmas, no de espectros de cementerio cubiertos con sudarios, sino de los elementos inextinguibles de la vida individual que, habiendo existido una vez, no pueden morir jamás, aunque se mezclen y cambien y vuelvan a cambiar eternamente.

Todas estas reflexiones pasaron por mi mente, porque a medida que envejezco lamento decir que parece apoderarse de mí la detestable costumbre de pensar, mientras contemplaba aquellas hileras de soldados, lúgubres y fantasmagóricos, dormidos, como dice el refrán kukuana, «sobre sus lanzas».

–Curtis –le dije a sir Henry– me encuentro en un estado de verdadero pánico.

Sir Henry se acarició la rubia barba, se echó a reír y contestó:

–Ya le he oído ese comentario en alguna ocasión Quatermain.

–Pero ahora es verdad. Verá, dudo mucho que ninguno de nosotros siga vivo mañana por la noche. Nos atacarán con fuerzas aplastantes y es más que dudoso que podamos defender a este lugar.

–De todos modos, daremos buena cuenta de ellos. Mire, Quatermain, es un asunto muy desagradable en el que, para ser francos, no deberíamos habernos mezclado, pero lo estamos, de modo que debemos cumplir nuestra misión lo mejor posible. Personalmente, prefiero morir luchando que de otra forma y, ahora que parecen quedar pocas posibilidades de encontrar a mi pobre hermano, la idea me resulta más aceptable. Pero la suerte favorece a los valientes y puede que tengamos éxito. La matanza será espantosa y, como tenemos que mantener nuestra reputación, no nos queda más remedio que meternos de lleno en ello.

Sir Henry hizo esta última observación en tono lúgubre, pero en sus ojos había un brillo que lo desmentía. Tengo la ligera sospecha de que a sir Henry Curtis realmente le gusta combatir.

A continuación, nos marchamos y dormimos un par de horas.

Al alba nos despertó Infadoos, que vino a decirnos que se observaba una actividad febril en Loo y que a nuestros puestos estaban llegando patrullas de escaramuzadores del rey.

Nos levantamos y nos vestimos para la refriega; nos colocamos nuestras cotas de malla, que en aquella situación eran muy de agradecer. Sir Henry llevó el asunto hasta los últimos extremos y se vistió como un guerrero nativo. «Cuando estés en Kukuanalandia, haz lo mismo que los kukuanas», sentenció mientras se ponía el brillante acero sobre sus anchos hombros; le sentaba como un guante. Pero no se conformó con eso. A petición suya, Infadoos le había proporcionado un uniforme de guerra completo. Se ajustó al cuello la capa de piel de leopardo de los oficiales; se ciñó en la frente el penacho de plumas negras de avestruz que sólo utilizaban los generales de alto rango y se sujetó a la cintura una espléndida «moocha» de colas de buey blanco. Completaban su atuendo unas sandalias, grebas de piel de cabra, una pesada hacha de guerra, con mango de cuerno de rinoceronte, un escudo redondo de hierro y el número reglamentario de «tollas» o cuchillos arrojadizos, a los que, no obstante, añadió su revólver. Los ropajes eran, sin duda, salvajes, pero debo añadir que nunca he visto nada tan extraordinario como el aspecto que presentaba sir Henry Curtis ataviado de esa forma. Resaltaba su magnífico cuerpo, y, cuando por fin llegó Ignosi vestido con ropajes muy similares, pensé que nunca había visto hombres tan espléndidos.

En cuanto a Good y a mí, la cota de malla no nos sentaba tan bien. En primer lugar, Good se empeñó en ponerse los pantalones y un caballero corpulento y de corta estatura, con monóculo y la mitad de la cara afeitada, ataviado con una cota de malla, cuidadosamente embutido en unos pantalones de pana verdaderamente andrajosos, resulta más sorprendente que impresionante. Por lo que a mí respecta, como la cota de malla era demasiado grande, me la coloqué encima de la ropa, con lo que abultaba de un modo demasiado favorecedor. Deseché los pantalones, decidido a entrar en batalla con las piernas desnudas para estar más ligero en caso de que fuese necesario huir precipitadamente y sólo me quedé con los *veldtschoons.* Con esto, una lanza, un escudo, que no sabía manejar, un par de «tollas», un revólver y un enorme penacho de plumas que me encasqueté en el sombrero de caza para dar un toque sanguinario a mi atuendo, completé mis modestos atavíos. Como complemento, llevamos los rifles, por supuesto, pero como la munición escaseaba y resultarían inútiles en caso de que cargasen contra nosotros, habíamos acordado que los llevasen detrás de nosotros unos porteadores.

En cuanto nos preparamos, engullimos a toda prisa un poco de comida y nos pusimos en marcha para ver cómo iban las cosas.

En un punto de la meseta había un pequeño *koppie* de roca gris que servía de cuartel general y torre de vigilancia a la vez. Allí nos encontramos con Infadoos, rodeado por su regimiento de «Grises», que era, sin duda, el mejor del ejército kukuana y el que habíamos visto en el primer *kraal.* Aquel regimiento, formado por tres mil quinientos hombres, se mantenía en reserva y los guerreros estaban tumbados en la hierba, reunidos en grupos, observando el reptar de las tropas del rey al salir de Loo como hileras de hormigas. Aquellas columnas parecían interminables; había tres en total y cada una contaba al menos con doce mil hombres.

En cuanto se hubieron alejado de la ciudad, los guerreros formaron. Entonces una de las columnas se dirigió hacia la derecha, otra hacia la izquierda y la tercera se acercó lentamente hacia nosotros.

–¡Vaya! –exclamó Infadoos–, nos van a atacar por tres flancos a la vez.

Aquella noticia era muy grave, ya que nuestra posición en la cima de la montaña, de al menos dos kilómetros y medio de circunferencia, era muy extensa, por lo que teníamos que concentrar lo más posible nuestras fuerzas defensivas, que eran relativamente reducidas. Pero como no estaba a nuestro alcance adivinar por qué flanco seríamos atacados, tuvimos que arreglárnoslas lo mejor que pudimos y enviamos órdenes a los diversos regimientos para que se dispusieran a recibir las acometidas por separado.

CAPÍTULO 13

El ataque

Las tres columnas avanzaron lentamente sin dar la menor señal de prisa o excitación. Cuando llegaron a unos quinientos metros de nosotros, la columna principal o central se detuvo al pie de una explanada que subía hacia la colina para dar tiempo a que las otras dos rodearan nuestra posición, que tenía, más o menos, la forma de una herradura, con los dos extremos apuntando hacia la ciudad de Loo. Sin duda, su objetivo consistía en lanzar el ataque simultáneamente por tres flancos.

–¡Ah, daría lo que fuera por una ametralladora! –gruñó Good al contemplar las apretadas falanges que se extendían a nuestros pies–. Dejaría limpia la llanura en veinte minutos.

Como no la tenemos, de nada sirve lamentarse. Pero ¿por qué no dispara, Quatermain? A ver si puede alcanzar a ese tipo alto que parece ser el jefe. Dos contra uno a que falla; incluso le apuesto un soberano, que le pagaré religiosamente si salimos de ésta, a que la bala no le cae a menos de cinco metros.

Me piqué, así que cargué el *express,* esperé hasta que mi amigo se adelantó unos diez metros a sus tropas para ver mejor nuestra posición, acompañado tan sólo por un ayudante. Y entonces me tumbé, apoyé el *express* sobre una roca y apunté. El rifle, como todos los *express,* tenía la mira graduada para una distancia de sólo trescientos cincuenta metros, de modo que, para dar margen al descenso de la bala en su trayectoria, le apunté al centro del cuello, con lo que, según mis cálculos, le alcanzaría en el pecho. Aquel hombre estaba inmóvil y me ofrecía todo tipo de facilidades, pero ya fuera por el nerviosismo o por el viento, o porque se trataba de un disparo a mucha distancia el caso es que ocurrió lo siguiente: creyendo que había apuntado bien, apreté el gatillo y, cuando se disipó la nubecilla de humo, descubrí con gran disgusto que mi hombre seguía de pie sin daño alguno, en tanto que su ayudante, que se encontraba al menos a tres pasos a la izquierda, estaba tendido en el suelo, al parecer muerto. El oficial al que había apuntado dio media vuelta rápidamente y corrió hacia sus tropas con signos evidentes de alarma.

–¡Bravo, Quatermain! –bramó Good–. Le ha asustado.

Aquello me encolerizó, porque si puedo evitarlo no me gusta fallar un tiro en público. Cuando sólo se sabe hacer bien una cosa nos gusta mantener nuestra reputación intacta. Completamente fuera de mí por haber fracasado, actué de un modo irreflexivo. Apunté al general, que corría y disparé el segundo proyectil. El pobre hombre alzó los brazos y cayó de bruces. Esa vez no fallé el disparo y –lo digo como prueba de lo poco que pensamos en los demás cuando está en juego nuestro orgullo o nuestra reputación– fui tan bruto que me quedé encantado con mi acierto.

Los guerreros que habían visto la proeza dieron vítores ante aquella exhibición de la magia del hombre blanco, que ellos tomaron como presagio de victoria, en tanto que las tropas a las que pertenecía el general –que, como supimos más tarde, era su comandante–, empezaron a retroceder en desordenada confusión.

Sir Henry y Good cogieron sus rifles y se pusieron a disparar; este último disparó a bulto contra la densa masa que tenía ante él con un *Winchester* de repetición, y yo también hice un par de disparos con el resultado de que, por lo que pudimos juzgar, dejamos a ocho o diez hombres *hors de combat.*

En el momento en que suspendimos el fuego se oyó un bramido amenazador que provenía de nuestra derecha y a continuación un bramido semejante a la izquierda. Las otras dos divisiones habían entrado en combate con nosotros.

Al oír el ruido, la masa de hombres que teníamos frente a nosotros se abrió un poco y avanzó hacia la colina por la explanada cubierta de hierba a paso lento, cantando una canción con voz ronca. Nosotros mantuvimos un fuego continuo con los rifles mientras se acercaban; Ignosi se sumaba a nosotros de vez en cuando y acabamos con varios hombres, aunque, por supuesto, no hicimos mayor mella en aquella potente acometida de hombres armados que el que hacen los guijarros sobre la ola rompiente.

Siguieron avanzando con gritos y entrechocar de lanzas, obligando a retroceder a los destacamentos que habíamos situado entre las rocas al pie de la colina. Después, su avance fue un poco más lento, ya que, si hasta entonces no habíamos ofrecido una resistencia seria, las fuerzas atacantes tenían que ascender la colina y aminoraron el paso para no perder el resuello. Nuestra primera línea de defensa se encontraba aproximadamente en mitad de la ladera de la colina, la segunda, unos cincuenta metros más atrás y la tercera ocupaba el borde de la explanada.

Continuaron el avance lanzando su grito de guerra, *«¡Twala! ¡Twala! ¡Chielé! ¡Chielé!»,* (¡Twala! ¡Twala! ¡Mata! ¡Mata!). *«¡Ignosi! ¡Ignosi! ¡Chielé! ¡Chielé!»* gritaban nuestros hombres. Ya estaban muy cerca y las «tollas» o cuchillos arrojadizos empezaron a centellear en ambos sentidos y con un espantoso alarido comenzó el combate.

La masa de guerreros ondulaba de un lado a otro; los hombres caían en profusión como las hojas con el viento otoñal, pero no tardó en dejarse sentir la fuerza superior de las tropas atacantes y nuestra primera línea de defensa retrocedió lentamente hasta mezclarse con la segunda. Allí la lucha era feroz, pero los nuestros tuvieron que retroceder colina arriba, hasta que finalmente, al cabo de veinte minutos de haber comenzado la batalla, la tercera línea de defensa entró en acción.

Pero ya entonces los atacantes estaban agotados, además de haber sufrido muchas bajas entre heridos y muertos, y no tuvieron fuerzas para romper la tercera muralla impenetrable de lanzas. Durante un rato la densa masa de guerreros retrocedió y avanzó, como una marea en los feroces flujos y reflujos de la batalla, con resultados dudosos. Sir Henry observaba la desesperada lucha con mirada enardecida; sin decir palabra, y seguido por Good, se abalanzó hacia lo más duro de la refriega. Yo me quedé donde estaba. Los soldados vieron su alta figura al sumergirse en la batalla y gritaron:

–*¡Nanzia Incubu! ¡Nanzia Unkungunklovo!* (¡Ahí va el Elefante!) *¡Chielé! ¡Chielé!*

A partir de aquel momento, los resultados de la batalla ya no fueron dudosos. Centímetro a centímetro, luchando con desesperada valentía, las fuerzas atacantes tuvieron que retroceder colina abajo, hasta que finalmente se retiraron a sus reservas con cierto desorden. En ese mismo instante llegó un mensajero a decir que se había repelido el ataque por la izquierda. Ya empezaba a felicitarme porque el asunto parecía haber terminado de momento, cuando observamos con horror que los hombres que habían combatido en la defensa del flanco derecho retrocedían hacia nosotros por la explanada, seguidos por el enemigo que atacaba en bandadas y que había vencido en aquel punto.

Ignosi, que se encontraba junto a mí, abarcó con una mirada la situación y dio órdenes rápidamente. Al instante se desplegó el regimiento de reserva que nos rodeaba (los Grises).

Ignosi volvió a dar órdenes, que recibieron y repitieron los capitanes, y al cabo de unos segundos, para mi profundo desagrado, me vi envuelto en una furiosa carga contra el enemigo. Protegiéndome lo más posible tras el enorme corpachón de Ignosi, hice de tripas corazón y me precipité hacia la muerte, como si aquello me gustase. Al cabo de uno o dos minutos –el tiempo parecía pasar con mucha rapidez– nos zambullimos entre los grupos de hombres que huían, que enseguida empezaron a reorganizarse detrás de nosotros y a continuación puedo asegurar que no sé lo que ocurrió. Lo único que recuerdo es un tremendo ruido de escudos entrechocados y la súbita aparición de un rufián enorme, cuyos ojos parecían, literalmente, salírsele de las órbitas y que se dirigía hacia mí con una lanza ensangrentada. Pero –y lo digo con orgullo– estuve a la altura de las circunstancias, y las circunstancias eran tales que la mayoría de las personas se hubieran derrumbado de una vez por todas. Comprendiendo que si me quedaba donde estaba me mataría, en el momento en que aquella aparición horripilante se me acercó me arrojé al suelo frente a él, con tal astucia que, incapaz de detenerse, tropezó con mi cuerpo postrado. Antes de que pudiera levantarse, yo ya lo había hecho y zanjé la cuestión con mi revólver.

Al poco rato, alguien me derrumbó de un golpe y ya no recuerdo nada más del combate.

Cuando recobré el conocimiento me encontré de nuevo en el *koppie,* con Good inclinado sobre mí con una calabaza de agua.

–¿Cómo se siente, muchacho? –preguntó angustiado.

Me levanté y me sacudí las ropas antes de contestar.

–Muy bien, gracias –repliqué.

–¡Gracias a Dios! Cuando vi que le llevaban en brazos, casi me mareé. Creí que lo habían liquidado.

–Todavía no, hijo. Supongo que sólo me dieron un golpe en la cabeza que me dejó fuera de combate. ¿En qué ha acabado?

–De momento, los hemos rechazado por todos los flancos. Las pérdidas son terribles; hay unas dos mil bajas entre muertos y heridos, y ellos deben haber perdido tres mil. ¡Fíjese, es todo un espectáculo! –y señaló hacia las largas hileras de hombres que avanzaban de cuatro en cuatro. En el centro de cada grupo, sostenida por cuatro hombres, había una especie de bandeja tapada, objeto que las tropas kukuanas siempre llevaban en grandes cantidades, con un asa en cada extremo. Sobre aquellas bandejas, cuyo número parecía infinito, yacían los heridos, a quienes examinaban rápidamente los curanderos al llegar al campamento. Había diez para cada regimiento. Si la herida no presentaba carácter mortal, se llevaban al herido y lo atendían con todo el cuidado que permitían las circunstancias, pero si el estado del herido era crítico, lo que ocurría a continuación era espantoso, aunque, sin duda, era un acto de auténtica piedad. Uno de los curanderos, con la excusa de realizar una exploración, abría rápidamente una arteria con un cuchillo afilado, y al cabo de uno o dos minutos el paciente expiraba sin dolor. Aquel día se aplicó a muchos casos. En la mayoría de las ocasiones se hacía cuando la herida se había recibido en el cuerpo, porque con el agujero abierto por las lanzas enormemente anchas que usaban los kukuanas, por regla general, la recuperación era imposible. En la mayoría de los casos, los pobres heridos ya estaban inconscientes y, en otros, el corte fatal de la arteria era tan rápido e indoloro que no parecían notarlo. No obstante, se trataba de un espectáculo espantoso y nos alegramos de poder huir de él.

En verdad, no recuerdo que nada me haya afectado más que ver a aquellos valientes guerreros liberados del dolor por los curanderos de manos enrojecidas, excepto en la ocasión en que, tras una batalla, vi a los soldados swazis enterrar *vivos* a los heridos sin posibilidad de recuperarse.

Huimos de aquella escena macabra hacia el otro lado del *koppie* y nos encontramos a sir Henry (que aún sujetaba un hacha de combate ensangrentada), a Ignosi, Infadoos y a uno o dos de los jefes enfrascados en una conversación.

—¡Gracias a Dios que está usted aquí, Quatermain! No sé muy bien lo que quiere decir Ignosi. Al parecer, a pesar de que hemos vencido a los atacantes, Twala está recibiendo gran cantidad de refuerzos y se prepara para sitiarnos con la intención de vencernos por hambre.

–Eso es horrible.

–Sí, porque además Infadoos dice que se han agotado las reservas de agua.

–Sí, mi señor, así es –dijo Infadoos–. El torrente no puede cubrir las necesidades de tan gran multitud y empieza a escasear. Antes de que caiga la noche, todos tendremos sed. Escucha, Macumazahn. Eres sabio y sin duda has visto muchas guerras en las tierras de las que vienes; es decir, si es que hay guerras en las estrellas. Dinos, ¿qué debemos hacer? Twala ha traído muchos hombres nuevos para reemplazar a los que han caído. Pero Twala ha aprendido una lección. El halcón no pensaba encontrar preparada a la garza; pero nuestro pico le ha desgarrado el pecho y no volverá a golpearnos. Nosotros también estamos heridos y él esperará a que muramos; se enroscará a nuestro alrededor como la serpiente alrededor del antílope y empleará la táctica de «esperar sentado».

–Te escucho –dije.

–Así pues, Macumazahn, ves que no tenemos agua y que sólo nos queda un poco de comida. Tenemos que elegir entre estas tres cosas: languidecer como un león hambriento en su guarida, tratar de romper el cerco dirigiéndonos al norte, o... –y al llegar aquí se levantó y señaló hacia la densa masa que formaban nuestros enemigos– lanzarnos a la garganta de Twala. Incuba, el gran guerrero, que hoy ha luchado como el búfalo capturado en una red y los soldados de Twala cayeron bajo su hacha como el maíz bajo la guadaña, yo lo he visto con mis propios ojos. Incuba dice «A la carga», pero el elefante siempre está dispuesto a la carga. Ahora, ¿qué dice Macumazahn, el zorro viejo y astuto que ha visto mucho y a quien le gusta atacar al enemigo por detrás? La última palabra depende de Ignosi, el rey, porque es derecho del rey decidir en la guerra; pero oigamos tu voz, ¡oh Macumazahn!, que vigilas en la noche, y también la tuya, tú, el del ojo transparente.

–¿Qué dices tú, Ignosi? –pregunté.

–No, padre mío –contestó nuestro antiguo sirviente, que en ese momento, investido con todo el armamento de la guerra, parecía un rey guerrero de pies a cabeza–. Habla tú y deja que yo, que no soy más que un niño al lado de tu sabiduría, oiga tus palabras.

Tras esta renuncia, consulté rápidamente con Good y sir Henry y expuse brevemente mi opinión en el sentido de que, al estar atrapados, nuestra única oportunidad, especialmente teniendo en cuenta la falta de agua, consistía en lanzar un ataque contra las tropas de Twala y recomendé que se llevara a cabo el ataque de inmediato, «antes de que nuestras heridas se enfriasen» y antes de que, a la vista de las fuerzas abrumadoramente superiores de Twala, el corazón de nuestros soldados se derritiera como la grasa junto al fuego. De otro modo, añadí, algunos capitanes podrían cambiar de opinión, hacer las paces con Twala y desertar a sus filas, o incluso traicionarnos y ponernos en sus manos.

Esta opinión pareció encontrar una acogida favorable, en líneas generales. A decir verdad, entre los kukuanas mis palabras eran recibidas con un respeto que nunca se les han concedido ni antes ni después. Pero la decisión final sobre la línea a seguir dependía de Ignosi, que, al haber sido reconocido como rey legítimo, podía ejercer los derechos casi ilimitados de soberanía, incluyendo, claro está, la decisión final en materia de estrategia militar, y hacia él se dirigieron todas las miradas.

Por fin, y tras una pausa, durante la que pareció sumirse en profunda meditación, dijo:

–Incuba, Macumazahn y Bougwan, valientes hombres blancos y amigos míos; Infadoos, mi tío, y jefes todos: he tomado una decisión. Atacaré a Twala hoy y confiaré mi suerte al golpe y mi vida y también vuestras vidas. Escuchad: el ataque será así. ¿Véis cómo se curva la colina, al igual que la media luna, y cómo se extiende la llanura como una lengua verde hacia nosotros?

–Sí –contesté.

–Pues bien; ahora es mediodía, y los hombres están comiendo y descansando tras las fatigas de la batalla. Cuando el sol se haya inclinado y avanzado un poco hacia la oscuridad, que tu regimiento, tío, avance junto con otro hacia la lengua verde. Y cuando Twala lo vea, lanzará sus fuerzas contra vosotros para aplastaros. Pero el lugar es estrecho y los regimientos sólo podrán atacarte de uno en uno; así que podrán ser destruidos también de uno en uno y los ojos del ejército de Twala estarán clavados en una lucha como ningún hombre viviente ha presenciado jamás. Y contigo, tío, irá Incubu, mi amigo, para que cuando Twala vea su hacha de guerra flameando en la primera fila de los Grises su ánimo desfallezca. Y yo iré con el segundo regimiento, que te seguirá a ti, para que si a ti te destruyen, como pudiera ocurrir, quede aún un rey por el que luchar, y conmigo vendrá Macumazahn, el sabio.

–Está bien, ¡oh rey! –dijo Infadoos.

Al parecer, preveía la aniquilación total de su regimiento con absoluta calma.

En verdad que estos kukuanas son un pueblo maravilloso. La idea de la muerte no parece importarles en absoluto cuando es en cumplimiento de su deber.

–Y mientras los ojos de la multitud de los regimientos de Twala estén fijos en la lucha –prosiguió Ignosi–, un tercio de los hombres que nos queden vivos (es decir, unos seis mil), avanzarán por el lado derecho de la colina y caerán sobre el flanco izquierdo de las tropas de Twala, y otro tercio avanzará por el lado izquierdo y caerá sobre el flanco derecho de Twala. Y cuando yo vea que ambos están a punto de arrojarse sobre Twala, entonces, yo, con los hombres que me queden, lo atacaré de frente y, si la fortuna nos sonríe, la victoria será nuestra, y antes de que la noche conduzca sus caballos de unas montañas a otras estaremos tranquilos en Loo. Y ahora, comamos y preparémonos. Infadoos, haz los preparativos para que se lleve a cabo el plan y espera a que mi padre blanco Bougwan vaya al lado derecho para que infunda valor a los hombres con su ojo brillante.

Se iniciaron los preparativos para el ataque, tan concisamente planeado y con tanta rapidez que dice mucho en favor de la perfección del sistema militar de los kukuanas. Al cabo de poco más de una hora, se habían servido las raciones, que se engulleron con prontitud. Formaron las tres divisiones, se explicó el plan de ataque a los jefes y todas las fuerzas (excepto la guardia que quedaba a cargo de los heridos), que ascendían a dieciocho mil en total, quedó lista para entrar en acción.

Al cabo de un rato, se acercó Good y nos estrechó la mano a sir Henry y a mí.

–Adiós, amigos –dijo–; me marcho con el ala derecha, cumpliendo órdenes. Por eso he venido a estrecharles la mano por si no volvemos a vernos –añadió significativamente.

Nos estrechamos las manos en silencio, no sin exteriorizar todo el entusiasmo que son capaces de mostrar los ingleses.

–Es una historia extraña –dijo sir Heary temblándole un poco la profunda voz– y confieso que no tengo esperanzas de ver el sol mañana. Por lo que puedo prever, los Grises, con quienes tengo que ir, habrán de luchar hasta que sean aniquilados para que las demás alas se deslicen sin ser vistas y rodeen a Twala. Bueno, que sea lo que Dios quiera. ¡En cualquier caso, moriremos como hombres! Adiós, viejo amigo. Que Dios le bendiga. Espero que sobreviva para recoger los diamantes; si así ocurre, hágame caso: ¡no vuelva a mezclarse con pretendientes al trono!

Al cabo de unos segundos, Good nos apretó la mano con fuerza a ambos y se marchó. Después Infadoos se acercó a nosotros y llevó a sir Henry a ocupar su puesto al frente de los Grises, mientras que, lleno de presentimientos pesimistas, yo partí con Ignosi hacia mi puesto en el segundo regimiento de ataque.

CAPÍTULO 14

La última carga de los Grises

Transcurrieron unos minutos y se pusieron en marcha los regimientos destinados a llevar a cabo el ataque por los flancos, silenciosos, amparándose cautelosamente bajo de elevación de terreno para ocultar su avance a la aguda mirada de los exploradores de Twala.

Dejamos pasar media hora o más desde la partida de las alas del ejército antes de que los Grises y el regimiento de apoyo conocido como los Búfalos cuya misión consistía en cargar con el peso de la batalla, hicieran el menor movimiento.

Casi todos los hombres que componían los dos regimientos eran tropas de refresco y conservaban toda su fuerza, pues los Grises se habían mantenido en reserva durante la mañana y habían perdido pocos hombres al rechazar el ataque que logró romper la línea de defensa, cuando yo me uní a la carga y me golpearon, quedando aturdido. Con respecto a los Búfalos, habían formado la tercera línea de defensa en el flanco izquierdo, y, como la fuerza atacante no había conseguido romper la segunda línea en aquel punto, apenas habían entrado en acción.

Infadoos, que era un general experimentado y sabía que era de una importancia vital mantener alta la moral de sus hombres en la víspera de un combate tan desesperado, aprovechó el descanso para arengar a su regimiento, los Grises, en lenguaje poético. Les explicó el honor que suponía para ellos ir al frente de la batalla y tener al gran guerrero blanco de las estrellas luchando en sus filas y prometió grandes recompensas de ganado y promoción a cuantos sobrevivieran, en el caso de que las armas de Ignosi resultaran victoriosas.

Observé las largas hileras de negros penachos ondulantes y los severos rostros que coronaban y suspiré al pensar que, al cabo de una hora, la mayoría, o acaso la totalidad de aquellos magníficos guerreros veteranos, entre los que no había ninguno con menos de cuarenta años de edad, yacerían muertos o moribundos sobre el polvo. No podía ser de otro modo; estaban condenados a la matanza por la sabia indiferencia hacia la vida humana que caracteriza al gran general, que a menudo salva sus tropas y alcanza sus metas para dar a su causa y a los restos de su ejército la oportunidad de triunfar. Estaban predestinados a la muerte y lo sabían. Su deber consistía en enfrentarse, regimiento tras regimiento, a todo el ejército de Twala en la estrecha franja verde que se extendía a nuestros pies hasta exterminarlo, o hasta que las alas de nuestro ejército encontrasen la oportunidad favorable para lanzarse a la carga. Y, a pesar de ello, no vacilaban, ni pude detectar el menor signo de temor en el rostro de ninguno de ellos. Allí estaban, erguidos, dirigiéndose a una muerte segura, a punto de abandonar la bendita luz del día para siempre y, sin embargo, capaces de pensar en su destino sin un estremecimiento. No pude evitar comparar en esos momentos su estado de ánimo con el mío, que distaba mucho de estar tranquilo, y proferí un suspiro de admiración y envidia. Hasta entonces nunca había visto una dedicación tan absoluta al concepto de deber y una indiferencia tan completa hacia sus amargos frutos.

–¡Mirad a vuestro rey! –concluyó el anciano Infadoos, señalando a Ignosi–. Id a luchar y a morir por él, como es el deber de los hombres valientes, y caiga la maldición y la vergüenza eternas sobre el nombre de aquel que retroceda ante la muerte por su rey o que vuelva la espalda al enemigo. ¡Mirad a vuestro rey, jefes, capitanes y soldados! Y ahora, rendid homenaje a la serpiente sagrada y después seguidnos, que Incubu y yo os mostraremos el camino que lleva al corazón de las tropas de Twala.

Se hizo el silencio y de repente un murmullo surgió de entre las apretadas falanges, como el lejano susurro del mar, producido por el suave golpear de los mangos de seis mil lanzas contra los escudos. Fue creciendo lentamente hasta alcanzar las dimensiones de un rugido que resonó como el trueno sobre las montañas y llenó el aire de pesadas oleadas ruidosas. Después decreció y se desvaneció lentamente y estalló el saludo real.

Pensé que Ignosi podía sentirse orgulloso de sí mismo aquel día, porque ningún emperador romano recibió jamás semejante salutación de los gladiadores a punto de morir.

Ignosi correspondió a aquel magnífico acto de homenaje levantando su hacha de guerra y a continuación los Grises desfilaron en formación de triple columna, compuesta cada una de ellas por unos mil guerreros, exclusivamente oficiales. Cuando la última columna hubo avanzado unos quinientos metros, Ignosi se colocó a la cabeza de los Búfalos, regimiento que también había formado en triple columna, dio la orden de iniciar la marcha y partimos. Yo, no es necesario decirlo, elevaba las más sentidas plegarias por poder salir de aquel entuerto con el pellejo completo. Me he encontrado en muchas situaciones extrañas, pero nunca en una tan desagradable como aquella ni que presentara tan pocas posibilidades de salir sano y salvo.

Cuando llegamos al borde de la meseta, los Grises ya se encontraban a medio camino de la pendiente que acababa en la lengua de tierra herbosa que ascendía hasta la vertiente de la montaña, algo así como cuando la ranilla de la pata de un caballo entra en la herradura.

Grande era la excitación en el campamento de Twala, que estaba situado en la llanura, y, regimiento tras regimiento, el ejército inició la marcha a paso ligero para llegar al borde de la lengua de tierra antes de que las fuerzas atacantes desembocaran en la llanura de Loo.

Aquella lengua de tierra, con una profundidad de unos trescientos metros, medía en el arranque o parte más ancha no más de cuatrocientos cincuenta pasos de anchura, en tanto que en el extremo apenas alcanzaba los noventa.

Los Grises, que al descender la ladera y subir el extremo de la lengua de tierra marchaban en columnas, al llegar al lugar en que volvía a ensancharse recobraron la formación en triple columna y se detuvieron en seco.

Entonces, nosotros, es decir, los Búfalos, nos trasladamos al extremo de la lengua y ocupamos nuestras posiciones de reserva, a unos cien metros detrás de la última columna de los Grises, sobre un terreno ligeramente más elevado.

Nos dio tiempo a observar las tropas de Twala, que habían recibido refuerzos desde el ataque de la mañana y cuyo número, a pesar de las bajas, no era menor de cuarenta mil soldados, que avanzaban rápidamente hacia nosotros. Pero a medida que se acercaban al arranque de la lengua, titubeaban al descubrir que tan sólo podía avanzar un regimiento por la garganta y que a unos setenta metros de la boca, sin que se le pudiera atacar más que de frente, se encontraba el célebre regimiento de los Grises, orgullo y gloria del ejército kukuana, dispuesto a defender el camino contra sus tropas como los tres romanos que defendieron el puente contra millares. Vacilaron y finalmente se detuvieron; no parecían muy impacientes por entrechocar sus lanzas con las de aquellas tres columnas de hoscos guerreros firmes y dispuestos al ataque. No obstante, al poco rato llegó corriendo un general de elevada estatura, revestido con el acostumbrado penacho de ondulantes plumas de avestruz y escoltado por un grupo de jefes y ayudantes. Era, en mi opinión, ni más ni menos que el propio Twala. Dio unas órdenes, el primer regimiento lanzó un grito y cargó contra los Grises, que permanecieron completamente inmóviles y silenciosos hasta que las tropas atacantes se encontraron a unos cuarenta metros de distancia, y una andanada de «tollas» o cuchillos arrojadizos tableteó entre las filas.

A continuación, con un salto y un rugido, se precipitaron hacia adelante, lanzas en ristre, y los dos regimientos chocaron en terrible contienda. A los pocos segundos llegó hasta nuestros oídos el entrechocar de los escudos como el rugido del trueno y toda la llanura pareció cobrar vida con los destellos de luz que se reflejaban en las lanzas mortíferas. La masa de hombres que luchaban oscilaba de un lado a otro, pero aquello no duró mucho. De repente, las columnas atacantes parecieron menguar, y con un lento y largo empuje los Grises pasaron por encima de ellas, al igual que una gran ola crece y pasa sobre una cresta hundida. Lo habíamos logrado. Aquel regimiento quedó completamente destruido, pero a los Grises sólo les quedaban dos columnas; una tercera parte de sus hombres había muerto.

Hombro contra hombro, se detuvieron en silencio y esperaron el ataque y me alegró ver la barba rubia de sir Henry al moverse de un lado para otro ordenando las filas. ¡Estaba vivo!

Entretanto, nosotros avanzamos hacia el campo de batalla, que estaba cubierto por unos cuatro mil seres humanos postrados, muertos, moribundos y heridos y literalmente teñido de rojo por la sangre.

Ignosi dio una orden que rápidamente recorrió las filas, para que no se matara a ninguno de los enemigos heridos y, por lo que pudimos juzgar, la orden fue cumplida escrupulosamente. Hubiera sido un espectáculo terrible si hubiésemos tenido tiempo de pensar en ello.

Pero avanzaba un segundo regimiento con el distintivo de penachos de plumas, faldillas y escudos blancos, dispuesto a atacar a los dos mil Grises que quedaban y que esperaban en el mismo silencio amenazador de antes, hasta que el enemigo estuvo a unos cuarenta metros de distancia, momento en que se abalanzaron contra ellos con irresistible empuje. Una vez más se produjo el espantoso retumbar del choque de los escudos y ante nuestros ojos volvió a repetirse la inexorable tragedia. Pero en esta ocasión quedó en suspenso durante más tiempo; en realidad, durante un rato pareció imposible que volvieran a vencer los Grises. El regimiento atacante, que estaba constituido por hombres jóvenes, combatió con ardor extraordinario y al principio pareció que la fuerza de su número hacía retroceder a los veteranos. La matanza fue espantosa; a cada minuto caían cientos de hombres y entre los gritos de los guerreros y los gemidos de los moribundos, mezclados con el clamor del entrechocar de las lanzas, se oía un continuo sonido silbante, *«s'gee, s'gee»,* la señal de triunfo del soldado victorioso al traspasar con su lanza el cuerpo del enemigo caído.

Pero la perfecta disciplina y el valor decidido e inmutable pueden hacer maravillas y un soldado veterano vale por dos jóvenes, como pronto se puso de manifiesto en el caso que nos ocupa. Porque, cuando empezábamos a pensar que todo había acabado para los Grises y nos disponíamos a ocupar su puesto en cuanto dejaran sitio tras su total destrucción, oí la profunda voz de sir Henry que sobresalía por encima del estruendo y vi su hacha de combate que se agitaba sobre el penacho de plumas. Entonces se produjo un cambió: los Grises dejaron de combatir y se quedaron inmóviles como rocas contra las que rompían una y otra vez las furiosas oleadas de los lanceros, que volvían a retroceder. Al poco rato empezaron a moverse (en esta ocasión hacia adelante). Como no tenían armas de fuego no había humo, por lo que pudimos verlo todo. Al minuto siguiente el ataque aminoró.

–¡Ah, son verdaderos *hombres!* Volverán a vencer –dijo en voz alta Ignosi, que rechinaba los dientes con excitación a mi lado–. ¡Mira lo que han hecho!

De pronto, como volutas de humo que salen de la boca de un cañón, el regimiento atacante se dispersó en grupos, con sus blancos tocados agitándose al viento, y dejó a sus oponentes victoriosos, pero, ¡ay!, no era más que un regimiento. De la valiente columna triple que cuarenta minutos antes había entrado en acción con una fuerza de tres mil hombres quedaban como mucho, seiscientos guerreros cubiertos de sangre; el resto había caído. Y, no obstante, vitoreaban y agitaban sus lanzas en señal de triunfo, y después, en lugar de reunirse con nosotros, tal y como esperábamos, echaron a correr en persecución de los grupos de enemigos que huían. Tomaron posesión de un pequeño altozano; adoptaron de nuevo la triple formación, y se agruparon en círculo. Y entonces, gracias a Dios, vi a sir Henry en la cima de la loma, al parecer sano y salvo y a su lado nuestro viejo amigo Infadoos.

Los regimientos de Twala se abalanzaron sobre la fatal franja de tierra y, una vez más, se inició la batalla.

Como pueden haber conjeturado hace tiempo quienes leen esta historia, yo soy francamente un poco cobarde y sin duda nada aficionado a la lucha, aunque, por alguna razón, mi destino haya sido con frecuencia encontrarme en situaciones desagradables y verme obligado a derramar sangre humana. Pero siempre lo he detestado, y he evitado, en lo posible, que mi sangre disminuyera mediante el uso juicioso de mis piernas. No obstante, en esos momentos, y por primera vez en mi vida sentí bullir en mi pecho el ardor marcial. En mi cerebro brotaron fragmentos bélicos de las *Ingoldsby Legends,* junto a ciertos versos sanguinarios del Antiguo Testamento, como setas en la oscuridad; mi sangre, que hasta entonces estaba casi helada de horror, empezó a golpear en mis venas y me invadió un deseo salvaje de matar sin piedad. Recorrí con la mirada las apretadas filas de guerreros situados detrás de nosotros y, por alguna razón, en ese mismo instante, se me ocurrió pensar si mi rostro tendría el mismo aspecto que el de ellos. Allí estaban con las cabezas asomando por encima de los escudos, las manos inquietas, los labios entreabiertos, sus fieros rasgos encendidos por el ardiente deseo de luchar y en sus ojos una mirada como la del sabueso que avista a su presa.

Tan sólo el corazón de Ignosi, a juzgar por su relativo autodominio, parecía latir con la calma habitual bajo su capa de piel de leopardo, aunque incluso él seguía rechinando los dientes. No pude soportarlo por más tiempo.

–¿Vamos a quedarnos aquí hasta que echemos raíces, Umbopa, quiero decir, Ignosi, mientras Twala devora a nuestros hermanos? –pregunté.

–No, Macumazahn –contestó–. Ahora el momento está maduro, cojámoslo.

Mientras hablaba, un regimiento de tropas de refresco se abalanzó sobre el círculo de guerreros que había en la loma y rodeándolo, lo atacó por el lado opuesto.

En ese momento, levantando su hacha de combate, Ignosi dio la señal de avanzar y, emitiendo el grito de guerra kukuana, los «Búfalos» cargaron con un empuje como el embate del mar.

No soy capaz de contar lo que siguió inmediatamente. Todo lo que recuerdo es una acometida furiosa, aunque ordenada, que pareció sacudir la tierra; un súbito cambio de frente y de posiciones del regimiento contra el que iba dirigida la carga; después un choque espantoso, un sordo rugido de voces y un continuo flamear de lanzas, visto a través de una neblina roja de sangre.

Cuando mi mente se despejó, me encontré junto a los restos de los Grises, cerca de la cumbre de la loma, y justo detrás de mí ni más ni menos que el propio sir Henry. En este momento no tenía ni idea de cómo había llegado hasta allí pero sir Henry me contó después que fui arrastrado por la furiosa carga de los Búfalos casi hasta sus pies y que allí me quedé cuando ellos, a su vez, fueron rechazados. Entonces él salió del círculo y me empujo hasta el interior.

Con respecto al combate que siguió, ¿quién podría describirlo? Una y otra vez las multitudes embestían contra nuestro círculo, momentáneamente reducido, y una y otra vez los hacíamos retroceder.

«Los tenaces lanceros aún combatían
en el bosque acechante y oscuro,
cada cual ocupaba el lugar que dejaba
el camarada que caía»,

como dice el poeta en alguna parte.

Era un espectáculo espléndido ver a aquellos valientes batallones saltar reiteradamente las barreras de sus muertos, protegiéndose a veces con los cadáveres de nuestros lanzazos, para que luego sus propios cadáveres se amontonaran en rápida sucesión. Era hermoso contemplar a aquel obstinado y viejo guerrero, Infadoos, tan sereno como si estuviera en un desfile, dar órdenes, vituperar, e incluso bromear, para mantener alta la moral de los pocos hombres que le quedaban y con cada embate dirigirse adonde la lucha era más reñida para ayudar a rechazarla. Y aún más hermoso era ver a sir Henry, cuyo penacho de plumas de avestruz había quedado tronchado por un lanzazo, de modo que su largo pelo rubio ondulaba al viento. Allí se erguía el gran danés, porque no era otra cosa con las manos, el hacha y la armadura rojos de sangre, y nadie sobrevivía a su arremetida. Una y otra vez le vi abatir a los guerreros que se aventuraba a presentarle batalla, y a cada golpe gritaba: *«¡O-hoy! ¡O-hoy!»,* como sus antepasados, los *Berserkers,* y el golpe rompía con un crujido escudo y lanza, destrozaba el tocado de plumas, el pelo y el cráneo, de forma que ya nadie se acercaba de propio intento al gran «tatagi» (hechicero) blanco, que mataba sin errar.

Pero, de repente, se oyó *«Twala, y'Twala»,* y de la masa de guerreros salió nada menos que el gigantesco rey tuerto en persona, también armado con hacha y escudo, y revestido de cota de malla.

–¿Dónde estás, Incubu, hombre blanco que asesinó a mi hijo Scragga? ¡A ver si puedes matarme a mí! –gritó, y al mismo tiempo lanzó una «tolla» a sir Henry, quien, por fortuna, la vio venir y la evitó con el escudo, que quedó atravesado; se hincó en la plancha de hierro de la parte posterior.

Entonces, con un alarido, Twala se abalanzó sobre él, y le asestó un golpe en el escudo con el hacha con tal ímpetu que, a pesar de ser un hombre fuerte, sir Henry cayó de rodillas.

Pero por el momento la cosa no fue más lejos, porque en ese mismo instante surgió de los regimientos atacantes algo así como un gemido de desaliento, y al levantar la vista comprendí el motivo.

A derecha e izquierda, la llanura estaba animada por los penachos de plumas de los guerreros atacantes. Habían llegado los escuadrones que cubrían los flancos, para nuestro alivio. No podían haber elegido mejor momento. Como había predicho Ignosi, todo el ejército de Twala había fijado su atención en la sangrienta lucha que se desarrollaba en torno a los restos de los Grises y los Búfalos, que estaban librando una batalla por su cuenta a cierta distancia, regimientos que habían constituido el centro de nuestro ejército. Hasta que las alas estuvieron a punto de cerrarse sobre ellos, no se apercibieron de su proximidad. Y entonces, antes de que pudieran adoptar una formación adecuada para la defensa, los «Impis» saltaron sobre sus flancos como perros de presa.

A los cinco minutos estaba decidida la suerte de la batalla. Atacados por ambos flancos, y desmoralizados por la espantosa matanza que habían sufrido a manos de los Grises y los Búfalos, los regimientos de Twala se batieron en retirada y muy pronto la llanura que se extendía entre la ciudad de Loo y nosotros quedó sembrada de grupos de soldados que huían. En cuanto a las fuerzas que nos habían rodeado a nosotros y a los «Búfalos» hacía escaso tiempo, se desvanecieron rápidamente como por arte de magia, y al poco nos quedamos solos, como una roca de la que se ha retirado el agua del mar. ¡Pero qué panorama! Todo alrededor, los muertos y los moribundos yacían en montón, y de los valientes Grises sólo quedaban vivos noventa y cinco hombres. De este regimiento habían caído más de dos mil novecientos, en su mayoría para no volver a levantarse.

–Soldados –dijo Infadoos con tranquilidad, mientras que, vendándose una herida del brazo, supervisaba lo que quedaba de su regimiento–, habéis mantenido la reputación de nuestro regimiento y los hijos de vuestros hijos hablarán de esta jornada de lucha –a continuación dio media vuelta y estrechó la mano de sir Henry–. Eres un gran hombre, Incubu –dijo sencillamente–. He vivido una larga vida entre guerreros y he conocido a muchos hombres valientes, pero nunca he visto a ninguno como tú.

En ese momento, los Búfalos empezaron a desfilar junto a nosotros para dirigirse a Loo y al tiempo nos llegó un mensaje de Ignosi en el que se nos pedía a Infadoos, a sir Henry y a mí que nos reuniéramos con él. De modo que, tras dar las órdenes necesarias para que los noventa Grises que quedaban recogieran a los heridos, nos reunimos con Ignosi, que nos comunicó que iba a marchar sobre Loo para completar la victoria capturando a Twala si era posible. Antes de iniciar la marcha, vimos a Good, que estaba sentado sobre un hormiguero a unos cien pasos de nosotros. A su lado se encontraba el cuerpo de un kukuana.

–Debe estar herido –dijo sir Henry, con ansiedad.

Mientras hacía ésta observación, ocurrió algo terrible. El cadáver del soldado kukuana, o lo que parecía ser su cadáver, se puso de pie repentinamente, derribó a Good del hormiguero y comenzó a asestarle lanzazos. Nos precipitamos hacia él aterrorizados y al acercarnos vimos que el membrudo guerrero asestaba golpe tras golpe sobre el postrado Good, que ante cada aguijonazo agitaba los miembros en el aire. Al vernos venir el kukuana dio un último golpe con toda su maldad al grito de: «¡Toma, hechicero!» y echó a correr. Good no se movió y llegamos a la conclusión de que nuestro pobre camarada había muerto. Nos acercamos a él tristemente y nos quedamos verdaderamente estupefactos al encontrarle pálido y débil, pero con una serena sonrisa en los labios y el monóculo aún sujeto al ojo.

–Excelente armadura –murmuró al ver nuestras caras que se inclinaban sobre él. Este tipo debe haber quedado agotado –dijo, y a continuación se desmayó.

Al examinarle, observamos que tenía una herida grave en la pierna, producida por una «tolla», pero que la cota de malla había impedido que la lanza del último atacante le hiciera poco más que unos rasguños. Había escapado de la muerte por los pelos. Como no podía hacerse nada por él de momento, lo colocamos en uno de los escudos que se utilizaban para transportar a los heridos y nos lo llevamos.

Al llegar a la primera puerta de Loo encontramos a uno de nuestros regimientos de guardia que obedecía las órdenes que había recibido de Ignosi. Los demás regimientos también montaban guardia en las otras puertas de la ciudad. El oficial al mando del regimiento se acercó a nosotros, saludó a Ignosi como rey que era y le comunicó que el ejército de Twala se había refugiado en la ciudad, mientras que el propio Twala había escapado, pero él pensaba que estaban completamente desmoralizados y que se rendirían.

Ignosi, después de consultar con nosotros, envió emisarios a cada puerta con la orden de que las abrieran los defensores y prometió bajo palabra real conceder la vida y el perdón a todos los soldados que depusieran las armas. El mensaje no dejó de producir su efecto. Al poco rato, y entre los gritos y vítores de los

Búfalos, el puente quedó tendido sobre el foso y las puertas del otro lado de la ciudad se abrieron de par en par.

Tras tomar las precauciones debidas en previsión de una posible traición, entramos en la ciudad. En las calles había millares de guerreros desalentados, cabizbajos, con los escudos y las lanzas a sus pies, que, al pasar Ignosi, le saludaron como rey. Seguimos caminando hacia el *kraal* de Twala. Al llegar a la explanada, en la que uno o dos días antes habíamos presenciado la revista de tropas y la caza de brujos, la encontramos desierta. Pero no completamente desierta, porque en el otro extremo, delante de su cabaña, estaba Twala, con un único ayudante: Gagool.

Resultaba un espectáculo triste verlo allí sentado, con su hacha y su escudo a un lado, la barbilla sobre el pecho cubierto por la cota de malla, con una vieja apergaminada por única compañía, y, a pesar de sus crueldades y maldades, me embargó la compasión al verle así «caído de su alto estado». No quedaba ni un solo soldado de sus ejércitos, ni un solo cortesano de los cientos que le habían adulado, ni una sola de sus mujeres para compartir su suerte o para endulzar la amargura de su caída. ¡Pobre salvaje! Estaba aprendiendo la lección que el destino enseña a la mayoría de los que viven lo suficiente: que los ojos de los humanos son ciegos para los vencidos y que quien está indefenso y caído encuentra escasos amigos y poca piedad. En este caso no merecía ninguna.

Entramos en fila por la puerta del *kraal* y atravesamos la explanada en la que estaba sentado el antiguo rey. Cuando se dio la orden de alto, el regimiento se detuvo a unos cincuenta metros y, acompañados tan sólo por una pequeña guardia, avanzamos hacia él, mientras Gagool nos increpaba amargamente. Al acercarnos, Twala levantó por primera vez su cabeza coronada de plumas y clavó su único ojo, que parecía refulgir de furia contenida, casi con tanto brillo como el diamante que llevaba en la frente, sobre su rival, Ignosi.

–¡Saludos, oh rey! –dijo con amarga burla–. Tú que has comido de mi pan y que con la ayuda de la magia del hombre blanco has engañado a mis regimientos y vencido a mi ejército, ¡saludos! ¿Qué suerte me reservas oh rey?

–¡La suerte que por ti corrió mi padre, cuyo trono has usurpado durante todos estos años! –contestó inexorable.

–Está bien. Te mostraré cómo se muere para que lo recuerdes cuando llegue tu hora. Mira, el sol se esconde, ensangrentado –y señaló con su roja hacha de guerra hacia el globo que se ocultaba–. Que mi sol se ponga con él. Y ahora, ¡oh rey!, estoy dispuesto a morir, pero invoco el privilegio de la casa real kukuana[1] de morir en combate. No puedes negármelo, o incluso esos cobardes que hoy han huido se avergonzarán.

–Otorgado. Elige. ¿Contra quién quieres luchar? Yo no puedo luchar contigo, porque el rey sólo combate en la guerra.

El siniestro ojo de Twala recorrió nuestra filas y, cuando se posó en mí, pensé que la situación adquiría unos tintes muy negros. ¿Y si me elegía a *mí* como adversario? ¿Qué oportunidades tendría yo contra un salvaje desesperado de uno noventa de altura, con una anchura proporcionada? Más me hubiera valido suicidarme directamente. Decidí negarme a combatir incluso si ello implicaba que me expulsaran de Kukuanalandia. Creo que es mejor que te expulsen a que te hagan pedazos con un hacha de guerra.

Al cabo de unos instantes, Twala habló.

–Incubu, ¿qué dices tú? ¿Quieres que terminemos lo que empezamos hoy o tendré que llamarte cobarde, hombre blanco, cobarde hasta los hígados?

---

[1] Entre los kukuanas existe una ley según la cual ningún hombre de sangre real puede ser enviado a la muerte a menos que dé su consentimiento, que, por otra parte, nunca es negado. Se le permite elegir varios antagonistas, que ha de aprobar el rey, con los que lucha hasta que uno de ellos le mata. *(N. del A.)*

–No –intervino Ignosi apresuradamente–; no vas a luchar con Incubu.

–No, si es que tiene miedo –dijo Twala.

Por desgracia, sir Henry comprendió sus palabras y la sangre afluyó a sus mejillas.

–Lucharé con él –dijo–. Ya verá el miedo que le tengo.

–Por el amor de Dios –atajé– no arriesgue su vida contra la de un hombre desesperado. Cualquiera que le haya visto a usted hoy sabe que no es un cobarde.

–Lucharé con él –respondió, hosco–. Ningún hombre sobre la faz de la tierra puede llamarme cobarde. ¡Estoy dispuesto!

Dio unos pasos al frente y levantó su hacha.

Me retorcí las manos ante aquel absurdo acto de quijotismo, pero si estaba decidido a luchar, yo no podía impedírselo.

–No luches, hermano blanco –dijo Ignosi, posando su mano con cariño en el brazo de sir Henry–. Ya has peleado bastante y si te viera morir por su mano, mi corazón se partiría en pedazos.

–Voy a luchar, Ignosi –replicó sir Henry.

–Está bien, Incubu. Eres un hombre valiente. Será un buen combate. Mira, Twala, el elefante está dispuesto.

El rey depuesto soltó una estruendosa carcajada, dio unos pasos al frente y se encaró con Curtis. Se quedaron en aquella postura unos momentos y el sol poniente inundó de luz sus fornidos cuerpos y los revistió de fuego. Formaban una buena pareja.

Empezaron a caminar en círculo uno frente a otro, con las hachas levantadas.

De repente, sir Henry se abalanzó hacia adelante y descargó un golpe terrible sobre Twala, que se hizo a un lado. El golpe fue tan fuerte que sir Henry casi perdió el equilibrio, circunstancia que aprovechó su adversario inmediatamente. Hizo girar la pesada hacha sobre su cabeza y la descargó con tremenda fuerza. El corazón me dio un salto en el pecho; pensé que todo había terminado.

Pero no; con un rápido movimiento ascendente del brazo izquierdo, sir Henry interpuso el escudo entre su cuerpo y el hacha, con el resultado de que un trozo del escudo quedó cortado limpiamente y el hacha cayó sobre su hombro izquierdo, pero no con la suficiente fuerza como para producirle una herida grave. A los pocos segundos, sir Henry descargó otro golpe, que Twala también esquivó con el escudo. A continuación, se produjo un golpe tras otro, que eran recibidos por los escudos o esquivados. La excitación se intensificó, el regimiento que contemplaba el combate olvidó la disciplina y, acercándose, empezó a gritar y a gemir a cada embestida. Justo en ese momento, Good, que hasta entonces había estado tendido junto a mí, recobró el sentido, se incorporó, me agarró por el brazo y empezó a caminar a la pata coja, arrastrándome tras él, lanzando gritos de ánimo a sir Henry.

–¡Déle, muchacho! –vociferó–. ¡Buen golpe! ¡Déle fuerte! –y cosas por el estilo.

Sir Henry, tras parar un nuevo golpe con el escudo, se abalanzó con todas sus fuerzas. La arremetida atravesó el escudo de Twala y la cota de malla y le hirió en el hombro. Con un alarido de dolor y furia Twala devolvió el golpe, con tal fuerza que partió el mango de cuerno de rinoceronte del hacha de su adversario, a pesar de estar guarnecido con bandas de acero, e hirió a Curtis en la cara.

Un grito de desaliento brotó de las gargantas de los «Búfalos» al caer al suelo la ancha hoja del hacha de nuestro héroe, y Twala, alzando de nuevo su arma, se lanzó sobre él con un grito. Cerré los ojos. Cuando volví a abrirlos, fue para ver el escudo de sir Henry en el suelo y el propio sir Henry con los brazos entrelazados en torno a la cintura de Twala. Oscilaban de uno a otro lado, arremetían uno contra otro como osos, tensaban sus poderosos músculos para salvar la amada vida y el aún más amado honor. Con un supremo esfuerzo, Twala hizo perder pie al inglés y cayeron los dos juntos, rodando de un lado a otro sobre el suelo de tierra apisonada. Twala asestaba golpes con su hacha a la cabeza de Curtis y sir Henry trataba de atravesar la armadura de Twala con la «tolla» que había sacado de su cinturón.

Era un combate terrible, un espectáculo espantoso.

–¡Quítele el hacha! –bramó Good y quizá nuestro héroe le oyó.

Sea como fuere, dejó caer la «tolla» e intentó agarrar el hacha, que estaba sujeta a la muñeca de Twala por una banda de cuero de búfalo, y aún rodando de un lado a otro, lucharon por ella como gatos salvajes, con jadeos entrecortados. De pronto se rompió la cinta de cuero, y con un esfuerzo sobrehumano sir Henry se liberó con el arma en su poder. Unos segundos después se encontraba de pie, chorreándole roja sangre de la herida de la cara, y lo mismo Twala. Sacó la pesada «tolla» del cinturón y Twala asestó un golpe a Curtis que le alcanzó en el pecho. El golpe dio en el blanco, con gran fuerza, pero quienquiera que hubiese hecho la cota de malla conocía su oficio, porque el acero la rechazó. Twala volvió a acometerlo con un salvaje alarido, el pesado cuchillo volvió a rebotar y sir Henry retrocedió trastabilleando. Una vez más arremetió Twala contra él, y al mismo tiempo el enorme inglés hizo acopio de energías, giró el hacha sobre su cabeza y atacó con todas sus fuerzas.

Un grito de expectación surgió de mil gargantas, y ¡he aquí el resultado!: la cabeza de Twala cayó y salió rodando y rebotando por el suelo hacia donde se encontraba Ignosi y se detuvo a sus pies. Durante unos momentos, el cadáver se mantuvo de pie, con la sangre saliendo a borbotones de las arterias cercenadas; después, con un crujido sordo cayó al suelo y la gargantilla de oro que rodeaba el cuello salió rodando. Al mismo tiempo, agotado por la debilidad y la pérdida de sangre, sir Henry se desmayó y cayó pesadamente.

Lo levantaron inmediatamente y muchas manos solícitas le mojaron el rostro con agua. Sus grandes ojos grises se abrieron de par en par.

No estaba muerto.

Entonces, mientras se ponía el sol, me acerqué a donde yacía la cabeza de Twala, desaté el diamante de la frente del muerto y se lo tendí a Ignosi.

–Tómalo –dije–, legítimo rey de los kukuanas.

Ignosi se colocó la diadema en la frente, después puso un pie sobre el ancho pecho de su enemigo decapitado e inició un cántico, o más bien un himno triunfal, tan hermoso, y sin embargo tan salvaje, que no creo que pueda dar una idea de lo que decía. En una ocasión oí a un erudito que poseía una bonita voz leer en voz alta unos pasajes del poeta griego Homero y recuerdo que el sonido de los versos parecieron inmovilizar mi sangre. El cántico de Ignosi, pronunciado en un idioma tan bello y sonoro como el griego, provocó el mismo efecto en mí, aunque me encontraba agotado de tantos trajines y tantas emociones.

–Ahora nuestra rebelión ha sido coronada por la victoria y nuestras maldades quedan justificadas por la fuerza.

Por la mañana, los opresores se levantaron y se despertaron se endosaron sus penachos y se prepararon para el combate.

Se levantaron y cogieron sus lanzas; los soldados dijeron a sus capitanes: «Vamos, guiadnos»... y los capitanes gritaron al rey: «Dirige tú la batalla».

Se levantaron llenos de orgullo; veinte mil hombres y aun veinte mil más.

Sus penachos de plumas cubrieron la tierra como las plumas de un pájaro cubren su nido; agitaron sus lanzas y gritaron; blandieron sus lanzas a la luz del sol; anhelaban la batalla y estaban felices.

Se alzaron contra mí; los fuertes avanzaron rápidamente para matarme. Gritaron: «¡Ja, ja, ja! Ya puede darse por muerto».

Entonces lancé mi aliento sobre ellos; y mi aliento fue como el aliento de una tormenta, y ¡hete aquí que dejaron de existir!

Mis rayos los atravesaron. Derretí su fuerza con los rayos de mis lanzas; los hice caer a tierra con el trueno de mi voz.

Huyeron, se dispersaron, desaparecieron como la neblina de la montaña.

Son pasto de los cuervos y los zorros, y el campo de batalla ha engordado con su sangre.

¿Dónde están los poderosos que se levantaron por la mañana?

Reclinan la cabeza, mas no están dormidos; yacen, pero no duermen.

Han caído en el olvido; han entrado en las tinieblas y de allí no volverán. Sí, otros se llevarán a sus mujeres, y sus hijos no los recordarán.

Y yo, ¡el rey!, he hallado mi nido como el águila.

¡Escuchad! He vagado durante mucho tiempo en la noche, pero he regresado con mis pequeños al despuntar el alba.

Cobíjate bajo la sombra de mis alas, oh pueblo, que yo te protegeré y no perecerás.

Es esta una buena hora; la hora del botín.

Míos son los ganados que pacen en los valles; las vírgenes de los kraals *también son mías.*

Ya ha pasado el invierno y el verano se acerca.

Ahora el Mal ocultará su rostro y la Misericordia habitará en la tierra.

¡Regocíjate, regocíjate, pueblo mío! Que toda la tierra se regocije porque el tirano ha caído y yo soy ahora el rey.

Ignosi calló, y la muchedumbre allí congregada estalló en un profundo grito:

–*¡Tú eres el rey!*

Y así fue como la profecía que le hice al emisario se convirtió en realidad y al cabo de cuarenta y ocho horas el cadáver decapitado de Twala se ponía rígido a la puerta de su choza.

CAPÍTULO 15

Good cae enfermo

Cuando acabó la batalla, llevaron a sir Henry y a Good a la choza de Twala, donde me reuní con ellos. Los dos se encontraban completamente agotados por el esfuerzo y la pérdida de sangre y, francamente, mi estado no era mucho mejor. Soy muy resistente y puedo soportar más fatigas que la mayoría de los hombres, quizá gracias a mi poco peso y al largo entrenamiento, pero aquella noche me encontraba absolutamente rendido y, como me ocurre siempre cuando estoy agotado, empezó a dolerme la vieja herida que me infligió el león. También me dolía terriblemente la cabeza, a causa del golpe que había recibido por la mañana, cuando me dejaron sin sentido. Además, hubiera sido difícil encontrar un trío más desdichado que el que formábamos aquella noche; nuestro único consuelo consistía en la idea de que teníamos mucha suerte por encontrarnos allí para poder sentirnos desdichados, en lugar de estar muertos en la llanura, como lo estaban aquella noche tantos miles de hombres valientes que se habían levantado por la mañana sanos y fuertes.

De una u otra forma y con la ayuda de la hermosa Foulata, que, desde que le salvamos la vida, se había convertido por su propia iniciativa en nuestra sirvienta, sobre todo de Good, logramos quitarnos las cotas de malla que, sin duda, nos habían salvado la vida a dos de nosotros aquel día. Descubrimos que teníamos el cuerpo terriblemente magullado, porque a pesar de que las anillas de acero habían impedido que nos traspasaran las armas, no había evitado las magulladuras. Tanto sir Henry como

Good estaban cubiertos de moratones de pies a cabeza y no se puede decir que yo hubiera salido bien parado. Para curarnos, Foulata trajo unas hojas verdes machacadas que despedían un fuerte aroma y que, aplicadas como cataplasma, nos proporcionaron un alivio considerable. Pero aunque las magulladuras eran dolorosas, no eran tan angustiosas como las heridas de sir Henry y Good. Este último tenía un agujero en la parte más carnosa de una de sus «hermosas piernas blancas», por la que había perdido gran cantidad de sangre y sir Henry tenía una profunda hendidura en la mandíbula, producida por el hacha de Twala. Por suerte, Good era un cirujano bastante aceptable y en cuanto le llevaron su pequeño botiquín, tras limpiar perfectamente las heridas, se las ingenió para coser primero las de sir Henry y después las suyas de forma bastante satisfactoria, teniendo en cuenta la escasa luz que proporcionaba la primitiva lámpara kukuana que había en la choza. A continuación, cubrió las heridas con un ungüento antiséptico que había en un frasco del botiquín y las vendamos con los restos de un pañuelo que teníamos.

Entretanto, Foulata nos había preparado un sustancioso caldo, porque estábamos demasiado cansados para comer. Lo tomamos y después nos tumbamos sobre los montones de magníficos *kaross* o tapices de piel que estaban sembrados por el suelo de la gran choza del rey muerto. Por una extraña ironía del destino, fue en el colchón de Twala y arropado con el propio *kaross* de Twala donde durmió aquella noche sir Henry, el hombre que lo había matado.

He dicho dormir, pero después de aquella jornada de fatigas dormir resultaba realmente difícil. En primer lugar, el aire estaba lleno, a decir verdad,

> *«de adioses a los moribundos*
> *y lamentos por los muertos».*

Por todas partes se oían los gemidos de las mujeres cuyos maridos, hijos y hermanos habían perecido en la lucha. No es de extrañar que gimiesen, porque en aquella espantosa batalla habían sido aniquilados más de veinte mil hombres, casi la tercera parte del ejército kukuana. Desgarraba el corazón oír el llanto por aquellos que no regresarían jamás, y me hizo comprender todo el horror de lo que había ocurrido aquella noche por las ambiciones humanas. No obstante, hacia la media noche, el incesante llanto de mujeres se hizo menos frecuente hasta que, finalmente, el silencio sólo quedó roto a intervalos de unos cuantos minutos por un aullido largo y agudo que provenía de una choza cercana. Más tarde descubrí que era Gagool, que se lamentaba por Twala, el rey muerto.

Después me sumí en un sueño inquieto, del que me despertaba de vez en cuando sobresaltado, creyendo que una vez más tomaba parte en los terribles acontecimientos de las últimas veinticuatro horas. Unas veces veía al guerrero del que había dado cuenta con mis propias manos, que cargaba contra mí en la cumbre de la colina; otras veces me encontraba en el glorioso círculo de los Grises que habían llevado a cabo su inmortal carga contra todos los regimientos de Twala sobre la pequeña elevación de tierra y otras veces veía la empenachada y ensangrentada cabeza de Twala rodar a mis pies con los dientes apretados y el ojo centelleante. Por fin acabó la noche, pero cuando despuntó el alba descubrí que mis compañeros no habían dormido mucho mejor que yo. De hecho, Good tenía una fiebre muy alta y al poco tiempo empezó a delirar y a escupir sangre, como resultado, sin duda, de alguna herida interna provocada por los esfuerzos desesperados del guerrero kukuana por atravesar con su lanza su cota de malla el día anterior. Sir Henry parecía en buen estado, a pesar de la herida de la cara, que le dificultaba comer y le impedía reír, pero estaba tan dolorido y rígido que apenas podía moverse.

Alrededor de las ocho recibimos la visita de Infadoos, que no parecía encontrarse demasiado mal, a pesar de ser guerrero viejo, por los esfuerzos realizados el día anterior, y nos dijo que había estado despierto toda la noche. Quedó encantado de vernos, pero se afligió mucho al ver el estado en que se encontraba Good y nos estrechó la mano cordialmente. Observé que se dirigía a sir Henry con una especie de reverencia, como si pensara que era algo más que un hombre, y en efecto, como averiguamos más adelante, en toda Kukuanalandia se consideraba al gran caballero inglés como un ser sobrenatural. Los soldados decían que un hombre no podía luchar como él lo había hecho ni, tras tanta fatiga y pérdida de sangre, matar a Twala –que además de ser rey, era supuestamente el guerrero más fuerte de Kukuanalandia– en combate singular, ni cortarle su cuello de toro de un solo hachazo. Aquel hachazo se hizo proverbial en Kukuanalandia y desde entonces se dio el nombre de «golpe de Incubu» a cualquier golpe o hazaña extraordinarios.

Infadoos también nos dijo que todos los regimientos de Twala se habían sometido a Ignosi y que empezaban a someterse todos los jefes del país. La muerte de Twala a manos de sir Henry había puesto punto final a cualquier posibilidad de rebelión, porque Scragga era hijo único y no quedaba vivo ningún aspirante al trono.

Observé que Ignosi había accedido al trono con derramamiento de sangre. El anciano jefe se encogió de hombros.

–Sí –replicó–; pero el pueblo de kukuana sólo está tranquilo si corre la sangre de vez en cuando. En verdad han muerto muchos, pero quedan las mujeres y pronto crecerán más hombres que ocuparán el lugar de los que han caído. Después de esto, el país estará en calma durante un tiempo.

En el transcurso de la mañana recibimos una corta visita de Ignosi, cuya frente estaba ceñida por la diadema real. Mientras observaba cómo avanzaba hacia nosotros con regia dignidad, con una guardia que seguía sus pasos, no pude evitar recordar al zulú de gran estatura que se había presentado ante nosotros en Durban unos meses antes pidiendo que le tomásemos a nuestro servicio y me puse a reflexionar sobre las extrañas vueltas que da la rueda de la fortuna.

–Salve, ¡oh rey! –dije, poniéndome de pie.

–Sí, Macumazahn. Al fin soy rey, gracias a vuestros esfuerzos –contestó rápidamente.

Según dijo, todo marchaba bien y esperaba preparar una gran fiesta dentro de dos semanas para presentarse ante el pueblo.

Le pregunté qué había decidido hacer con Gagool.

–Es el genio maléfico de esta tierra –contestó–. ¡Voy a matarla, y con ella a todos los hechiceros! Ha vivido tanto que nadie la recuerda cuando era joven y siempre ha sido ella quien ha enseñado a las cazadoras de brujos y la que ha hecho que el mal asolase nuestra tierra bajo la mirada de los cielos.

–Pero sabe mucho –repliqué–. Es más fácil destruir la sabiduría que obtenerla, Ignosi.

–Así es –dijo pensativo–. Ella y sólo ella conoce el secreto de las Tres Brujas de allá lejos, por donde discurre la gran carretera donde están enterrados los reyes y donde vigilan los Silenciosos.

–Sí, y donde están los diamantes. No olvides tu promesa, Ignosi; debes llevarnos hasta las minas, incluso si tienes que perdonar la vida a Gagool para que nos indique el camino.

–No la olvidaré, Macumazahn. Pensaré en lo que has dicho.

Tras la visita de Ignosi fui a ver a Good y lo encontré delirando. La fiebre provocada por su herida parecía haberse apoderado de su organismo y haberse complicado con una lesión interna. Durante cuatro o cinco días su estado fue crítico. En verdad, creo firmemente que, de no haber sido por los cuidados infatigables de Foulata, habría muerto.

Las mujeres son siempre mujeres, en cualquier parte del mundo, cualquiera que sea su color, pero resultaba curioso ver a aquella belleza negra inclinada noche y día sobre el colchón del hombre febril y dedicándole todos los cuidados con tanta rapidez, dulzura y fino instinto como una enfermera profesional. Las dos primeras noches intenté ayudarla y lo mismo hizo sir Henry en cuanto pudo moverse, pero ella soportaba nuestras intromisiones con impaciencia y finalmente se empeñó en que lo dejásemos en sus manos, diciendo que nuestros movimientos le impedían descansar, y yo creo que era cierto. Día y noche vigilaba y le atendía, dándole una sola medicina, una bebida nativa refrescante hecha con leche mezclada con una infusión de bulbo de una especie de tulipán, y evitaba que las moscas se posaran sobre él. Aún veo la escena tal y como la presencié noche tras noche a la luz de nuestra primitiva lámpara: Good se agitaba inquieto, con el rostro demacrado y los ojos brillantes, enormes y luminosos, balbuceando disparates, y a su lado, sentada en el suelo, con la espalda apoyada contra la pared de la choza, la belleza kukuana de ojos dulces y cuerpo bien formado, con el rostro preocupado, iluminado por una infinita compasión, o ¿acaso era algo más que compasión?

Durante dos días pensamos que Good moriría y nos arrastrábamos de un lado a otro con el corazón encogido. Sólo Foulata no lo creía.

–Vivirá –decía.

A trescientos metros o más alrededor de la choza de Twala, en la que reposaba el enfermo, el silencio era absoluto, ya que, por orden del rey, todos los que vivían en los aposentos que había detrás, excepto sir Henry y yo, se habían trasladado a otro lugar, para que ningún ruido llegara a oídos del herido. Una noche, la quinta desde que Good estaba enfermo, fui a la choza, según mi costumbre, a ver cómo seguía antes de acostarme.

Entré con cuidado. La lámpara que había en el suelo me permitió ver a Good, que ya no se agitaba, sino que yacía totalmente inmóvil.

¡Así que había llegado el desenlace! Con el corazón lleno de amargura emití algo parecido a un sollozo.

–Shhh, shh –se oyó el susurro que procedía de la mancha de oscuridad detrás de la cabeza de Good.

Entonces me acerqué un poco más, cauteloso, y vi que no estaba muerto, sino profundamente dormido; los finos dedos de Foulata sujetaban firmemente su pobre mano blanca. La crisis había pasado y viviría. Siguió durmiendo así durante dieciocho horas; y no me gusta decirlo, porque quizá no me crean, pero durante todo ese tiempo, la muchacha estuvo sentada junto a él, por temor a que despertase si se movía y retiraba la mano. Nadie puede saber lo mucho que debió sufrir la pobre a causa de los calambres y el cansancio, por no hablar de la falta de alimento; pero el hecho es que, cuando Good despertó al fin, tuvieron que llevársela; sus miembros estaban tan rígidos que no podía moverse.

Una vez iniciado el cambio favorable, la recuperación de Good fue rápida y completa. Hasta que no se encontró casi perfectamente, sir Henry no le contó todo lo que le debía a Foulata y cuando le relató cómo había estado sentada a su lado durante dieciocho horas temiendo despertarle si se movía, los ojos del honrado marino se llenaron de lágrimas. Dio media vuelta y se dirigió a la choza en que Foulata preparaba la comida de mediodía (ya habíamos vuelto a nuestros aposentos). Me llevó con él para que hiciese de intérprete en caso de que no pudiera explicarse con claridad; aunque debo decir que, en líneas generales, la muchacha le entendió estupendamente teniendo en cuenta la extraordinaria limitación del vocabulario kukuana de Good.

–Dígale –me indicó Good– que le debo la vida y que nunca olvidaré su dulzura.

Traduje y bajo su oscura piel me pareció que se ruborizaba.

Volviéndose hacia él con uno de sus movimientos rápidos y graciosos que en ella siempre me recordaban el vuelo de un pájaro silvestre, contestó dulcemente, mirándole con sus grandes ojos oscuros:

–No, mi señor; ¡mi señor lo olvidará! ¿No salvó él mi vida, y acaso no soy yo la sirvienta de mi señor?

Habrán observado que la joven parecía haber olvidado por completo que sir Henry y yo habíamos participado en su salvación de las garras de Twala. ¡Pero así son las mujeres! Recuerdo que mi querida esposa era exactamente igual. Me retiré con el corazón entristecido. No me gustaban las dulces miradas de la señorita Foulata, porque conozco la inclinación enamoradiza, que resulta funesta, de los marinos en general y de Good en particular.

He descubierto que hay dos cosas en el mundo que no pueden evitarse: no se puede impedir a un zulú que luche ni que un marino se enamore ante la mínima incitación.

Pocos días después de este suceso, Ignosi celebró su gran «indaba» (consejo) y fue reconocido oficialmente como rey por los «indunas» (hombres principales) de Kukuanalandia. El espectáculo era sumamente impresionante y en él se incluía una gran revista de tropas. Aquel día desfilaron los restos del regimiento de Grises y ante todo el ejército se les agradeció su espléndida conducta durante la gran batalla. El rey regaló a todos los guerreros abundante ganado y los ascendió a todos al rango de oficiales del nuevo regimiento de Grises, que se encontraba en proceso de formación. También se promulgó un edicto a lo largo y ancho de Kukuanalandia, por el que, mientras honrásemos al país con nuestra presencia, debían saludarnos a nosotros tres con el saludo real, tratarnos con la misma ceremonia y el mismo respeto debidos al rey y se nos confería públicamente el poder de la vida y la muerte. Además, Ignosi, en presencia de todo el pueblo, reafirmó las promesas que nos había hecho respecto a que no se derramaría la sangre de ningún hombre sin haberle juzgado y respecto al cese de la caza de brujos en el país.

Cuando hubo acabado la ceremonia, esperamos a Ignosi, le dijimos que deseábamos investigar el misterio de las minas por las que discurría la carretera de Salomón y le preguntamos si había descubierto algo en ellas.

–Amigos míos –contestó–, he descubierto lo siguiente. Allí es donde se encuentran las tres grandes estatuas, llamados los Silenciosos, a quien Twala quiso ofrecer a Foulata en sacrificio. También es allí donde se encuentran enterrados los reyes de este país, en una cueva excavada a gran profundidad. Allí encontraréis el cadáver de Twala, con aquellos que dejaron de existir antes que él. También hay allí un gran foso, abierto por unos hombres de época remota, que quizá fueron en busca de las piedras de las que habláis, como he oído decir en Natal a varios hombres. También allí, en el Lugar de la Muerte, se encuentra una cámara secreta, que nadie conoce, excepto el rey y Gagool. Pero Twala, que la conocía, ha muerto, y yo no la conozco, ni sé lo que hay en ella. Existe una leyenda en esta tierra según la cual muchas generaciones atrás un hombre blanco atravesó las montañas y una mujer le llevó hasta la cámara secreta y le mostró las riquezas que contenía, pero antes de que pudiera cogerlas, la mujer le traicionó y el rey que por entonces reinaba le obligó a regresar y desde entonces ningún hombre ha entrado en la cámara.

–Seguramente esa historia es cierta, Ignosi, porque encontramos al hombre blanco en las montañas –dije.

–Sí, así es. Y ahora os prometo que si encontráis la cámara y las piedras están allí...

–La piedra que llevas en la frente demuestra que están allí –apunté, señalando el gran diamante que había recogido de la frente del rey muerto.

–Puede ser. Si están allí –prosiguió–, tendréis todas las que podáis llevaros, si es que realmente me dejáis hermanos míos.

–Primero tenemos que encontrar la cámara –dije.

–Sólo hay uná persona que puede llevaros hasta allí: Gagool.

–¿Y si no quiere hacerlo?

–Entonces, morirá –dijo Ignosi, severo–. Sólo la he dejado vivir por este motivo. Esperad. Que elija.

Llamó a su emisario y ordenó que trajera a Gagool.

Llegó al cabo de unos minutos, conducida por dos guardias a quienes maldecía.

–Dejadla –dijo el rey a los guardias.

En cuanto se retiraron los hombres que la sujetaban y le servían de apoyo, aquel viejo fardo marchito –porque parecía un fardo más que otra cosa– cayó al suelo como un trapo, en el que brillaban sus ojos malvados como los de una serpiente.

–¿Qué quieres de mí, Ignosi? No te atrevas a tocarme. Si me tocas, os despedazaré a todos. Guárdate de mi magia.

–Tu magia no pudo salvar a Twala, vieja loba, y a mí no me hará ningún daño –contestó–. Escucha: lo que deseo de ti es que reveles dónde está la cámara en que se encuentran las piedras brillantes.

–¡Ja, ja! –chilló–. Sólo yo lo sé y no te lo diré jamás. Los diablos blancos se irán de aquí con las manos vacías.

–Me lo dirás. Te obligaré a decírmelo.

–¿Cómo, oh rey? Eres grande, pero ¿puede arrancar tu poder la verdad a una mujer?

–Es difícil, pero lo haré.

–¿Cómo, oh rey?

–Así: si no lo dices, morirás lentamente.

–¡Morir! –chilló, aterrorizada y furiosa–. No te atrevas a tocarme; tú no sabes quién soy. ¿Cuántos años crees que tengo? Yo conocí a tus padres y a los padres de los padres de tus padres.

Cuando el país era joven, yo estaba aquí; cuando el país sea viejo, aún estaré aquí. No puedo morir, a menos que me maten por casualidad, porque nadie se atreverá a asesinarme.

–Pues yo te asesinaré. Mira, Gagool, madre del mal, eres tan vieja que ya no puedes amar la vida. ¿Qué significa la vida para una bruja como tú, que no tiene forma, ni pelo, ni dientes; que no tiene nada, excepto maldad y ojos malignos? Será un acto de piedad matarte, Gagool.

–¡Loco! –chilló aquel viejo demonio–. ¡Loco maldito! ¿Acaso piensas que la vida es dulce sólo para los jóvenes? No es así, y si eso piensas, es que nada sabes del corazón humano. Los jóvenes a veces acogen de buen grado la muerte, porque los jóvenes tienen sentimientos. Aman y sufren, y esto les apremia a desear la entrada en la tierra de las sombras. Pero los viejos no sienten, no aman, y, *¡ja, ja!,* ríen al ver que los otros se sumergen en la oscuridad; *¡ja, ja!,* ríen al ver el mal que se hace bajo el sol. Lo único que aman es la vida, el sol cálido y el aire dulce. Temen el frío, temen el frío y la oscuridad; *¡ja, ja, ja!* –y la vieja bruja se convulsionó en el suelo, llena de espeluznante júbilo.

–Deja de proferir palabras malvadas y contesta a mi pregunta –dijo Ignosi encolerizado–. ¿Nos vas a enseñar el lugar en que se encuentran las piedras o no? Si no lo haces, morirás ahora mismo.

Ignosi cogió una lanza y la blandió sobre la cabeza de Gagool.

–No lo haré; no te atrevas a matarme, no te atrevas. Aquél que me mate será maldito para siempre.

Ignosi hizo descender la lanza lentamente hasta pinchar el postrado montón de harapos.

Con un salvaje alarido, Gagool se puso de pie, volvió a caer y rodó por el suelo.

–¡Sí, te lo enseñaré! Pero déjame vivir, déjame sentarme al sol y comer un poco de carne y te la enseñaré.

–Está bien. Ya sabía yo que encontraría la forma de hacerte

razonar. Mañana irás con Infadoos y con mis hermanos blancos a aquel lugar y ten cuidado con equivocarte, porque si no se lo enseñas, entonces morirás lentamente. He dicho.

–No me equivocaré, Ignosi. Siempre cumplo mi palabra. *¡Ja, ja, ja!* Una vez, hace tiempo, una mujer mostró la cámara a un hombre blanco y la desgracia cayó sobre él –en ese momento sus malignos ojos centellearon–. Aquella mujer también se llamaba Gagool. Quizá era yo.

–Mientes –dije–, eso ocurrió hace diez generaciones.

–Quizá, quizá. Cuando se vive mucho tiempo, las cosas se olvidan. Quizá me lo dijo la madre de mi madre; sin duda también se llamaba Gagool. Pero reparad en que encontraréis en el lugar en que se hallan los juguetes brillantes una bolsa de cuero llena de piedras. Aquel hombre llenó la bolsa, pero no se la llevó. La desgracia cayó sobre él. ¡Os digo que la desgracia cayó sobre él! Quizá me lo dijo la madre de mi madre. Será un bonito viaje. Veremos los cuerpos de los que murieron en la batalla. Las cuencas de sus ojos estarán vacías y sus costillas desnudas. *¡Ja, ja, ja!*

CAPÍTULO 16

El lugar de la muerte

Al anochecer del tercer día después de la escena descrita en el capítulo anterior, acampamos en unas chozas al pie de las Tres Brujas, como llamaban al triángulo de montañas en que terminaba la gran carretera de Salomón. El grupo estaba formado por nosotros tres y Foulata, que cuidaba de nosotros, especialmente de Good, Infadoos y Gagool, a quien llevaban en una litera, en cuyo interior se la oía murmurar y blasfemar durante todo el día, y un grupo de guardias y sirvientes.

Las montañas, o más bien las tres cimas de las montañas, porque aquella mole era producto de un solo movimiento de tierras, tenían, como ya he dicho, forma de triángulo; la base miraba hacia nosotros, había un pico a nuestra derecha otro a la izquierda y el tercero frente a nosotros. Nunca olvidaré el espectáculo que ofrecían aquellos tres picos imponentes a la luz del son naciente.

En las alturas, muy por encima de nuestras cabezas, recortadas contra la luz del cielo, se elevaban sus sinuosas guirnaldas de nieve. Por debajo de la nieve, los picos adquirían un color morado a causa de los matorrales, al igual que los páramos que ascendían por las laderas. Justo delante de nosotros se extendía la cinta blanca de la gran carretera de Salomón, que llegaba hasta el pie del pico central, a unos ocho kilómetros y allí se detenía. Aquél era su punto final.

Será mejor que deje que el propio lector imagine los sentimientos de intensa excitación que nos embargaban mientras caminábamos aquella mañana. Por fin nos acercábamos a las prodigiosas minas que habían sido la causa de la miserable muerte del viejo portugués, tres siglos atrás, de mi pobre amigo, su desgraciado descendiente, y también, según temíamos, de George Curtis, hermano de sir Henry. ¿Estaríamos destinados nosotros, después de todo lo que habíamos pasado, a correr la misma suerte? La maldición había caído sobre ellos; ¿caería también sobre nosotros? Por alguna razón, mientras subíamos el último tramo de la hermosa carretera, no pude evitar un cierto sentimiento de superstición y creo que lo mismo les ocurrió a Good y a sir Henry.

Ascendimos penosamente la carretera bordeada de matorrales durante una hora y media o más; caminábamos tan deprisa a causa de la excitación que los porteadores de la litera de Gagool apenas podían seguir nuestro paso y su ocupante gritaba continuamente para que nos detuviésemos.

–Id más despacio, hombres blancos –dijo, asomando su horrible rostro por entre las cortinas y clavando sus ojos centelleantes en nosotros–. ¿Por qué corréis al encuentro de la maldición que ha de caer sobre vosotros, buscadores de tesoros?

Soltó una de sus terribles carcajadas, que indefectiblemente me producía un escalofrío que recorría mi espina dorsal y que durante un rato consiguió que se enfriara nuestro entusiasmo.

Pero seguimos caminando, hasta que ante nosotros vimos un amplio hoyo circular de laderas empinadas que se extendía entre nosotros y el pico, de unos noventa metros de profundidad y unos ochocientos metros de circunferencia.

–¿No se imaginan lo que es eso? –pregunté a sir Henry y a Good, que contemplaban estupefactos aquel espantoso foso.

Negaron con la cabeza.

–Es evidente que nunca han visto las minas de diamantes de Kimberley. Pueden apostar cualquier cosa a que son las minas de diamantes del Rey Salomón. Miren –dije, señalando los estratos de arcilla dura y azul que aún se veían entre la hierba y los arbustos que cubrían los bordes del foso–, es la misma formación. Estoy seguro de que si bajamos ahí encontraremos «tubos» de roca saponácea. Y miren –concluí, señalando una serie de rocas planas situadas en una suave pendiente, bajo el nivel de un curso de agua excavado en la roca viva en una época lejana–, si eso no son las mesas que se emplearon para lavar la ganga, yo soy cura.

En el borde de aquel enorme agujero, que era el foso dibujado en el mapa del caballero portugués, la gran carretera se bifurcaba y lo rodeaba. En muchos puntos aquella carretera de circunvalación estaba totalmente construida a base de grandes bloques de piedra, al parecer con el objeto de servir de apoyo a los bordes del foso o impedir la caída de piedras. Seguimos avanzando por aquella carretera, movidos por la curiosidad de ver qué podían ser los tres objetos imponentes que se distinguían al otro lado del gran hoyo. Al acercarnos, vimos que se trataba de unos extraños colosos y conjeturamos acertadamente que se trataba de los tres Silenciosos que tanto temor inspiraban a los kukuanas. Pero hasta que no estuvimos muy cerca de ellos no pudimos apreciar toda la majestad de aquellos Silenciosos.

Sobre enormes pedestales de roca oscura, con inscripciones de caracteres desconocidos, separados unos de otros por veinte pasos y de cara a la carretera que cruzaba la llanura de unos noventa kilómetros que desembocaba en la ciudad de Loo, había tres colosales formas sentadas –dos de hombre y una de mujer– que medían cada una unos seis metros desde la cabeza hasta el pedestal.

La escultura femenina, que estaba desnuda, poseía una belleza serena pero, por desgracia, sus rasgos estaban dañados a causa de los muchos siglos de exposición a la intemperie. A ambos lados de la cabeza sobresalían las puntas de una media luna. Por el contrario, los dos colosos masculinos estaban vestidos y presentaban unos rasgos faciales horripilantes, especialmente el de la derecha, que tenía cara de demonio. El de la izquierda poseía unos rasgos serenos, pero su serenidad resultaba espantosa. Era la calma propia de una crueldad inhumana, la crueldad que, según apuntó sir Henry, atribuían los antiguos a los seres que podían imponerse al bien, que podían contemplar los sufrimientos de la humanidad, si no con regocijo, si al menos sin padecer. Formaban una trinidad que inspiraba profundo temor, allí sentados en soledad, mirando eternamente la llanura.

Al contemplar aquellos Silenciosos, como los llamaban los kukuanas, volvió a apoderarse de nosotros una intensa curiosidad por saber qué manos los habían esculpido, quién había excavado el foso y construido la carretera. Mientras miraba asombrado, recordé de repente –ya que estoy familiarizado con el Antiguo Testamento– que Salomón vagabundeó durante algún tiempo en busca de extraños dioses, conocía el nombre de tres de ellos: Astoreth, diosa de los sidonios; Chemosh, dios de los moabitas, y Milcom, dios de los hijos de Ammon, y sugerí a mis compañeros que las tres estatuas que teníamos ante nosotros podían representar a aquellas falsas divinidades.

–Hum –dijo sir Henry, que era un erudito, pues se había licenciado brillantemente en lenguas clásicas en la universidad–, puede que haya algo de eso. La Astoreth de los hebreos era la Astarté de los fenicios, que eran los grandes mercaderes de la época de Salomón. A Astarté, que después se convirtió en la Afrodita de los griegos, la representaban con cuernos, como una media luna, y en la frente de la figura femenina que tenemos ante nosotros se apreciaban claramente esos cuernos.

Quizá estos colosos fueron concebidos por el funcionario fenicio que dirigía estas minas. ¿Quién sabe?[1]

Antes de que hubiéramos acabado de examinar aquellas extraordinarias reliquias de la remota antigüedad, Infadoos llegó al lugar en que nos encontrábamos y, tras saludar a los Silenciosos, levantó su lanza y nos preguntó si teníamos intención de entrar en el Lugar de la Muerte inmediatamente o si queríamos esperar hasta después de la comida del mediodía. Si estábamos dispuesto a entrar de inmediato, Gagool había dicho que deseaba guiarnos. Como no eran más que las once de la mañana, quemados por la curiosidad anunciamos que queríamos penetrar en el recinto al instante y sugerimos llevar algo de comida para el caso de que nos retrasáramos en la cueva.

Así pues, trajeron la litera de Gagool y la buena señora bajó de ella por su propio pie. Entretanto, Foulata, a petición mía, colocó unos trozos de *biltong* o carne seca, junto a dos calabazas de agua, en una cesta de juncos.

Frente a nosotros, a una distancia de unos cincuenta pasos de la parte posterior de los colosos, se alzaba una escarpada muralla de roca, de una altura de unos veinticinco metros o más, que subía en pendiente hasta formar la base del elevado pico cubierto de nieve que se cernía en el aire a novecientos metros por encima de nosotros

En cuanto bajó de la litera, Gagool nos obsequió con una malvada sonrisa y a continuación, apoyándose en un bastón, se

---

[1] Compárese con *El paraíso perdido* de Milton, libro I:
«Con ellos en tropel llegó Astoreth,
a quien los fenicios llamaban Astarté
reina de los cielos, la de cuernos
como una media luna, a cuya imagen
brillante por las noches, a la luz
de la luna, las vírgenes sidonias
ofrecían sus votos y sus cánticos». *(N. del A.)*

dirigió renqueante hacia la escarpada pared de la roca. La seguimos hasta llegar a un estrecho portal con sólidas arcadas, que parecía la entrada de la galería de una mina. Allí nos esperaba Gagool, aún con aquella malvada sonrisa en su rostro horripilante.

–Y bien, hombres blancos de las estrellas –dijo con voz aflautada–, grandes guerreros, Incuba, Bougwan y Macumazahn, el sabio, ¿estáis dispuestos? Tened en cuenta que yo estoy aquí para cumplir las órdenes de mi señor el rey y para mostraros el lugar en que se encuentran las piedras brillantes. *¡Ja, ja, ja!*

–Estamos dispuestos –contesté.

–¡Bien! ¡Bien! Fortaleced vuestros corazones para poder soportar lo que vais a ver. ¿Vienes tú también, Infadoos, que traicionaste a tu señor?

Infadoos frunció el ceño al contestar:

–No, yo no voy. Yo no tengo nada que hacer ahí dentro. Pero tú, Gagool, refrena tu lengua y ten cuidado de cómo tratas a mis señores. Tú respondes de ellos y si les sucede los más mínimo, morirás, Gagool, tú que eres cincuenta veces bruja. ¿Has oído?

–Te he oído, Infadoos. Te conozco bien. Siempre te han gustado las palabras altisonantes y cuando eras niño recuerdo que amenazaste a tu propia madre. Eso fue ayer mismo. Pero no temas; sólo vivo para cumplir las órdenes del rey. He llevado a cabo las órdenes de muchos reyes, Infadoos, hasta que al final ellos llevaron a cabo las mías. *¡Ja, ja!* Voy a mirarles a la cara una vez más. ¡También veré la de Twala! Vamos, vamos; aquí está la lámpara –y sacó una gran calabaza llena de aceite de debajo de su capa de piel y le colocó una mecha de junco.

–¿Vienes tú, Foulata? –preguntó Good en su canallesco kukuana, que había mejorado gracias a las enseñanzas de la joven.

–Tengo miedo, mi señor –contestó tímida la muchacha–.

–Entonces, dame la cesta.

–No, mi señor; allá donde tú vayas, iré yo también.

«¡Maldición!», pensé; raro será que salgamos de ésta.

Sin más preámbulos, Gagool se sumergió en el pasadizo, que era suficientemente ancho como para que pudieran caminar dos personas de lado y muy oscuro. Seguimos el sonido súbito de su voz aflautada que nos animaba a seguir adelante, no sin cierto temor, situación que no alivió el sonido súbito de un batir de alas.

–¡Vaya! ¿Qué es eso? –gritó Good–. Alguien me ha dado un golpe en la cara.

–Son murciélagos –dije–. Continúe.

Tras haber caminado unos cincuenta pasos, según nuestros cálculos, observamos que el pasadizo se iluminaba débilmente. Al momento siguiente, nos encontramos en el lugar más hermoso en que se hayan posado jamás los ojos de un hombre vivo.

Que el lector imagine la nave de la catedral más grande en que haya puesto el pie, sin ventanas, desde luego, pero ligeramente iluminada desde arriba (presumiblemente mediante claraboyas conectadas con el exterior y situadas en el techo, que formaban una bóveda a treinta metros (por encima de nuestras cabezas) y se hará una idea del tamaño de la enorme cueva en la que nos encontrábamos, con la diferencia de que aquella catedral, concebida por la naturaleza, era más alta y más ancha que cualquiera construida por el hombre. Pero su gigantesco tamaño era la menor de las maravillas de aquel lugar, porque, dispuestos en fila en toda su longitud, había descomunales pilares de algo que parecía hielo, pero que en realidad eran estalactitas enormes. Me resulta imposible dar una idea de la belleza y la grandeza sobrecogedoras de aquellos pilares de espato blanco, algunos de los cuales no medían menos de seis metros de diámetros en la base y se elevaban con toda su belleza grandiosa pero delicada hasta el lejano techo. Había otros en proceso de formación. En estos casos, en el suelo de roca había unas columnas que, como dijo sir Henry, parecían las columnas quebradas de un templo antiguo griego, en tanto, que en las alturas, pendientes del techo, se podía vislumbrar el extremo de un carámbano enorme. Mientras las contemplábamos, podíamos oír el proceso de formación, porque al poco rato cayó una gota de agua desde el lejano carámbano hasta la columna de abajo, produciendo un diminuto chapoteo. En algunas columnas sólo caía una gota cada dos o tres minutos, y en estos casos resultaría interesante calcular cuánto tiempo tardaría en formarse un pilar, digamos de veinticinco metros de altura por tres de diámetro, al ritmo con que caía el agua. El siguiente ejemplo demostrará que, en líneas generales, el proceso es incalculablemente lento. Cortado en uno de los pilares, descubrimos una figura con una tosca similitud a una momia, y sobre ella, algo que parecía un dios egipcio, sin duda obra de algún trabajador de las minas de la antigüedad. Aquella obra de arte había sido realizada a tamaño natural, método por el que los tipos ociosos, ya sea un obrero fenicio o un peón inglés, tratan de inmortalizarse a expensas de las obras maestras de la naturaleza, es decir, a un metro y medio del suelo. Sin embargo, en el momento en que lo vimos nosotros, que *debía* ser casi tres mil años después de su realización, la columna sólo tenía unos dos metros y medio de altura y aún seguía en proceso de formación, lo que indicaba un ritmo de crecimiento de unos treinta centímetros cada mil años o una pulgada y algo más cada siglo. Lo supimos porque mientras estábamos junto a ella oímos caer una gota de agua.

En algunos casos, las estalactitas adoptaban formas extrañas, presumiblemente cuando la gota de agua caía en el mismo sitio. Así, una masa enorme, que debía pesar unas cien toneladas, tenía forma de púlpito, bellamente labrado en toda su superficie de tal modo que parecía encaje. Otras semejaban extrañas bestias y en los lados de la cueva había dibujos como abanicos de marfil, como los que deja la escarcha en un cristal.

Alrededor de la nave central se abrían cuevas más pequeñas, exactamente igual, como observó sir Henry, que las capillas de las grandes catedrales. Algunas tenían grandes dimensiones, pero otras –y eso constituye un hermoso ejemplo de la forma en que la naturaleza lleva a cabo su labor de artesanía siguiendo leyes invariables– eran diminutas. Una de aquellas cavernas no era mayor que una casa de muñecas inusualmente grande, pero podría haber servido de modelo para toda la cueva, porque se producía el mismo goteo, los minúsculos carámbanos colgaban del techo igual que en la nave central y las columnas tenían idénticas formaciones.

Pero no teníamos mucho tiempo para examinar aquel maravilloso lugar con el detenimiento que hubiésemos deseado, porque, por desgracia, Gagool parecía insensible a las estalactitas y su única preocupación consistía en acabar aquel asunto lo antes posible. Aquel hecho me irritó más por cuanto yo tenía especiales deseos de descubrir el sistema por el que entraba la luz en aquel lugar, si era obra del hombre o de la naturaleza y también si lo habían utilizado en la antigüedad, cosa que parecía probable. Pero nos consolamos con la idea de examinarlo a fondo cuando regresáramos y seguimos los pasos de nuestra misteriosa guía.

Nos llevó hasta el fondo de la caverna enorme y silenciosa, donde encontramos otra entrada, no abovedada como la primera, sino cuadrada en la parte superior, como en los templos egipcios.

–¿Estáis preparados para entrar en el Lugar de la Muerte? –preguntó Gagool, sin duda con la intención de hacernos sentir incómodos.

–Continúa, bruja –dijo Good en tono solemne, tratando de aparentar que no estaba asustado, como en realidad nos ocurría a todos, salvo a Foulata, que se había cogido del brazo de Good en busca de protección.

–Esto tiene un aspecto fantasmagórico –dijo sir Henry asomando la cabeza por la oscura entrada–. Vamos, Quatermain; *seniores priores.* ¡No haga esperar a la anciana señora! –concluyó, haciéndose a un lado cortésmente para que yo me colocara a la cabeza del grupo, cosa que no le agradecí en mi fuero interno.

Tap, tap, resonaba el bastón de la vieja Gagool por el pasadizo con su caminar renqueante, riendo entre dientes de una forma repugnante. Yo la seguía, abrumado por un presentimiento inexpresable de que algo terrible nos iba a suceder.

–Vamos, siga adelante, amigo dijo Good–, o perderemos de vista a nuestra gentil guía.

Animado por las palabras de mi compañero, entré en el pasadizo y tras dar unos veinte pasos me encontré en una lúgubre habitación de unos diez metros de longitud, nueve de anchura y otras tantos de altura, que sin duda había sido excavada por la mano del hombre en una época remota. Aquella estancia no estaba tan bien iluminada como la amplia antecámara de estalactitas y a primera vista lo único que logré vislumbrar fue una enorme mesa de piedra que ocupaba todo un lado de la habitación, como una colosal figura blanca en un extremo y varias figuras blancas de tamaño natural alrededor. A continuación vi un objeto pardo, sentado en el centro de la mesa, y, cuando mis ojos se acostumbraron a la luz, descubrí qué eran todas aquellas cosas y emprendí una carrera tan veloz como me lo permitieron mis piernas. Por regla general, no soy un hombre nervioso ni dado a las supersticiones, pues he vivido lo suficiente como para saber que son una estupidez. Pero debo confesar que aquella visión me trastornó y de no haber sido porque sir Henry me cogió por el cuello de la camisa y me detuvo, creo sinceramente que al cabo de otros cinco minutos hubiera salido de aquella cueva de estalactitas y que ni por todos los diamantes de Kimberley me hubiera animado a entrar de nuevo. Pero sir

Henry me sujetó con fuerza y me detuve porque no me quedó más remedio. A los pocos segundos sus ojos también se acostumbraron a la luz; me soltó y se secó las gotas de sudor que le cubrían la frente. Good profirió un juramento con voz débil y Foulata le rodeó el cuello con los brazos y chilló.

Sólo Gagool seguía riendo entre dientes.

En verdad era una visión fantasmagórica. Allí, al extremo de la larga mesa de piedra, sujetando con sus dedos esqueléticos una lanza grande y blanca, estaba sentada la *Muerte* en persona, bajo la forma de un colosal esqueleto humano de una altura de cinco metros o más. Mantenía la lanza muy por encima de su cabeza, como si estuviera a punto de descargarla. Una mano huesuda descansaba sobre la mesa de piedra, en la posición que adopta una persona a punto de levantarse de su asiento, en tanto que el cuerpo se inclinaba hacia adelante de tal forma que las vértebras del cuello y la calavera brillante y sonriente se proyectaban hacia nosotros y las cuencas vacías de sus ojos se clavaban en nuestras personas, con las mandíbulas un poco abiertas como si fuesen a hablar.

–¡Cielo santo! –exclamé débilmente–. ¿Qué es eso?

–¿Y qué es *eso?*–dijo Good, señalando al grupo blanco sentado a la mesa.

–¿Y qué demonios es aquello? –dijo sir Henry, señalando al ser parduzco que estaba sentado a la mesa.

–*¡Ji, ji, ji!* –rió Gagool–. La maldición cae sobre los que penetran en la cámara de los muertos. *¡Ji, ji, ji, ja, ja!* Vamos, Incubu, el valiente en la batalla, entra a ver al que mataste.

Y aquel ser vetusto le cogió la chaqueta con sus dedos flacos y lo llevó hacia la mesa. Los demás los seguimos.

A los pocos momentos, Gagool se detuvo y señaló el objeto pardo que estaba junto a la mesa. Sir Henry lo miró y retrocedió con una exclamación. Y no es de extrañar, ya que, completamente desnudo, con la cabeza que el hacha de sir Henry le había separado del cuerpo reposando sobre sus rodillas, estaba sentado a la mesa el cadáver de Twala, último rey de los kukuanas. Con la cabeza colocada sobre las rodillas, destacaba en toda su fealdad, con las vértebras sobresaliéndole varios milímetros de la carne hundida del cuello, exactamente igual que una réplica negra de Hamilton Tighe [2]. Por la superficie del cadáver se había extendido una delgada película vidriosa que le daba un aspecto aún más aterrador. Durante unos momentos no fuimos capaces de explicarnos aquel hecho, hasta que finalmente observamos que del techo de la cámara caía agua ininterrumpidamente sobre el cuello del cadáver, desde donde se extendía por toda la superficie hasta salir por un pequeño orificio que había en la mesa. Entonces comprendí lo que ocurría: *el cuerpo de Twala se estaba convirtiendo en una estalactita.*

Confirmamos esta idea al mirar las formas blancas que estaban sentadas en el banco de piedra que rodeaba la mesa. Eran formas humanas, o más bien lo habían sido; ahora eran *estalactitas.* Así conserva el pueblo Kukuana a sus reyes muertos desde tiempo inmemorial, petrificándolos. No llegué a descubrir en qué consistía la técnica exactamente, si es que existía tal técnica, aparte de mantenerlos durante un largo periodo bajo las gotas de agua, pero allí estaban, congelados y preservados para toda la eternidad con aquel fluido silíceo. Es imposible imaginar algo más aterrador que aquel espectáculo de reyes difuntos (había veintisiete en total; el padre de Ignosi era el último), con sus sudarios de espato como una capa de hielo a través de los que podían vislumbrarse los rasgos, sentados en torno a aquel inhóspito tablero, con la Muerte en persona como invitada. Su número

[2] *«Apresuraos, mis doncellas, apresuraos a verle,*
porque está allí sentado con el ceño fruncido y la cabeza en las rodillas».

ponía de manifiesto la antigüedad de la técnica para preservar a los reyes, pues calculando en quince años la media de duración de un reinado y suponiendo que se encontraran allí todos los reyes –cosa improbable, ya que algunos debieron morir en el campo de batalla, lejos de su tierra–, podría fijarse la fecha del comienzo de esta práctica en cuatro siglos atrás. Pero la Muerte colosal, que ocupaba la cabecera de la mesa, era mucho más vieja y, a menos que me equivoque, debía su origen al mismo artista que concibió los tres colosos. Estaba tallada en una sola estalactita y, como obra de arte, su ejecución era admirable.

Good, que entendía de anatomía, aseguró que, a su juicio, el diseño del esqueleto era perfecto hasta en los huesos más pequeños.

En mi opinión, aquel objeto era una extravagancia de la fantasía de un escultor de la antigüedad y su existencia debió sugerir al pueblo kukuana la ida de colocar a sus reyes difuntos bajo su espantosa presidencia. O quizá alguien la colocó allí para asustar a los merodeadores que tuvieran deseos de entrar en la cámara del tesoro, que se encontraba detrás. No lo sé. Lo único que puedo hacer es describirla tal y como era para que el lector saque sus propias conclusiones.

¡En cualquier caso, así era la Muerte Blanca y así eran los Muertos Blancos!

CAPÍTULO 17

La cámara del tesoro del Rey Salomón

Mientras nosotros nos concentrábamos en la tarea de recuperarnos del pánico y en examinar las terribles maravillas del lugar de la Muerte, Gagool se entregaba a otras ocupaciones. No sé cómo –podía ser increíblemente ágil cuando quería– se había encaramado a la mesa y se había acercado adonde se encontraba nuestro difunto amigo Twala, bajo el incesante goteo del agua, para ver, según sugirió Good, cómo se «adobaba», o por alguna otra oscura razón. Al poco regresó, renqueante, deteniéndose de vez en cuando para hacer un comentario (cuyo significado no comprendí) a alguno de los cadáveres amortajados, con la misma actitud con que podría saludarse a un viejo conocido. Tras celebrar aquella ceremonia misteriosa y terrible, se acurrucó en la mesa, justo debajo de la Muerte Blanca y le dirigió sus plegarias. El espectáculo de aquel ser malvado elevando súplicas, sin duda espantosas, a la archienemiga de la humanidad, era tan pavoroso que nos indujo a acabar rápidamente nuestro examen.

–Y ahora, Gagool –dije en voz baja, porque por alguna razón uno no se atrevía a hablar más que en susurros en aquel lugar–, llévanos a la cámara.

La vieja bruja bajó inmediatamente de la mesa.

–¿No tienen miedo mis señores? –preguntó lanzándome una mirada maliciosa.

–Guíanos.

–Está bien, mis señores –dijo y llegó cojeando hasta la espalda de la gran Muerte–. Ésta es la cámara. Enciendan mis señores la lámpara y entren.

Colocó la calabaza de aceite en el suelo y se apoyó en la pared de la cueva. Saqué una cerilla, pues aún nos quedaban unas cuantas, y encendí la mecha. A continuación busqué la entrada, pero no vi más que la roca sólida.

Gagool sonrió con una mueca y dijo:

–Ése es el camino, mis señores. *¡Ja, ja, ja!*

–No bromees con nosotros –respondí cortante.

–No estoy bromeando, mis señores. ¡Mirad! –dijo, señalando la roca.

Al alzar la lámpara observamos que una mole de piedra se elevaba lentamente desde el suelo y desaparecía entre las rocas del techo, donde sin duda había una cavidad para ocultarla. La piedra tenía la anchura de una puerta de buen tamaño con unos tres metros de altura y no menos de metro y medio de espesor. Debía pesar al menos veinte o treinta toneladas y se movía mediante una sencilla aplicación de la ley de la balanza, probablemente la misma con que se abre y se cierra una ventana moderna corriente. Por supuesto, ninguno de nosotros llegó a ver cómo se ponía en funcionamiento el mecanismo. Gagool tuvo buen cuidado de evitarlo; pero no me cabe duda de que se trataba de una palanca muy sencilla, que se movía desde un lugar secreto, añadiendo con ello un peso adicional a los contrapesos ocultos, con lo que la mole de piedra se elevaba desde el suelo. La enorme piedra se alzó muy lenta y suavemente hasta desaparecer por completo y ante nosotros se abrió un oscuro agujero en el lugar que antes estaba cubierto por la puerta.

Al ver por fin abierto el camino a la cámara del tesoro de Salomón, fue tan grande nuestra excitación que me puse a temblar de pies a cabeza. ¿Resultaría un engaño, después de todo, o tendría razón el viejo Da Silvestra? ¿Encontraríamos arcones llenos de tesoros en aquel oscuro lugar que nos convertirían en los hombres más ricos del mundo? Íbamos a saberlo al cabo de uno o dos minutos.

–Entrad, hombres blancos de las estrellas –dijo Gagool adentrándose en la habitación–, pero escuchad primero a vuestra sierva, la vieja Gagool. Las piedras brillantes que vais a ver fueron extraídas del foso junto al que se alzan los Silenciosos y alguien las guardó aquí; yo no sé quién. Pero solamente han entrado aquí una vez desde que los que guardaron las piedras abandonaron precipitadamente el lugar, abandonándolas. El rumor de la existencia del tesoro ha corrido entre las gentes que han vivido en este país generación tras generación, pero nadie sabía dónde estaba la cámara ni conocía el secreto de la puerta. Pero ocurrió que un hombre blanco llegó a este país; quizá él también venía de las estrellas. Fue bien recibido por el rey de aquella época, ése que está sentado allí –y señaló al quinto rey de la mesa de los muertos–. Y sucedió que él y una mujer del país que con él estaba llegaron a este lugar y por casualidad la mujer descubrió el secreto de la puerta. Puede buscarse durante miles de años sin encontrarlo. Entonces el hombre blanco entró con la mujer y encontró las piedras y llenó con ellas la piel de una cabra pequeña que llevaba la mujer para guardar la comida. Y al salir de la cámara cogió una piedra más, muy grande, y la sujetó en la mano.

Hizo una pausa.

–Y bien, ¿qué le ocurrió a Da Silvestra? –pregunté con interés, casi conteniendo el aliento.

La vieja bruja se sobresaltó al oír aquel nombre.

–¿Cómo sabes tú el nombre del hombre que murió? –preguntó secamente, y a continuación, sin esperar respuesta, añadió–: Nadie sabe lo que ocurrió, pero el hombre blanco debió asustarse, porque tiró el pellejo de cabra que contenía las piedras y huyó con la piedra grande en la mano. El rey se la quitó, y ésa es la piedra que tú, Macumazahn, le quitaste de la frente a Twala.

–¿No ha entrado nadie aquí desde entonces? –pregunté, asomándome otra vez al oscuro pasillo.

–Nadie, mis señores. Sólo se ha conservado el secreto de la puerta y todos los reyes la han abierto, pero no han entrado. Según cuenta la leyenda, quienes entren ahí morirán en el plazo de una luna, como murió el hombre blanco en la cueva de la montaña, donde tú lo encontraste, Macumazahn. *¡Ja, ja!* Yo digo la verdad.

Nuestras miradas se encontraron; me mareé y me recorrió un escalofrío. ¿Cómo podía saber aquella vieja bruja tantas cosas?

–Entrad, mis señores. Si es que digo la verdad, el pellejo de cabra con las piedras estará en el suelo; y si es cierto que la muerte aguarda al que entre aquí, lo comprobaréis en seguida. *¡Ja, ja, ja!*

Traspasó la puerta cojeando, con la lámpara en la mano, y he de confesar que una vez más dudé en seguirla.

–¡Maldita sea! –exclamó Good–. Vamos allá. No voy a asustarme por una vieja bruja.

Seguido por Foulata, a quien evidentemente no le gustaba aquel asunto, pues temblaba de miedo, se internó en el pasadizo detrás de Gagool, y los demás seguimos su ejemplo rápidamente.

Gagool se detuvo tras avanzar unos metros por el pasadizo, en el estrecho sendero excavado en la roca viva, y allí nos esperó.

–Comprobadlo vosotros mismos mis señores –dijo sujetando la lámpara delante de ella–. Los que escondieron el tesoro huyeron apresuradamente y pensaron en protegerlo contra cualquiera que descubriese el secreto de la puerta, pero no tuvieron tiempo –concluyó señalando unos grandes bloques cuadrados de piedra que estaban colocados en el pasadizo hasta una altura de dos *courses* (unos setenta centímetros) con la intención de impedir el paso. A los lados del pasillo se veían bloques de piedra similares dispuestos para su inmediata utilización, y lo más extraño de todo era un montón de argamasa y dos paletas que, en la medida en que nos dio tiempo a examinarlas, tenían una forma y hechura parecidas a las que usan los obreros de hoy en día.

Foulata, que daba continuas muestras de agitación y temor dijo que se sentía débil y que no podía seguir caminando, por lo que nos esperaría allí. La acomodamos sobre el muro inacabado, colocamos a su lado la cesta de provisiones y la dejamos allí para que se recuperase.

Seguimos caminando por el pasadizo unos quince pasos más y de repente llegamos a una puerta de madera pintada con complicados adornos. Estaba abierta de par en par. La última persona que estuvo allí no tuvo tiempo de cerrarla o se olvidó de hacerlo.

En el umbral había una bolsa de piel de cabra que parecía llena de piedras,

–*¡Ji, ji!,* ¡hombres blancos! –exclamó Gagool con una risita cuando la luz de la lámpara iluminó la puerta–. ¿No os había dicho que el hombre blanco que vino aquí huyo a toda prisa y dejó caer la bolsa de la mujer? ¡Miradla!

Good se agachó y la recogió. Era muy pesada y tintineaba.

–¡Cielo santo! Creo que está llena de diamantes –susurró en tono de respeto; y es que, en verdad, la idea de una pequeña piel de cabra llena de diamantes inspira respeto a cualquiera.

–Vamos –dijo sir Henry impaciente–. Déme la lámpara, señora.

Cogió la lámpara de las manos de Gagool, atravesó el umbral y la alzó por encima de su cabeza.

Nosotros le seguimos a toda prisa, olvidándonos momentáneamente de la bolsa de diamantes, y nos encontramos en la cámara del tesoro de Salomón.

Al principio, lo único que dejaba ver la débil luz de la lámpara era una habitación excavada en la roca viva que no debía medir más de diez metros cuadrados. A continuación, amontonados unos encima de otros hasta la altura del techo, apareció una espléndida colección de colmillos de elefante. No sabíamos cuántos podía haber, porque no veíamos hasta dónde llegaba por detrás, pero debían ser al menos cuatrocientos o quinientos, y de primera calidad. Sólo con el marfil que había allí un hombre podía hacerse rico para toda su vida. Pensé que quizá fuera de aquel almacén de donde Salomón obtuvo material para construir su «gran trono de marfil», que no tenía igual en ningún otro reino.

En el otro extremo de la cámara había unas doce cajas de madera, similares a las cajas de munición de la marca Martini-Henry, pero mucho más grandes y pintadas de rojo.

–¡Ahí están los diamantes! –grité–. Acerque la luz.

Así lo hizo sir Henry, manteniéndola junto a la caja que estaba encima, cuya tapa, podrida por el tiempo, a pesar de estar en un lugar seco, parecía haber sido aplastada, probablemente por el propio Da Silvestra.

Metí la mano por el agujero de la tapa y la saqué llena, no de diamantes, sino de monedas de oro, con una forma que ninguno de nosotros había visto antes y con unos caracteres que parecían hebreos inscritos en ellas.

–¡Vaya! –exclamé volviendo a colocar las monedas en su sitio–. De todas formas no nos iremos con las manos vacías. Debe haber dos mil monedas en cada caja y hay dieciocho cajas. Supongo que era el dinero para pagar a los obreros y a los mercaderes.

–Pues me parece que no hay nada más –intervino Good–. No veo diamantes, a menos que el viejo portugués los metiera todos en esta bolsa.

–Si quieren encontrar las piedras, mis señores deben buscar en el lugar más oscuro –dijo Gagool, interpretando nuestras miradas–. Allí encontrarán mis señores un nicho y en el nicho tres arcas de piedra, dos selladas y una abierta.

Antes de traducir sus palabras a sir Henry, que llevaba la lámpara, no pude resistir la tentación de preguntar a Gagool cómo se había enterado de tantas cosas si nadie había entrado en aquel lugar desde la llegada del hombre blanco, muchas generaciones atrás.

–¡Ah, Macumazahn, el que vigila en la noche! –contestó burlona–. ¿Tú que vives en las estrellas no sabes que algunas personas tienen ojos que pueden traspasar la roca? *¡Ja, ja, ja!*

–Mire en ese rincón, Curtis –dije, señalando el lugar que Gagool había indicado.

–¡Eh, amigos, aquí hay un hueco! –gritó sir Henry–. ¡Cielo santo! ¡Miren ahí!

Nos precipitamos hacia el lugar en que se encontraba, que era un nicho parecido a una ventanita abovedada. Apoyadas contra la pared de aquel nicho había tres arcas de piedra que medían unos tres metros cuadrados cada una. Dos de ellas estaban cubiertas con tapas de piedra y la tapa de la tercera descansaba sobre un lado del arca, que estaba abierta.

–*¡Miren!* –repitió roncamente sir Henry, colocando la lámpara encima del arca abierta.

Dirigimos nuestras miradas hacia allí, pero durante unos momentos no pudimos distinguir nada a causa de un resplandor plateado que nos cegaba. Cuando nuestros ojos se acostumbraron, vimos que el arca estaba llena de diamantes sin tallar, en su mayoría de tamaño considerable. Me agaché y cogí unos cuantos. Sí, no había duda; tenían un inconfundible tacto saponácea.

Los dejé caer boquiabierto.

–Somos los hombres más ricos del mundo –dije–. El conde de Montecristo era un desgraciado a nuestro lado.

–Inundaremos el mercado de diamantes –dijo Good.

–Primero tenemos que llevarlos allí –sugirió sir Henry.

Nos miramos pálidos, con la linterna en el medio y las relucientes gemas debajo, como conspiradores a punto de cometer un crimen en lugar de ser, como pensábamos, los tres hombres más afortunados de la tierra.

–*¡Ji, ji ji!* –rió la vieja Gagool a nuestra espalda, revoloteando a nuestro alrededor como un vampiro–. Ahí están las piedras brillantes que tanto os gustan, hombres blancos; tantas como deseéis. Cogedlas, hacedlas correr entre vuestros dedos *comedlas, ¡ji, ji!, bebedlas, ¡ja, ja, ja!*

En aquel momento me pareció tan ridícula la idea de comer y beber diamantes que me eché a reír desaforadamente, ejemplo que siguieron los demás sin saber por qué. Allí estábamos, desternillándonos de risa, junto a unas gemas que eran nuestras, que habían encontrado para *nosotros* hacía miles de años unos pacientes obreros en aquel gran agujero y que el capataz de Salomón, muerto hacía tanto tiempo, y cuyo nombre estaba quizá escrito en la cera que aún se adhería a la tapa de las arcas, había almacenado para *nosotros.* Salomón nunca los tuvo, ni David, ni Da Silvestra, ni nadie. *Nosotros* los habíamos conseguido; allí, ante nuestros ojos, había diamantes por valor de millones de libras y oro y marfil por valor de miles de libras, que sólo esperaban a que alguien se los llevara.

De repente, dejamos de reír.

–Abrid las otras arcas, contempladlas, hombres blancos –graznó Gagool–. Sin duda hay más en ellas. ¡Saciaos, señores blancos! *¡Ja, jal* ¡Saciaos!

Animados por sus palabras, nos dispusimos a quitar las tapas de piedra de las otras dos arcas y, no sin cierta sensación de estar cometiendo un sacrilegio, rompimos los sellos.

¡Hurra! También estaban llenas, llenas hasta los topes; al menos la segunda. A ningún desgraciado Da Silvestra se le había ocurrido llenar pieles de cabra con su contenido. En cuanto al tercer arca, sólo la cuarta parte estaba llena, pero todas las piedras eran escogidas; ninguna era de menos de veinte quilates y algunas tenían el tamaño de un huevo de paloma. Al observarlas a la luz, descubrimos que algunos de los diamantes más grandes eran un poco amarillentos, «descoloridos», como los llaman en Kimberley.

Pero lo que no vimos fue la mirada terrible y maligna que nos lanzó la vieja Gagool, mientras salía arrastrándose como una serpiente de la cámara del tesoro y se dirigía por el pasillo hacia la enorme puerta de piedra.

* * *

¡Atención! Se oyen unos gritos estremecedores en el pasadizo. ¡Es la voz de Foulata!

–*¡Ay, Bougwan! ¡Ayúdame, ayúdame! ¡La piedra se cae!*

–¡Corre, muchacha!

–*¡Socorro, socorro! ¡Me ha apuñalado!*

Corremos por el pasadizo y lo que vemos a la luz de la lámpara es lo siguiente: la puerta de piedra cerrándose lentamente. Apenas está a un metro del suelo. Junto a ella forcejean Foulata y Gagool. La roja sangre de la primera le cae hasta las rodillas, pero la valiente muchacha sigue luchando contra la vieja, que se debate como un gato salvaje. Paro, ¡ah!, se ha liberado. Foulata cae y Gagool se arroja al suelo para pasar, arrastrándose como una serpiente, por la abertura de la piedra que se cierra, pero es demasiado tarde. La roca la atrapa y chilla en su agonía. La puerta sigue bajando con sus treinta toneladas de peso, aplastando lentamente el viejo cuerpo de Gagool contra el suelo de piedra. Profiere un terrible alarido, se oye un chasquido repugnante y la puerta se cierra en el preciso momento en que, abalanzándonos por el pasadizo, nos lanzamos contra ella.

Todo acabó en pocos segundos.

Nos volvimos hacia Foulata. La pobre muchacha tenía una herida de puñal en el cuerpo y comprendí que no viviría mucho tiempo.

–¡Ay, Bougwan, me muero! –gimió la hermosa niña–. Se acercó a mí..., no la vi, me sentía débil... y la puerta empezó a caer. Entonces retrocedió, la vi pasar por la ranura de la puerta, la sujeté y me apuñaló. *Me muero,* Bougwan.

–¡Pobre muchacha, pobre muchacha! –gritó Good y, como no podía hacer otra cosa, se puso a darle besos.

–Bougwan –dijo la muchacha tras una pausa–. ¿Está Macumazahn aquí? Está tan oscuro que no veo nada.

–Aquí estoy, Foulata.

–Macumazahn, sé mi lengua por un momento, te lo ruego, ya que Bougwan no puede entenderme, y antes de entrar en las tinieblas... quiero decirle algo.

–Habla Foulata; yo lo traduciré.

–Bougwan, dile a mi señor que... le amo y que me alegro de morir, porque sé que no puede compartir su vida con una persona como yo, porque el sol no puede desposarse con la oscuridad, ni lo blanco con lo negro. Dile que a veces me he sentido como si tuviera un pájaro en el pecho, que volaría de él un día para cantar en otra parte. Incluso ahora, a pesar de que no puedo levantar mi mano y de que mi cerebro se está enfriando, no siento que mi corazón está muriendo. Está tan lleno de amor que podría vivir mil años y seguir siendo joven. Dile que, si vuelvo a vivir, quizá le vea en las estrellas, y que... las recorreré todas en su busca, aunque quizá yo seguiré siendo negra y él blanco. Dile... Macumazahn pero, no, no le digas nada, sólo que le amo. ¡Oh, abrázame fuerte, Bougwan no siento tus brazos!

–¡Ha muerto, ha muerto! –dijo Good poniéndose de pie, su noble rostro inundado de lágrimas.

–No se preocupe por eso, amigo mío –dijo sir Henry.

–¿Cómo? –dijo Good–. ¿Qué quiere decir?

–Quiero decir que muy pronto irá usted a hacerle compañía. *¿No se da cuenta de que estamos enterrados vivos?*

Creo que no comprendimos todo el horror de lo que había sucedido hasta que sir Henry pronunció aquellas palabras, tan preocupados estábamos por el fin de la pobre Foulata. Pero en ese momento lo comprendimos. La imponente mole de roca se había cerrado, probablemente para siempre, porque el único cerebro que conocía su secreto yacía reducido a polvo bajo ella. No existía la menor posibilidad de forzar aquella puerta, a no ser con grandes cantidades de dinamita. ¡Y nosotros nos encontrábamos al otro lado!

Durante unos minutos nos quedamos petrificados de horror junto al cadáver de Foulata. Toda nuestra hombría parecía habernos abandonado. La perspectiva de un final tan angustioso y lento resultaba abrumadora. Ahora lo veíamos con toda claridad. La bruja Gagool nos había preparado aquella trampa desde el principio. Era el tipo de broma con que podía disfrutar su malvada mente: los tres hombres blancos a los que por alguna razón que sólo ella sabía siempre había odiado, muriendo lentamente de hambre y sed junto al tesoro que tanto codiciaban. Comprendí la burla que encerraban sus palabras al decirnos que comiésemos y bebiésemos los diamantes. Quizá le ocurrió lo mismo al caballero portugués cuando abandonó el pellejo lleno de joyas.

–Esto durará poco –dijo sir Henry con voz ronca–. La lámpara va a apagarse enseguida. Vamos a ver si podemos encontrar el resorte que pone en movimiento la puerta.

Nos abalanzamos hacia ella con desesperación y, pisando un charco de sangre, nos pusimos a palpar la puerta y las paredes del pasadizo, pero no encontramos ningún resorte ni botón.

–Apostaría a que no funciona desde dentro –dije–. En otro caso, Gagool no se hubiera arriesgado a reptar por debajo de la roca. Como lo sabía, intentó escapar a toda costa, ¡maldita sea!

–En cualquier caso –dijo sir Henry con una cortante risita–, no recibió una recompensa muy generosa. Su fin ha sido casi tan espantoso como probablemente lo será el nuestro. No podemos hacer nada con la puerta. Volvamos a la cámara del tesoro.

Dimos media vuelta y, al pasar junto al muro inacabado del pasadizo, vi la cesta de comida que había traído la pobre Foulata. La cogí y la llevé a la maldita cámara del tesoro que iba a convertirse en nuestra tumba. Volvimos sobre nuestros pasos y recogimos con respeto el cadáver de Foulata y lo dejamos en el suelo junto a las cajas llenas de monedas.

Nos sentamos, con la espalda apoyada contra las tres arcas de piedra que contenían los tesoros incalculables.

–Repartamos la comida –dijo sir Henry–, para que dure lo más posible.

Así lo hicimos. Calculamos que tendríamos suficiente para hacer comidas infinitesimales, es decir, para seguir viviendo un par de días. Además del *biltong* o carne seca, teníamos dos calabazas de agua que contenían algo más de un litro cada una.

–Y ahora –dijo sir Henry–, vamos a comer y a beber, porque mañana moriremos.

Comimos un poco de *biltong* y bebimos un sorbo de agua. No es preciso decir que teníamos poco apetito, a pesar de que necesitábamos desesperadamente alimento, y tras la comida nos sentimos un poco mejor. Nos levantamos y llevamos a cabo un examen sistemático de los muros de nuestra prisión, con la débil esperanza de encontrar algún medio para salir, golpeándolos cuidadosamente, y lo mismo hicimos con el suelo.

No encontramos nada. No parecía probable que hubiera ninguna salida en la cámara del tesoro.

La lámpara empezó a languidecer. La grasa casi se había agotado.

–Quatermain –dijo sir Henry–. ¿Qué hora es? ¿Funciona su reloj?

Lo saqué del bolsillo y lo miré. Eran las seis. Habíamos entrado en la cueva a las once.

–Infadoos nos echará en falta –sugerí–. Si no regresamos esta noche, nos buscará por la mañana, Curtis.

–Su búsqueda será vana. No conoce el secreto de la puerta ni dónde se encuentra. Ayer ninguna persona viva lo conocía, excepto Gagool. Hoy, ya nadie lo sabe. Incluso si encontrara la puerta no podría romperla. Ni todo un ejército kukuana podría atravesar dos metros de roca viva. Amigos míos, no veo más solución que someternos a la voluntad del Todopoderoso. La búsqueda del tesoro ha llevado a muchos hombres a un final terrible; nosotros vamos a engrosar su número.

La lámpara siguió languideciendo. Al poco rato, soltó una llamarada que nos mostró el escenario con gran relieve: el enorme montón de blancos colmillos, las cajas llenas de oro, el cadáver de la pobre Foulata tendido ante ellas, el pellejo de cabra que contenía el tesoro, el débil resplandor de los diamantes y las caras pálidas y asustadas de tres hombres blancos aguardando la muerte por inanición.

La llama de la lámpara se redujo y se extinguió.

CAPÍTULO 18

Abandonamos toda esperanza

No puedo ofrecer una descripción adecuada de los horrores de aquella noche. Por suerte, un sueño misericordioso los mitigó en parte porque, aun en circunstancias como las que vivíamos nosotros, a veces se impone la naturaleza. Pero yo no pude dormir mucho rato. Aparte de la idea aterradora del destino que nos esperaba –pues incluso el hombre más valiente de la tierra puede perfectamente acobardarse ante la suerte que se cernía sobre nosotros y yo nunca he presumido de valiente–, el *silencio* era demasiado intenso.

Usted, lector, quizá haya estado despierto alguna noche y el silencio se le haya hecho opresivo, pero le aseguro que no puede hacerse idea de lo que es el silencio tangible y absoluto. En la superficie de la tierra hay siempre algún ruido, algún movimiento, que aunque en sí mismo sea imperceptible, al menos desgasta el agudo filo del silencio absoluto. Pero allí no había nada de eso. Estábamos enterrados en las entrañas de un enorme pico cubierto de nieve. A centenares de metros por encima de nosotros soplaba el aire fresco sobre la blanca nieve, pero su sonido no nos llegaba. Un largo túnel y un metro y medio de roca nos separaban incluso de la espantosa cámara de los muertos; y los muertos no hacen ruido. Ni el estruendo de toda la artillería de los cielos y la tierra hubiera llegado hasta nuestros oídos en aquella tumba viviente. Estábamos aislados de todos los ecos del mundo; era como si ya hubiésemos muerto.

A pesar de todo, no se me escapaba la ironía de la situación. A nuestro alrededor había suficientes tesoros para pagar una modesta deuda nacional o para construir una flota de acorazados y, sin embargo, nosotros hubiéramos cambiado de buena gana todo lo que allí había por la más ligera esperanza de escapar. Sin duda, no tardaríamos mucho en desear trocar todo aquello por un poco de comida o un vaso de agua, y, andando el tiempo, incluso por el privilegio de poner un final rápido a nuestros sufrimientos. La auténtica riqueza, en cuya consecución gastan su vida los hombres, es, al fin y al cabo, algo que carece de valor.

Y así transcurrió la noche.

–Good –dijo al fin sir Henry, en un tono de voz que resultó espantoso en medio del profundo silencio–, ¿cuántas cerillas quedan en la caja?

–Ocho, Curtis.

–Encienda una para ver qué hora es.

Así lo hizo y por contraste con la densa oscuridad la llama casi nos cegó. Según mi reloj eran las cinco. La hermosa aurora se sonrojaba sobre la nieve, muy por encima de nuestras cabezas, y la brisa debía estar disipando las brumas de la noche.

–Deberíamos comer un poco para mantener las fuerzas –dije.

–¿Para qué nos serviría comer? –replicó Good–. Cuanto antes muramos y acabemos con esto, tanto mejor.

–Mientras hay vida hay esperanza –sentenció sir Henry.

Así pues, comimos y bebimos unos sorbos de agua y al cabo de un rato uno de nosotros sugirió que nos acercáramos a la puerta lo más posible y gritáramos, por si había alguna ligera posibilidad de que nos oyeran desde el exterior. Good, que debido a sus largas estancias en el mar posee una voz aguda y penetrante, recorrió a tientas el pasadizo y se puso a gritar. Debo decir que hizo un ruido infernal. Jamás había oído unos alaridos semejantes, pero por el resultado que obtuvieron, hubiera servido lo mismo el zumbido de un mosquito.

Lo dejó al cabo de un rato y regresó sediento, por lo que tuvo que beber un poco de agua. Después de aquella tentativa desechamos la idea de gritar, porque repercutía negativamente en la reserva de agua.

Volvimos a sentarnos apoyados contra las arcas de inútiles diamantes, en aquella terrible inacción que era una de las características más penosas de nuestro destino y he de confesar que me abandoné a la desesperación. Apoyé la cabeza sobre los anchos hombros de sir Henry y rompí en llantos y creo que oí sollozar a Good al otro lado y renegar con voz ronca contra sí mismo por semejante abandono.

¡Ah, qué bueno y valiente era aquel gran hombre! No nos hubiera tratado con mayor ternura si hubiéramos sido dos niños asustados y él nuestra niñera. Olvidando sus propias desdichas, hizo todo lo posible por calmar nuestros nervios destrozados; nos contó historias sobre hombres que se habían encontrado en circunstancias semejantes a las nuestras y que habían sobrevivido milagrosamente; y cuando esto dejó de animarnos, observó que, después de todo, no era más que la anticipación del final que a todos nos llega, que pronto acabaría todo y que la muerte por inanición era piadosa (algo totalmente falso). Después utilizó otra táctica que ya le había visto poner en práctica anteriormente y nos sugirió que nos entregáramos a la merced del Poder Supremo, cosa que yo hice con todas mis fuerzas.

Es el suyo un carácter maravilloso, muy tranquilo pero fuerte.

Y así transcurrió el día, como había transcurrido la noche (si es que pueden utilizarse estos términos cuando se está rodeado por la más negra oscuridad), y, al encender una cerilla para ver qué hora era, comprobé que eran las siete.

Volvimos a comer y a beber y mientras tanto se me ocurrió una idea.

–¿Cómo es posible –pregunté– que el aire se mantenga fresco en este lugar? Es denso y pesado, pero fresco.

–¡Cielo santo! –exclamó Good, levantándose de un salto–. No se me había ocurrido pensarlo. No puede entrar por la puerta de piedra, porque está cerrada herméticamente. Debe venir de otra parte. Si no existiera una corriente de aire, nos hubiéramos asfixiado desde el primer momento. Vamos a echar un vistazo.

Fue portentoso el cambio que produjo en nuestro ánimo aquella chispa de esperanza. Al momento siguiente, los tres nos arrastrábamos por la cueva a cuatro patas, palpando el suelo para encontrar el menor indicio de una corriente de aire. De repente mi ardor quedó frenado. Puse la mano sobre algo frío. ¡Era el rostro de la difunta Foulata!

Seguimos palpando durante una hora o más hasta que finalmente sir Henry abandonó, desesperado, tras habernos hecho numerosas heridas al golpearnos la cabeza constantemente contra los colmillos de elefante, las arcas y las paredes de la cámara. Pero Good perseveró, diciendo, en un tono parecido a la jovialidad, que era mejor hacer eso que nada.

–Escúchenme, amigos –dijo de repente, con voz turbada–. Vengan aquí.

No hace falta decir que nos precipitamos hacia él con toda rapidez.

–Quatermain, ponga su mano aquí, donde está la mía. ¿Nota algo?

–*Creo* que por aquí sube aire.

–Muy bien.

Se levantó y dio una patada y nuestros corazones se agitaron con una llamarada de esperanza. *Sonaba hueco.*

Encendí una cerilla con manos temblorosas. Sólo me quedaban tres. Comprobamos que nos encontrábamos en el ángulo del extremo opuesto de la cámara del tesoro, hecho que explicaba que no nos hubiéramos dado cuenta del ruido hueco de aquel punto en nuestro exhaustivo examen anterior. Mientras duró el resplandor de la cerilla escudriñamos el lugar. Había una juntura en el suelo y, ¡cielo santo!, allí, a ras de la roca, una anilla de piedra. No dijimos ni media palabra; estábamos demasiado nerviosos y nuestros corazones latían demasiado deprisa, animados por la esperanza, para poder hablar. Good tenía un cuchillo de uno de cuyos extremos pendía uno de esos ganchos que se utilizan para extraer piedras de los cascos de los caballos. Lo abrió y arañó la anilla con él. Finalmente lo metió por debajo y lo levantó suavemente por temor a romper el gancho. La anilla comenzó a moverse. Al ser de piedra, no se había oxidado con el paso de los siglos, como hubiera ocurrido si hubiera sido de hierro. Por fin quedó levantada. Good la agarró y tiró con todas sus fuerzas, pero no se movió.

–Déjeme intentarlo –dije impaciente, porque la piedra estaba colocada de tal forma, justo en la esquina, que resultaba imposible que dos personas tiraran de ella al mismo tiempo. La cogí y me esforcé por levantarla, sin ningún resultado.

A continuación fue sir Henry quien lo intentó, pero tampoco lo logró. Good volvió a coger el gancho y raspó alrededor de la grieta por la que ascendía el aire.

–Ahora, Curtis –dijo–, ataque, y déjese los riñones en ello si es necesario. Usted tiene la fuerza de dos hombres. Espere.

Sacó un fuerte pañuelo de seda negra que, fiel a sus costumbres de limpieza, aún conservaba, y lo pasó por la anilla.

–Quatermain, sujete a Curtis por la cintura y tire con todas sus fuerzas cuando yo diga *¡Ahora!*

Sir Henry desplegó sus enormes fuerzas y Good y yo hicimos lo mismo, con todo el vigor que nos había concedido la naturaleza.

–¡Tiren! ¡Tiren! ¡Está cediendo! –dijo sir Henry con voz entrecortada, y oí crujir los músculos de su enorme espalda.

De repente se oyó un ruido de algo que se rompía, notamos una corriente de aire y caímos de espaldas al suelo con una pesada losa encima. La fuerza de sir Henry lo había logrado.

–Encienda una cerilla, Quatermain –dijo en cuanto nos levantamos y recuperamos el aliento–. Con cuidado.

La encendí y, ¡loado sea Dios!, ante nosotros vimos *el primer peldaño de una escalera de piedra.*

–¿Qué hacemos ahora? –preguntó Good.

–Pues seguir la escalera, naturalmente, y encomendarnos a la Providencia.

–¡Esperen! –dijo sir Henry–. Quatermain, coja el *biltong* y el agua que queda. Podemos necesitarlos.

Fui arrastrándome hasta los arcones con ese propósito y al mismo tiempo se me ocurrió una idea. No habíamos pensado mucho en los diamantes durante las últimas veinticuatro horas; en verdad, la idea de los diamantes nos producía náuseas al ver las consecuencias que nos habían acarreado; pero pensé que podía guardarme algunos para el caso de que saliéramos de aquel agujero asqueroso. De modo que metí la mano en el primer arca y llené todos los bolsillos de mi cazadora. El último puñado –y esto fue una idea verdaderamente feliz– fue de las joyas grandes que contenía el tercer arcón.

–¡Oigan, amigos! –grité–. ¿No van a llevarse ningún diamante? Yo me he llenado los bolsillos.

–¡Al diablo con los diamantes! –dijo sir Henry–. Ojalá no vuelva a ver uno en mi vida.

Good no hizo el menor comentario. Creo que estaba despidiéndose de los restos de la pobre muchacha que tanto le había amado. Y por extraño que pueda parecerle a usted, lector, que estará sentado cómodamente en su casa reflexionando sobre la fortuna enorme, inconmensurable, que abandonábamos en aquellos momentos, puedo asegurarle que si hubiera pasado veintiocho horas con prácticamente nada que comer ni beber, no se hubiera molestado en cargarse de diamantes antes de internarse en las desconocidas entrañas de la tierra, con la absurda esperanza de escapar de una muerte espeluznante. De no ser por la costumbre, que se ha convertido prácticamente en una segunda naturaleza, adquirida a lo largo de toda mi vida, de no desechar nada que merezca la pena si existe la mínima posibilidad de llevármelo, estoy seguro de que no me hubiera molestado en llenarme los bolsillos de diamantes.

–Vamos, Quatermain –dijo sir Henry, que ya había puesto el pie en el primer peldaño de la escalera de piedra–. Tenga cuidado. Yo iré delante.

–Fíjense dónde pisan. Puede haber algún agujero debajo –dije.

–Es mucho más probable que haya otra habitación –dijo sir Henry, mientras descendía lentamente contando los peldaños.

Al llegar al decimoquinto se detuvo.

–Esto es el final dijo–. ¡Gracias a Dios! Creo que hay un pasadizo. Bajen.

Good bajó a continuación y yo le seguí y al llegar al final encendí una de las dos cerillas que quedaban. A su luz vimos que nos encontrábamos en un estrecho túnel que discurría a izquierda y derecha, formando ángulo recto con la escalera que acabábamos de bajar. Sin darnos tiempo a ver nada más la cerilla me quemó los dedos y se apagó. Entonces se nos planteó el delicado problema del camino que debíamos seguir. Naturalmente, era imposible saber cómo era el túnel ni hacia dónde se dirigía y un camino determinado podía conducirnos a la salvación y el otro a la muerte. Nos quedamos absolutamente perplejos; finalmente, Good cayó en la cuenta de que al encender la cerilla la corriente de aire del pasadizo había hecho que la llama se torciera hacia la izquierda.

–Vayamos contra la corriente –dijo–; el aire va hacia adentro, no hacia afuera.

Nos pareció acertada su sugerencia, y palpando las paredes con las manos, mientras tanteábamos el suelo a cada paso salimos de aquella maldita cámara en nuestra desesperada lucha por sobrevivir. Si vuelve a entrar en ella algún ser vivo, cosa que no creo que suceda, encontrará huellas de nuestra presencia allí en las arcas abiertas llenas de joyas, en la lámpara vacía y en los blancos huesos de la pobre Foulata.

Tras caminar a tientas durante un cuarto de hora por el pasadizo, éste presentaba una curva o estaba simplemente interceptado por otro pasadizo, que seguimos para desembocar en un tercero. Así seguimos durante varias horas. Al parecer, nos encontrábamos en un laberinto de piedra que no llevaba a ninguna parte. Por supuesto, no sé qué eran todos aquellos pasadizos, pero pensamos que debía tratarse de las galerías de una antigua mina, cuyos pozos se entrecruzaban una y otra vez dependiendo del lugar en que se encontrase la veta del mineral. Ésta fue la única explicación que se nos ocurrió para justificar tal cantidad de túneles.

Nos detuvimos al cabo de un rato, completamente agotados por el cansancio y por la ansiedad que atenaza el corazón de los que ven sus esperanzas pospuestas y devoramos los escasos restos de *biltong* y bebimos el último sorbo de agua, porque teníamos la garganta como hornos de cal. Experimentábamos la sensación de haber escapado de la Muerte en la oscuridad de la cámara del tesoro, para encontrarnos con ella en la oscuridad de los túneles.

Mientras descansábamos, completamente deprimidos una vez más, me pareció oír un ruido y se lo comuniqué a mis compañeros. Era muy débil y venía de muy lejos, pero era un ruido, un sonido, un murmullo apagado, porque los demás también lo habrían oído. No hay palabras para describir lo que sentimos tras tantas horas de silencio absoluto.

–¡Dios mío! ¡Es agua! –gritó Good–. ¡Vamos!

Nos dirigimos hacia el lugar de donde parecía provenir el débil murmullo, caminando a tientas por el túnel. A medida que avanzábamos se hacía cada vez más audible, hasta que finalmente lo oímos perfectamente en medio del silencio. Seguimos caminando hasta que distinguimos claramente el inconfundible rumor de un torrente de agua. Pero, ¿cómo era posible que hubiera un torrente en las entrañas de la tierra? Ya habíamos llegado muy cerca y Good, que marchaba a la cabeza del grupo, juró que la oía.

–Vaya con cuidado, Good –dijo sir Henry–. Debemos estar casi encima.

Se oyó un chapoteo y un grito de Good.

Había caído al agua.

–¡Good! ¡Good! ¿Dónde está? –gritamos angustiados.

Para nuestro intenso alivio, nos contestó una voz sofocada

–Estoy bien; me he agarrado a una roca. Enciendan una cerilla para ver dónde están.

Así lo hice a toda prisa. Era nuestra última cerilla. Su débil resplandor nos mostró una oscura masa de agua que corría a nuestros pies. No podíamos ver qué profundidad tenía, pero sí que nuestro compañero estaba allí, a poca distancia, agarrado a una roca que sobresalía.

–Prepárense para cogerme –dijo Good–. Voy a tener que nadar un poco.

A continuación oímos un chapoteo y un ruido de forcejeo. A los pocos segundos, se aferró a la mano extendida de sir Henry y le pusimos a salvo en el suelo del túnel.

–¡Caramba! –exclamó entre jadeos–. A esto le llamo yo llegar y besar el santo. Si no es porque pude agarrarme a esa roca y porque sé nadar, no lo cuento. Es como un canal de molino y no se toca fondo.

Saltaba a la vista que no podíamos seguir allí, así que, después de que Good descansó un poco, de saciarnos con el agua del río subterráneo, que era dulce y fresca, y de lavarnos la cara, que buena falta nos hacía, nos alejamos de las riberas de aquella Laguna Estigia africana y volvimos sobre nuestros pasos por el túnel, con Good chorreando agua a la cabeza del grupo. Al cabo de un rato, llegamos a otro túnel que torcía a la derecha.

–Podríamos seguir por aquí –dijo sir Henry con voz cansada–. Todos los caminos son parecidos. Lo único que podemos hacer es seguir andando hasta que caigamos desfallecidos.

Seguimos avanzando a trompicones durante un largo rato, completamente agotados, con sir Henry delante.

De repente se detuvo y chocamos con él.

–¡Miren! –dijo en un susurro–. O me estoy volviendo loco, o ahí hay luz.

Concentramos nuestras miradas y, en efecto, allá a lo lejos vimos un punto reluciente, no más grande que un ventanuco. Era tan pequeño que dudo que lo hubieran podido percibir otros ojos que no fueran los nuestros, que durante tantos días no habían visto otra cosa que oscuridad.

Exhalamos un gemido de esperanza y nos apresuramos. Al cabo de cinco minutos, ya no nos cabía ninguna duda: *era,* efectivamente, una mancha de débil luz. Otro minuto más y recibimos un soplo de aire fresco. Seguimos avanzando. El túnel se estrechó súbitamente. Sir Henry cayó de rodillas. El túnel se hizo aún más estrecho, hasta convertirse en un tubo poco más grande que una guarida de zorros excavada en la tierra, y en verdad *tierra* era. Ya no había rocas.

Sir Henry logró salir tras muchos forcejeos. Good le siguió, y también yo lo logré. Por encima de nuestras cabezas vimos las benditas estrellas y en nuestras fosas nasales penetró aire fresco. De súbito, el suelo cedió bajo nuestros pies y caímos rodando entre hierba y arbustos por la tierra húmeda y suave. Me agarré a lo primero que encontré y me paré. Me incorporé y grité con voz potente.

Oí un grito que respondía desde abajo, donde se había detenido sir Henry en su loca carrera al llegar a terreno llano. Me arrastré hasta él y le vi sano y salvo, aunque jadeante. Después nos pusimos a buscar a Good. Lo encontramos a poca distancia, encajado en una raíz en forma de horquilla. Presentaba un buen número de magulladuras, pero pronto se recuperó.

Nos sentamos en la hierba, con una mezcla tal de sentimientos que creo que llegamos a gritar de alegría. Habíamos escapado de aquella espantosa mazmorra que había estado a punto de convertirse en nuestra tumba. Sin duda, un poder misericordioso había guiado nuestros pasos hasta la guarida de chacales en que desembocaba el túnel (porque eso debía ser). Y allá arriba, en las montañas, la aurora que creímos no volver a ver jamás se encendía con tonos rosados.

Al cabo de un rato, la luz grisácea se deslizó por las laderas y comprobamos que nos encontrábamos en el fondo, o casi en el fondo, del enorme foso de la entrada de la caverna. Distinguíamos las oscuras siluetas de los tres colosos que estaban apostados en el borde. Con toda seguridad, los espantosos túneles por los que habíamos deambulado aquella noche interminable estaban conectados en un principio con la gran mina de diamantes. En cuanto al río subterráneo en las entrañas de la tierra, sólo Dios sabe qué era o de dónde venía y a dónde iba. Yo, desde luego, no siento ningún deseo de conocer su curso.

La claridad siguió aumentando. Ya podíamos vernos las caras y nunca he posado los ojos en un espectáculo semejante antes de ese momento, ni tampoco después. Con las mejillas demacradas, los ojos hundidos, cubiertos de polvo y barro de pies a cabeza, magullados, ensangrentados, con las huellas del miedo a una muerte inminente aún grabados en el rostro éramos en verdad una aparición que hubiera asustado a la mismísima luz del día. Pero afirmo con toda solemnidad que Good aún llevaba su monóculo en la misma posición. Dudo que se lo haya quitado jamás. Ni la oscuridad, ni el chapuzón en el río subterráneo, ni el rodar por la ladera habían podido separar a Good de su monóculo.

Nos levantamos al cabo de un rato por temor a que nuestros miembros se quedasen rígidos si seguíamos allí sentados y empezamos a ascender las empinadas laderas del gran foso. Durante una hora o más caminamos penosamente por la arcilla azul, arrastrándonos con la ayuda de las raíces y matojos que la cubrían.

Por fin llegamos a la gran carretera, en el lado del foso frente al que se alzaban los colosos.

Junto a la carretera, a una distancia de unos cien metros, ardía una hoguera entre unas chozas, y alrededor de la hoguera se veían varias siluetas. Nos dirigimos hacia allí, apoyándonos unos en otros y deteniéndonos a cada pocos pasos. Una de las siluetas se levantó, nos vio y cayó al suelo, gritando de miedo.

–¡Infadoos, Infadoos! ¡Somos nosotros, tus amigos!

Nos erguimos. Él corrió hacia nosotros, mirándonos con los ojos desorbitados y aún temblando de miedo.

–¡Oh, mis señores, mis señores!... ¡Sois realmente vosotros, que habéis vuelto de la muerte! ¡Habéis vuelto de la muerte!

Y el viejo guerrero se postró a nuestros pies, se abrazó a las rodillas de sir Henry y lloró de alegría.

CAPÍTULO 19

La despedida de Ignosi

Diez días después de aquella memorable mañana nos encontrábamos de nuevo en nuestros antiguos aposentos de Loo y, por extraño que parezca, no nos sentíamos demasiado mal tras la terrible experiencia, salvo que mis hirsutos cabellos, después del paso por aquella cueva, tenían tres veces más canas que antes y que Good no volvió a ser el mismo después de la muerte de Foulata, que pareció conmoverlo terriblemente. Debo añadir que, considerando el asunto desde el punto de vista de hombre de mundo, pienso que su desaparición fue un acontecimiento afortunado, pues en otro caso hubiera traído complicaciones. La pobre criatura no era una muchacha corriente, sino una persona de gran belleza, casi diría que extraordinaria, y de espíritu sumamente refinado, pero ni la belleza ni el refinamiento hubieran bastado para que fuera recomendable una unión entre ella y Good, porque, como ella misma había dicho: «¿Acaso puede el sol desposarse con la oscuridad, o lo blanco con lo negro?».

No creo necesario decir que no volvimos a entrar en la cámara del tesoro del rey Salomón. Tras recuperarnos del agotamiento, en lo que tardamos cuarenta y ocho horas, bajamos al gran foso con la esperanza de encontrar el agujero por el que habíamos salido de la montaña, pero sin éxito. En primer lugar, había llovido, por lo que se habían borrado nuestras huellas y además las laderas del enorme foso estaban llenas de guaridas de osos hormigueros y de agujeros de todas clases. Era imposible saber a cuál de ellos debíamos nuestra salvación. Asimismo, el día antes de regresar a Loo examinamos con mayor detenimiento las maravillas de la cueva de las estalactitas y, empujados por una sensación de inquietud, incluso penetramos una vez más en la Cámara de los muertos y al pasar bajo la lanza de la Muerte Blanca, miramos, con una mezcla de sentimientos que me resulta imposible describir, la mole de roca que nos había cortado el camino de salida, pensando en los inconmensurables tesoros que había detrás, en la misteriosa bruja cuyos restos yacían aplastados debajo de ella y en la hermosa muchacha de cuya tumba era pórtico. He dicho que miramos la «roca», porque, a pesar de examinarla detenidamente, no encontramos señales de la juntura de la puerta deslizante. Tampoco dimos con el secreto, ya perdido para siempre, que la ponía en funcionamiento, a pesar de que lo intentamos durante una hora o más. Era verdaderamente un mecanismo increíble, característico, por su imponente e inescrutable simplicidad, de la era en que fue concebido. Dudo que exista otro parecido en todo el mundo.

Finalmente abandonamos la tarea, contrariados, aunque si la mole se hubiese alzado de repente ante nuestros ojos, dudo que hubiéramos tenido suficiente valor para pisar los restos machacados de Gagool y para entrar una vez más en la cámara del tesoro, incluso albergando la esperanza de encontrar innumerables diamantes. No obstante, sentí deseos de llorar ante la idea de dejar todo aquel tesoro, quizá el más grande que se haya acumulado a lo largo de la historia, en aquel lugar, pero no quedaba más remedio. Sólo con la dinamita hubiéramos podido abrirnos paso a través de un metro y medio de roca sólida. Quizá un explorador de una época futura y remota se tope con el «Ábrete, Sésamo», e inunde el mundo de gemas, pero lo dudo. Tengo el presentimiento de que aquellas joyas por valor de millones de libras escondidas en tres cofres de piedra no brillarán en el cuello de una bella mujer terrenal. Ellas y los huesos de Foulata se harán compañía hasta el fin de todas las cosas.

Iniciamos el camino de regreso con un suspiro de decepción y al día siguiente partimos hacia Loo. Pero era una ingratitud por nuestra parte sentirnos decepcionados, porque, como recordará el lector, yo había tomado la precaución, gracias a una idea luminosa, de llenarme de gemas los bolsillos de mi vieja cazadora antes de abandonar aquella mazmorra. Muchas desaparecieron al rodar por la pendiente del foso y entre ellas se contaba la mayoría de los diamantes grandes que había colocado encima de los otros. Pero, hablando en términos relativos, aún quedaba una enorme cantidad, en la que se contaban dieciocho grandes piedras que oscilaban entre los cien y los treinta quilates cada una. Mi vieja cazadora aún contenía suficientes tesoros para convertirnos a todos, si no en millonarios, si al menos en hombres extraordinariamente ricos, y para formar las tres mejores colecciones de gemas de Europa. Así que no nos había ido tan mal.

Al llegar a Loo, fuimos cordialmente recibidos por Ignosi, a quien encontramos bien y muy ocupado en consolidar su poder y reorganizar los regimientos que habían sufrido mayores pérdidas en la gran batalla contra Twala.

Escuchó con profundo interés nuestra increíble historia; pero, cuando le contamos el horripilante fin de Gagool, se quedó pensativo.

–Ven aquí –gritó a un «induna» (consejero) muy anciano que estaba sentado con otros en círculo rodeando al rey, pero a una distancia que le impedía oír.

El anciano se levantó, se acerco, saludó al rey y se sentó.

–Tú eres viejo –dijo Ignosi.

–¡Sí, mi señor y rey!

–Dime, cuando eras niño, ¿conociste a Gagool, la maestra de brujas?

–Sí, mi señor y rey.

–¿Cómo era ella entonces? ¿Joven como tú?

–¡No, mi señor y rey! Era como ahora; vieja y seca, muy fea y llena de maldad.

–Ya no. Ha muerto.

–Entonces, ¡oh, rey! ha desaparecido una maldición de esta tierra.

–¡Vete!

–*¡Koom!* Me voy, cachorro negro que desgarró la garganta del viejo perro. *¡Koom!*

–Ya veis, hermanos –dijo Ignosi–, era una mujer extraña, y me alegro de que haya muerto. Os hubiera dejado morir en aquel lugar tenebroso y quizá hubiera encontrado la forma de asesinarme, como encontró la forma de asesinar a mi padre y de coronar rey a Twala, a quien amaba de todo corazón. Pero continuad vuestra historia. ¡Sin duda no existe otra similar!

Tras contarle todos los detalles de la huida, aproveché la oportunidad de dirigirme a Ignosi para hablarle de nuestra marcha de Kukuanalandia.

–Y ahora, Ignosi, ha llegado el momento de decirte adiós y de empezar a buscar una vez más nuestra propia tierra. Ten en cuenta, Ignosi, que llegaste con nosotros como sirviente y ahora, al dejarte, eres un rey poderoso. Si nos estás agradecido, recuerda que debes hacer lo que prometiste: gobernar con justicia, respetar la ley y no enviar a nadie a la muerte sin juicio previo. Así prosperarás. Mañana, al despuntar el día, nos darás una escolta que nos conduzca más allá de las montañas. ¿No es así, oh rey?

Ignosi se cubrió la cara con las manos durante un rato antes de contestar.

–Mi corazón está triste –dijo al fin–. Tus palabras me parten el corazón en dos. ¿Qué he hecho yo, Incuba, Macumazahn y Bougwan, para que me dejéis desolado? Vosotros que estuvisteis a mi lado en la rebelión y en la batalla, ¿vais a dejarme en tiempos de victoria y paz? ¿Qué deseáis? ¿Mujeres? ¡Elegidlas por todo el país! ¿Un lugar para vivir? Sabed que la tierra es vuestra hasta donde alcanza la vista. ¿Queréis las casas del hombre blanco? Vosotros enseñaréis a mi pueblo a construirlas. ¿Queréis ganado para tener carne y leche? Todo hombre casado os traerá un buey o una vaca. ¿Animales salvajes para cazar? ¿Acaso no camina el elefante por mis bosques y duerme el hipopótamo entre los juncos? ¿Queréis hacer la guerra? Mis *Impis* sólo esperan vuestras órdenes. Si hay algo más que pueda daros, os lo daré.

–No, Ignosi, no queremos esas cosas –repliqué–; deseamos volver a nuestro país.

–Ahora comprendo –dijo Ignosi con amargura y ojos centelleantes– que amáis a las piedras brillantes más que a mí vuestro amigo. Ya tenéis las piedras. Ahora os marcharéis a Natal y atravesaréis la negra agua movediza y las venderéis y seréis ricos; tal es el deseo del hombre blanco. Malditas sean las piedras y malditos quienes las buscan. Que la muerte caiga sobre aquel que ponga el pie en el Lugar de la Muerte para buscarlas. He dicho, hombres blancos. Podéis marcharos.

Posé mi mano en su brazo.

–Ignosi –repliqué–, dinos. Cuando viajaste por Zululandia y viviste entre los hombres blancos de Natal, ¿no anhelaba tu corazón volver a la tierra de la que te habló tu madre, tu tierra natal, donde viste por primera vez la luz y donde jugaste cuando eras niño, la tierra en que está tu hogar?

–Así es, Macumazahn.

–De la misma forma anhelan nuestros corazones volver a nuestra tierra y a nuestro hogar.

Se hizo el silencio. Cuando Ignosi lo rompió, el tono de su voz era diferente.

–Comprendo que tus palabras son, como siempre, sabias y razonables, Macumazahn; al que vuela por el aire no le gusta correr por la tierra. Al hombre blanco no le gusta vivir codo con codo con el negro. Bien; debéis partir y dejar triste mi corazón, porque para mí estaréis como muertos, puesto que no pueden llegarme noticias desde el lugar en que estaréis. Pero escuchad y haced saber a todos los hombres blancos mis palabras. Ningún otro hombre blanco cruzará las montañas; ni siquiera si llega a vivir hasta tan lejos. No quiero ver mercaderes con sus pistolas y su ron. Mi pueblo luchará con la lanza y beberá agua, como lo hicieron sus antepasados. No dejaré que ningún predicador siembre el miedo en el corazón de los hombres ni que los incite contra el rey ni que abra caminos a los hombres blancos. Si un hombre blanco llega a mi puerta, lo haré retroceder; si llegan cien, los echaré; si llega un ejército, lucharé contra él con todas mis fuerzas y no me vencerá. Nadie vendrá a buscar las piedras brillantes. No; ni siquiera un ejército, porque si viene, yo enviaré a mis regimientos a cegar el foso, a romper las columnas blancas de las cuevas y a llenarlas de rocas, de modo que nadie pueda llegar a la puerta de la que habláis cuyo secreto se ha perdido. Pero para vosotros tres, Incubu, Macumazahn y Bougwan, el camino estará siempre abierto, porque sabed que os amo más que al aire que respiro. Y así os marcharéis. Infadoos, mi tío, y mi «induna» os tomarán de la mano y os guiarán, con un regimiento. Sé que existe otro camino para atravesar las montañas y ellos os lo enseñarán. Adiós, hermanos míos, valientes hombres blancos. No os quedéis aquí, porque mi corazón no podría soportarlo. Promulgaré un decreto que será anunciado de una montaña a otra, por el que vuestros nombres, Incubu, Macumazahn y Bougwan serán «hlonipa», como los nombres de los reyes muertos, y aquel que los pronuncie morirá[1].

[1] Esta forma tan extraordinaria y negativa de profundo respeto no es en absoluto desconocida entre los africanos. Si el nombre en cuestión tiene significado, que es lo que suele ocurrir, tiene que expresarse mediante un giro idiomático u otra palabra. Así, el recuerdo se conserva durante generaciones o hasta que una palabra nueva sustituye a la antigua (N del A.).

Y así vuestro recuerdo permanecerá en el país para siempre. Marchaos, o mis ojos se llenarán de lágrimas como los de una mujer. Cuando volváis la vista atrás hacia el sendero de la vida o cuando seáis viejos y os reunáis para sentaros junto al fuego porque el sol ya no dé calor, pensaréis en cómo luchamos codo con codo en aquella gran batalla que planeaste con tus sabias palabras, Macumazahn, o en que tú fuiste la punta del cuerno que desgarró el flanco de Twala, Bougwan. Y tú, Incubu, estuviste en el anillo de los Grises y los hombres cayeron bajo tu hacha como el maíz bajo la hoz, ¡ay!, y pensarás en cómo doblegaste la fuerza del toro salvaje (Twala) y tiraste su orgullo sobre el polvo. Adiós para siempre, Incubu, Macumazahn y Bougwan, mis señores y amigos.

Se levantó, nos miró intensamente durante unos segundos y después se cubrió la cabeza con un pliegue de su *kaross,* como para ocultar la cara a nuestras miradas.

Nos fuimos en silencio.

Al amanecer del día siguiente salimos de Loo, escoltados por nuestro viejo amigo Infadoos, que estaba muy apenado por nuestra partida, y por el regimiento de Búfalos. A pesar de lo temprano de la hora, la calle principal de la ciudad estaba flanqueada por multitud de personas que nos dirigían el saludo real al pasar, a la cabeza del regimiento, mientras las mujeres nos bendecían por haber librado al país de Twala y arrojaban flores a nuestro paso. Fue una despedida verdaderamente conmovedora, nada parecido a lo que suele ocurrir con los nativos.

Pero, ocurrió un percance ridículo que a mí me pareció muy oportuno, porque nos proporcionó algo de que reírnos.

En el momento en que llegábamos a las puertas de la ciudad, apareció corriendo una hermosa muchacha con lirios en la mano y se las ofreció a Good (al parecer, a todas les gustaba Good; yo creo que su monóculo y la media barba le conferían un halo fabuloso) y le dijo que quería pedirle un favor.

–Habla.

–Que mi señor enseñe las hermosas piernas blancas a su sierva, para que su sierva pueda verlas y recordarlas durante toda su vida, y hablar de ellas a sus hijos. Su sierva ha viajado durante tres días para verlas, porque su fama se ha extendido por todo el país.

–¡Por nada del mundo haría una cosa así! –exclamó Good, nervioso.

–Vamos, vamos, querido amigo –dijo sir Henry–, no se puede negar a complacer a una dama.

–Ni hablar –dijo Good con obstinación–. Es una indecencia.

Pero finalmente consintió en levantarse los pantalones hasta las rodillas, entre exclamaciones de extasiada admiración de todas las mujeres presentes, especialmente de la joven cuyo deseo había satisfecho, y así tuvo que caminar hasta que salimos de la ciudad.

Me temo que las piernas de Good no volverán a inspirar jamás tanta admiración. De sus dientes móviles y de su «ojo transparente» llegaron a cansarse un poco, pero no de sus piernas.

Mientras caminábamos, Infadoos nos contó que había otro paso por las montañas, al norte de la gran carretera de Salomón, o más bien que había un lugar por el que se podía bajar el precipicio que separaba Kukuanalandia del desierto, interrumpido por los Senos de Saba. Al parecer, hacía más de dos años, un grupo de cazadores kukuanas había descendido por ese camino hasta el desierto en busca de avestruces, cuyas plumas eran muy preciadas entre ellos para confeccionar tocados guerreros, y en el transcurso de la expedición de caza se alejaron de las montañas y padecieron terriblemente a causa de la sed. Pero al ver árboles en el horizonte, se dirigieron hacia ellos y descubrieron un oasis grande y fertil de varios kilómetros de extensión, con agua abundante. Fue por este oasis por donde nos sugirió que regresáramos. La idea nos pareció buena, porque así podríamos evitar los rigores del paso de la montaña. Teníamos a nuestra disposición a algunos de los cazadores para que nos guiaran hasta el oasis, desde el cual, según afirmaron, ellos habían visto otros puntos fértiles en el desierto [2].

Caminando sin prisas, en la noche del cuarto día de viaje nos encontramos una vez más en la cresta de las montañas que separan Kukuanalandia del desierto, que se extendía formando ondas de arena a nuestros pies, a unos treinta kilómetros al norte de los Senos de Saba.

Al amanecer del día siguiente, nos llevaron hasta el borde de una pendiente escarpada por la que debíamos descender al precipicio para llegar al desierto, que se extendía abajo, a más de seiscientos metros.

Allí nos despedimos de Infadoos, verdadero amigo y guerrero curtido, que nos deseó toda suerte de parabienes con gran solemnidad y casi llorando de pena.

–Mis señores –dijo–, nunca verán mis viejos ojos a nadie como vosotros. ¡Ah! ¡Cómo acuchillaba Incubu a los enemigos en la batalla! ¡Ah! ¡Cómo cortó de un solo golpe la cabeza de mi hermano Twala! Fue hermoso, ¡muy hermoso! No tengo esperanzas de ver nada igual, a no ser en un sueño feliz.

---

[2] A veces nos resultaba difícil comprender cómo había podido sobrevivir la madre de Ignosi, con un niño en los brazos, a los peligros del viaje por las montañas y el desierto, peligros que para nosotros casi resultaron fatales. Desde entonces pienso –y propongo esta idea al lector– que la madre de Ignosi debió seguir esta segunda ruta, vagando como Agar por el desierto. Si efectivamente fue así, no hay nada inexplicable en la historia, ya que, como nos contó el propio Ignosi, es posible que la recogieran unos cazadores de avestruces antes de que ella o su hijo murieran y que los llevaran al oasis, y desde allí pasando por varios puntos fértiles, llegaran a Zululandia.

Lamentamos mucho separarnos de él. Good estaba tan emocionado que le regaló un recuerdo... ¿No se lo imaginan? Un *monóculo.* (Después descubrimos que era uno de repuesto.) Infadoos quedó encantado al comprender que la posesión de semejante objeto aumentaría su enorme prestigio y, tras varios intentos vanos, por fin consiguió ajustárselo al ojo. Nunca he visto nada tan incongruente como aquel viejo guerrero con monóculo. Los monóculos no pegan con las capas de piel de leopardo y los penachos de plumas negras de avestruz.

A continuación, tras comprobar que nuestros guías iban bien provistos de agua y víveres, y de recibir el atronador saludo de despedida de los Búfalos, estrechamos la mano del viejo guerrero e iniciamos el descenso. Resultó ser una tarea ardua, pero por la tarde nos encontrábamos en el fondo del precipicio sin haber sufrido percances.

–¿Saben una cosa? –dijo sir Henry aquella noche, mientras contemplábamos los agudos picos que se alzaban por encima de nuestras cabezas, sentados junto al fuego–. Creo que hay lugares en el mundo peores que Kukuanalandia y que he pasado épocas menos felices que los últimos dos meses, aunque nunca tan extrañas. ¿Y ustedes, amigos?

–A mí casi me gustaría volver –dijo Good con un suspiro.

Por mi parte, pensé que bien está lo que bien acaba; pero en el transcurso de una larga vida de peligros, nunca me había enfrentado con ninguno parecido a los que había corrido últimamente. Al pensar en aquella batalla, aún me recorre un escalofrío por todo el cuerpo. ¡Y con respecto a nuestra experiencia en la cámara del tesoro...!

A la mañana siguiente, iniciamos una penosa marcha a través del desierto, con una buena reserva de agua que transportaban nuestros cinco guías, y por la noche acampamos a cielo abierto, para continuar al amanecer del día siguiente.

A mediodía del tercer día de viaje, divisamos los árboles del oasis de que hablaban los guías y una hora antes de la puesta del sol caminábamos una vez más sobre hierba y escuchábamos el sonido del correr del agua.

CAPÍTULO 20

Lo encontramos

Y ahora llego a lo que quizá sea el hecho más extraño de esta no menos extraña historia y que demuestra la forma increíble en que suceden las cosas.

Caminaba yo tranquilamente, un poco delante de los otros dos, por las orillas del riachuelo que fluía desde el oasis hasta el punto en que se lo tragaban las sedientas arenas del desierto, cuando de repente me detuve y me froté los ojos.

Allí, a menos de veinte metros, en una situación envidiable, a la sombra de una especie de higuera y al lado del riachuelo, había una bonita cabaña, construida más o menos al modo de los cafres, con hierbas y juncos, pero con una auténtica puerta en lugar de un simple agujero.

«¿Qué demonios pinta una cabaña aquí?», –me dije para mis adentros.

En ese mismo momento se abrió la puerta de la cabaña y salió renqueando un *hombre blanco* vestido con pieles de animales y con una enorme barba negra. Ningún cazador podía haber llegado hasta semejante lugar y mucho menos haberse quedado a vivir allí. Seguí mirando y mirando y lo mismo hizo aquel hombre y en ese mismo instante llegaron junto a mí sir Henry y Good.

–Miren allí, amigos –dije.–. ¿Es un hombre blanco o es que estoy loco?

Sir Henry miró; también miró Good y de repente el hombre blanco lisiado profirió un fuerte grito y se dirigió hacia nosotros corriendo. Cuando estuvo cerca, cayó al suelo, como desmayado.

Sir Henry llegó a mi lado de un salto.

–¡Cielo santo! –gritó– . *¡Es mi hermano George!*

Al ruido del alboroto, salió de la choza otra persona también cubierta de pieles, con un rifle en la mano y vino corriendo hacia nosotros. Al verme, también profirió un grito.

–¡Macumazahn! –exclamó–. ¿No me reconoces, *baas?* Soy Jim, el cazador. Perdí la nota que me diste para que se la entregase al *baas* y llevamos aquí casi dos años.

Aquel hombre cayó a mis pies y rodó por el suelo, llorando de alegría.

–¡Insensato! –dije–. ¡Desollado tenías que estar!

Entretanto, el hombre de la barba negra se había recuperado y levantado y él y sir Henry se estrecharon las manos con fuerza, sin decir palabra. Pero cualquiera que hubiera sido el motivo de su riña en el pasado (sospecho que se trataba de una dama pero nunca le pregunté), evidentemente estaba olvidado.

–Querido muchacho –dijo al fin sir Henry–, creía que habías muerto. He ido hasta las montañas de Salomón para buscarte, y te encuentro colgado en medio del desierto, como un viejo *aasvögel.*

–Intenté cruzar las montañas de Salomón hace casi dos años –replicó aquel hombre con el tono vacilante de quien ha tenido pocas oportunidades recientes de hablar en su lengua materna–, pero al llegar allí me cayó una roca en la pierna y me la rompió y no he podido avanzar ni retroceder.

–¿Cómo está usted, señor Neville? –dije–. ¿Se acuerda de mí?

–Pero, vaya –dijo–, si es Quatermain... y Good. Esperen un momento, amigos; me estoy mareando otra vez. ¡Es todo tan extraño y, cuando se ha perdido la esperanza, tan hermoso!

Aquella noche, junto al fuego, George Curtis nos contó su historia, que, a su manera, era casi tan asombrosa como la nuestra, y que resumida venía a constituir en lo siguiente: hacía poco menos de dos años había salido del *kraal* de Sitanda con la intención de llegar a las montañas. Con respecto a la nota que yo le había enviado por mediación de Jim, resultó que el nativo la había perdido y que Curtis no había oído hablar de ella hasta aquel día. Pero, fiándose de ciertos datos que le habían proporcionado los nativos, se dirigió, no a los Senos de Saba, sino a la pendiente en forma de escalera de la que nosotros veníamos, que, sin duda, era una ruta mejor que la que había señalado Da Silvestra en el mapa. Jim y él sufrieron grandes penalidades en el desierto, pero finalmente llegaron al oasis, donde le ocurrió un terrible accidente a Curtis. El mismo día de su llegada se encontraba sentado junto al río, mientras que Jim extraía miel de una colmena de abejas sin aguijón, que abundan en el desierto, en la pequeña elevación de terreno que formaba la ribera, justo encima de George Curtis. Al hacerlo, se desprendió una enorme roca que cayó sobre la pierna derecha de éste y la aplastó de un modo atroz. Desde aquel día había quedado tan lisiado que le había resultado imposible avanzar ni retroceder, por lo que habían preferido la posibilidad de morir en el oasis a la certeza de perecer en el desierto.

En cuanto a la comida, se las habían arreglado bastante bien, pues contaban con una buena provisión de municiones, y al oasis acudían a beber gran número de animales salvajes, especialmente por la noche. Los mataban o les tendían trampas y utilizaban la carne como alimento, y, cuando sus ropas se desgastaron, las pieles para abrigarse.

–Y así –concluyó– hemos vivido durante casi dos años, como un Robinson Crusoe con su criado Viernes, esperando contra toda esperanza que llegaran unos nativos a ayudarnos a salir de aquí, pero no ha venido nadie. Anoche decidimos que Jim iba a dejarme para intentar llegar al *kraal* de Sitanda y traer ayuda. Iba a marcharse mañana, pero yo tenía pocas esperanzas de volver a verlo; y ahora apareces tú de la forma más inesperada, tú, a quien imaginaba viviendo cómodamente en la vieja Inglaterra, olvidado por completo de mi persona, y me encuentras en el lugar más insospechado. Es la cosa más increíble del mundo y también la más misericordiosa.

A continuación, sir Henry le contó los acontecimientos principales de nuestra aventura y se quedaron en vela hasta altas horas de la madrugada, hablando.

–¡Caramba! –exclamó George Curtis cuando le enseñamos unos diamantes–. Bueno, al menos ustedes han logrado algo después de tantas desdichas, porque lo que es yo...

Sir Henry se echó a reír.

–Son de Quatermain y Good. Forma parte del trato según el cual, en caso de haber botín, debían repartírselo entre los dos.

Esta observación me hizo reflexionar y, tras hablar con Good, le dije a sir Henry que deseábamos que se llevara un tercio de los diamantes, o que si no lo hacía así, le diera su parte a su hermano, que había sufrido incluso más que nosotros por obtenerlos. Finalmente, le convencimos para que aceptase este acuerdo, pero George Curtis no se enteró hasta pasado cierto tiempo.

* * *

Creo que llegado a este punto, debo poner punto final a la presente historia. El viaje de regreso al *kraal* de Sitanda por el desierto fue muy duro, sobre todo porque tuvimos que ayudar a caminar a George Curtis, cuya pierna derecha estaba verdaderamente débil y se le astillaban los huesos continuamente. Pero lo logramos, y entrar en más detalle sólo significaría repetir lo que nos había ocurrido anteriormente.

Seis meses después de nuestro regreso al *kraal* de Sitanda, donde hallamos nuestras armas y demás enseres intactos, pese a que el viejo sinvergüenza a cuyo cuidado las habíamos dejado se sintió muy contrariado de que hubiéramos sobrevivido para reclamarlas, nos encontramos una vez más sanos y salvos en mi casita de Berea, cerca de Durban, donde ahora escribo. Allí me despedí de todos mis compañeros del viaje más extraño que he hecho en el transcurso de una vida larga y rica en experiencias.

Justo en el momento en que escribía las últimas palabras, vi llegar a un cafre por la avenida de los naranjos con una carta que acababa de recoger en la oficina de correos. Resultó ser de sir Henry y, como habla por sí misma, la reproduzco entera.

Brayley Hall, Yorshire

Estimado Quatermain:

Le envié unas líneas hace unas semanas para decirle que nosotros tres, George, Good y yo, llegamos sin novedad a Inglaterra. Desembarcamos en Southampton y nos dirigimos a la ciudad. Tendría que haber visto el magnífico aspecto que presentaba Good al día siguiente, perfectamente afeitado, con una levita que le sentaba como un guante, monóculo nuevo, etc. Fui a dar un paseo con él por el parque, me encontré con algunos conocidos y les conté inmediatamente la historia de las «hermosas piernas blancas» de Good.

El capitán está furioso, especialmente porque cierta persona con muy mala idea lo ha publicado en un periódico.

Pero vayamos al grano. Good y yo llevamos los diamantes a Streeter para que los tasaran, como habíamos acordado, y de verdad no me atrevo a decirle la cifra que nos dieron, de tan elevada como es. Nos dijeron que, naturalmente, los habían valorado un poco a ojo de buen cubero, porque no tenían noticia de que nadie hubiera puesto en el mercado nada parecido y en tan grandes cantidades. Al parecer son de la mejor calidad (salvo uno o dos ejemplares de los más grandes), idéntica en todos los sentidos a las mejores gemas brasileñas. Les pregunté si querían comprarlos, pero respondieron que no podían hacerlo y nos recomendaron que los fuéramos vendiendo poco a poco, por temor a inundar el mercado. No obstante, ofrecen ciento ochenta mil libras por una pequeña partida.

Debe volver a Inglaterra, Quatermain, para ver todos estos asuntos, especialmente si insiste en ofrecer el magnífico regalo de un tercio de los diamantes, que *no* me pertenece a mí, a mi hermano George. En cuanto a Good, *no sirve para estas cosas.* Anda demasiado ocupado en afeitarse y en otras cuestiones relacionadas con el vano adorno corporal. Creo que todavía está muy afectado por lo de Foulata. Me ha contado que, desde su regreso, no ha visto a ninguna mujer que pueda compararse con ella, ni por su figura ni por la dulzura de su expresión.

Quiero que vuelva a Inglaterra, querido y viejo camarada, y que se compre una casa cerca de aquí. Ya ha trabajado bastante, y ahora tiene mucho dinero. Aquí cerca hay una casa en venta que le iría a las mil maravillas. Venga; cuanto antes, mejor. Puede acabar de escribir sus aventuras en el barco. Nos hemos negado a contar la historia hasta que usted lo haga por escrito, por temor a que no nos crean. Si saliera al recibir la presente carta, llegaría aquí por Navidades y le invito a pasarlas conmigo. Van a venir Good y George, y su hijo Harry (esto es un soborno). Le he llevado a una cacería que ha durado una semana y congeniamos. Es muy simpático. Me pegó un tiro en una pierna, me extrajo los perdigones y después hizo ciertos comentarios sobre las ventajas de llevar a un estudiante de medicina en las cacerías.

¡Adiós, viejo amigo! No puedo decirle nada más, pero sé que vendrá, aunque sólo sea por complacer a su sincero amigo.

Henry Curtis

P. S.–He colocado los colmillos del elefante que mató al pobre Khiva en el recibidor, sobre la cornamenta del búfalo que usted me regaló y tienen un aspecto espléndido. El hacha con que le corté la cabeza a Twala está clavada en la pared, sobre mi escritorio. Ojalá hubiéramos podido traer las cotas de malla.

H. C.

Hoy es martes. El viernes sale un vapor, y creo que voy a hacer caso a Curtis y a tomarlo para ir a Inglaterra, aunque sólo sea para ver a mi hijo Harry y para ocuparme de la publicación de esta historia, tarea que no quisiera confiar a nadie.

ÍNDICE